文春文庫

戸惑いの捜査線

警察小説アンソロジー

佐々木譲 乃南アサ 松嶋智左
大山誠一郎 長岡弘樹 櫛木理宇 今野敏

文藝春秋

目次 contents

戸惑いの捜査線

警察小説アンソロジー

弁解すれば

佐々木 譲
Joh Sasaki

佐々木 譲（ささき・じょう）
一九五〇年、北海道生まれ。広告代理店、自動車メーカー勤務を経て、七九年に『鉄騎兵、跳んだ』でオール讀物新人賞受賞。九〇年、『エトロフ発緊急電』で日本推理作家協会賞、山本周五郎賞、日本冒険小説協会大賞を受賞。二〇〇二年、『武揚伝』で新田次郎文学賞を受賞。一〇年には『廃墟に乞う』で直木三十五賞を受賞。また、一七年に日本ミステリー文学大賞を受賞。著書に「北海道警察」「特命捜査対策」シリーズ、『ベルリン飛行指令』『警官の条件』『砂の街路図』『犬の掟』『沈黙法廷』『英龍伝』『抵抗都市』『図書館の子』『偽装同盟』『帝国の弔砲』など。

その警察署の庁舎は、二階建ての、白っぽい素っ気ない建物だった。

北海道警察本部では、ここはC分類の小規模警察署ということになる。北海道郡部のいくつかの町村をまとめて管轄する。刑事課はなくて、刑事係となる。刑事事案を受け持つ専務職員の数が、十四人だ。この地域、刑事事案の発生がそもそも少ないせいだ。強行犯から窃盗、麻薬関係まで、この刑事係の捜査員がすべて担当する。

仙道《せんどう》孝司《たかし》は、凶悪犯罪に関わった心的外傷後ストレス障害（ＰＴＳＤ）の長いリハビリを終えて、ようやく刑事部門に現場復帰できたのだった。ただしこの、のどかな土地の小規模警察署で、試用期間であるかのように。

その前は三カ月、札幌の警察学校で総務課に勤務した。刑事の部署に復帰をさせるための、短期間の別部門配置という意味だった。

仙道はその警察署の前を徐行で通りすぎて、敷地の端で細い道に左折した。建物の裏へと回り、郡部警察署ならではの広めの職員駐車場に入った。

建物から離れた隅に車を止め、エンジンを切ってからしばらく、仙道は建物裏手を眺めていた。

刑事部門への再配置がこのC分類の警察署ということは、本部の人事担当部署もまだ仙道の精神状態に不安を持っているということだ。凶悪犯罪などこの十年ばかり起こっていないという郡部の警察署ならば、なんとか刑事部門に配置しても、ＰＴＳＤの再発症はないだろうと判断している。

逆に言えば、凶悪犯罪発生率の高い大規模警察署での勤務には耐えられないとみなしている。たとえ刑事事案の捜査員としての有能さは評価していてもだ。

その判断に、仙道自身も不満はない。この警察署への配置を、むしろ喜んでいる。

ただ、自分ではもうひとつ、刑事事案の捜査員としての適格性に不安を持っていた。警察病院の心療内科の医師にも指摘されたことだが、自分の気質だ。

取調べで弁解録取書を書くときに、その気質が表面に出てくる。捜査員としての危険な気質。ほんとうの問題はそのことだったのかもしれないと、リハビリ生活のあいだに気づいたのだった。

その初出勤の日からふた月ほど後だ。二階の刑事係のフロアに紺のスーツをきっちりと着た五十がらみの男が入ってきた。一階の受付で、二階に行くように指示されて上がってきた男だろう。部屋の中を見回してくる。

誰に用事だろう。

いまこのフロアでデスクに着いている刑事係の専務職員は六人だ。半数は出払っている。

みなちらりとそのスーツの男に目をやったようだが、誰も声をかけない。向こうから声をかけられないかぎり、関わるまいという態度なのかもしれない。

いや、と仙道は考え直した。それはいくらなんでも意地の悪すぎる見方だ。異動してきてまだふた月、自分がこの署の刑事係になじめないからといって、そこまで皮肉に見ることはない。たまたまみな忙しいのだ。

仙道は、自分のデスクから立ち上がって、スーツの男に声をかけた。

「お伺いします」

スーツの男は、ほっとしたように頬をゆるめて近寄ってきた。

「相談したいことがありまして」

男は、接客業かと見えた。スーツを着ているのだから、少し堅い職場の、たとえばどこかのホテルの幹部だろうか。

「あの」と、男はフロアの中を見渡した。ここでいきなり相談ごとを開陳することをためらっている。

仙道は会議室に案内した。中に六人がけのテーブルがある。

会議室に入ると、男は名刺を出してきた。

「美津幌《みつほろ》グリーク・ホテル

支配人

小林洋次郎《こばやしようじろう》」

当たっていた。

西隣りの町、この市街地から三十キロほどの丘の上にある観光ホテルだ。全国チェーンのホテルで、北海道にはあと二軒、系列のホテルがあるはずだ。展望大浴場や大きな露天風呂で、このあたりでは有名だった。仙道も一度、日帰り入浴したことがある。同じ地区にはほかに二軒、旅館が建っている。

仙道も自分の名刺を出した。

「北海道警察函館《はこだて》方面本部美津幌警察署

刑事係　巡査部長

仙道孝司」

小林は椅子に腰掛けて言った。

「こういうことを、警察にお願いしてよいものかどうかわからないのですが」

「お聞きしましょう」

筆記用具は持たなかった。まず相談ごとの概要を聴く。

「そのう、わたしのところは展望風呂や、露天風呂、混浴露天風呂が人気なのですが、このところ、入れ墨を入れたお客さまがひとり、よく日帰り入浴されていまして、ときどきお客さまから苦情が出ます。これからのシーズン、本州からの家族連れのお客さまも多くなるのですが、その入れ墨のお客さまをなんとかお断りできないものか、ご相談に上がった次第です」

言葉遣いは丁寧だが、意を決して相談に来たのだろうという緊張が感じ取れた。

「たしかあの大浴場には、入れ墨お断りと張り紙が出ていましたね」

「はい、ベランダに浴槽のある客室も多いので、入館禁止ではなく、入れ墨のお客さまには、大浴場だけ利用をお断りしているのですが」

いまインバウンド需要というのか、北海道のこの町のような田舎のホテルにも、外国人観光客がよく来るようになった。外国人の中には、白人であれ、アジア人であれ、入れ墨を入れた客も少なくない。一律に断ることはできないだろうが、ただそれが日本人利用客の場合、同じ入れ墨でも背中一面に倶利迦羅《くりから》紋紋《もんもん》を入れている客となると、どうしても暴力団とのつながりを考えないわけにはいかない。入れ墨を見慣れない日本人客には恐怖を与えるし、不快と感じる客もいるだろう。もっとも暴力団員の場合、自分が身体に入れているのは入れ墨ではない、彫り物だと言うだろうが。

大浴場にだけは入って欲しくないというホテル側の希望ももっともだった。そして、ホテルが直接その客に、退去なり入浴拒否を言い渡すことは難しいという事情もわかる。

この警察署管内には、指定暴力団ではないが、道警本部が暴力団とみなしている団体がひとつある。博徒《ばくと》系の暴力団だ。東隣りが漁業者の多い町ということもあって、そこの男の気質は、博徒たちと親和性があるのだ。その町では住民運動で排除されているわけでもないらしい。

その入れ墨の利用客も、この町の暴力団の関係者かもしれない。あるいはもう少し離れた都市の暴力団員か。

仙道自身は、この警察署に異動してきてまだふた月、そのあたりの事情をよくは知らないのだが。

仙道は訊いた。

「このところ、ということですが、その客はいつもひとりですか？」

「はい。ときどきお連れさまもいらっしゃることがありますが大抵は。このふた月ぐらい、いらっしゃるようになっています」

今月だけで四度来たはずだ、と小林は言った。従業員が、入れ墨のある客だとは気がつかなかったときもあるかもしれないという。やってくる時間は午後五時前後とのことだった。

「観光客ではなく、地元のひとなんですね？」

「名前とか、どこにお住まいかは存じません。日帰りで入浴される場合は、自動販売機でチケットを買っていただくだけですので」支配人はつけ加えた。「わたしも二年前にこちらに転勤になってきたばかりで、地元のお得意さまの顔など、よくわからないのです」

「乗ってくる車のことは、従業員さんは見ていますか？」

「地元ナンバーの」支配人は、大型の四輪駆動車の名を言った。「少し古い型のようです」

北海道の場合、建設業者や林業、漁業関係者に人気のある車だ。

「どういう入れ墨か、支配人はご覧になっていますか？」

「いえ。従業員の話だと、背中に何かのお面が彫られていたとのことです」

「お面？」

「従業員も、じろじろ見たわけではないのですが、鬼とか天狗のような模様だと言っていました。入れ墨自体は、肩から二の腕まで彫られているそうです」

図柄はわからないが、かなり本格的なものだ。本州の、入れ墨に拒否感の少ない土地では、いなせな仕事の男が入れることもあるだろうが、北海道ではほぼ暴力団員が彫る図柄であり、大きさだと考えていい。

東隣りの町の漁業者には入れ墨を入れるものも少なくないと聞くが、そういった男衆が入れるものは、もっと愛嬌のあるもののはずだ。

「どういう事情で、ふた月前から来るようになったか、何か思い当たることはありますか？」

暴力団がホテルを団体旅行で使ったとか、義理かけの宴会でも行ったかと想像したのだ。そのとき使った大浴場が気に入って、利用するようになったのかもしれない。彫り物を入れた男は、ひとに見てもらう機会を欲しているのだ。祭礼がそのいちばんのショーであるが、人前で裸になれるのであれば、そうした男たちは喜んでそこに出向くのだ。寒中水泳、禊《みそ》ぎ修行、嫌がられなければ町内会の川浚《かわさら》い作業にでも。

「いいえ。ただ、今年の四月に大浴場の改修工事が終わって、かなりきれいになりました。その評判を聞いたのかもしれません」

「支配人の希望としては、大浴場と露天風呂だけ利用しないのであれば、ホテルへの入館自体は拒まれないのですね？」

「はい。暴力団員と名乗られた場合は別ですが、ふつうのご利用でしたら。ただ」支配人は、まだ不安そうだ。「ここに相談したことで、御礼参りなどないかも心配します。従業員は、非正規も含めて四十人くらいいますし、営業時間中にいやがらせとか、怒鳴りこんでこられたりとか、それだけでも営業に響きますので、穏便なかたちでできるのが一番なのですが」

「なんとかできそうに思います。ちょっとこのままで待っていていただけますか」

「はい」

ＰＴＳＤの発症時は、札幌中央署の刑事部にいた。管内一犯罪発生件数の多い警察署だから、自分の専門外の事案についてもいやでも情報は耳にすることになる。

こういう場合の成功例として語り継がれているのは、中島公園横にあるシティホテルの、スイーツ・フェアだ。一階の喫茶店が近隣に事務所を持つ暴力団の組員らに事実上占有されてしまったとき、中央署のベテラン刑事部職員が、その喫茶店でのスイーツ格安提供を提案した。その結果、主婦たちが連日列を作るようにして来店するようになり、暴力団員たちは姿を消した。穏便に暴力団員を追い払った成功例だ。

こんどの場合は。

仙道は会議室を出た。この署の管内の暴力団についての情報が欲しかった。ひとり、そちらをもっぱら担当する捜査員がいる。彼なら、そのお面の彫り物のある男のことなど、知っているかもしれない。

会議室を出たが、その捜査員はフロアにはいなかった。休みではなく、署を出ているのだ。

係長の姿もない。

仙道は、その暴力団を担当している捜査員の携帯電話番号をデスクで確かめると、警察電話を使ってその捜査員に電話した。山上《やまがみ》という名の、四十年配の巡査部長だ。

相手が出ると、仙道は丁寧語を使って名乗った。

「新入りの仙道です。いま五分ほどお時間ありますか」

相手は愛想よく応えてくれた。

「ありますよ。複雑な話なら、車停める」

「いまグリーク・ホテルの支配人から、暴力団員の入浴について相談が来たんです。管内に、背中にお面の彫り物のある暴力団員はいますか？」

「面？」

「はっきりしないのですが、鬼とか天狗とかと言っていました。もしかすると、般若《はんにゃ》かも知れません」

「般若なら、ひとりいるぞ」

仙道は、その男が乗ってくる車種も伝えた。

山上は言った。

「あ、確実だな」東隣りの漁港のある町の名を出した。「……の渋谷《しぶや》組の藤原《ふじわら》だな。嫌がらせですか？」

「単に大浴場に入りに来てるだけのようです。ホテルは、大浴場は入れ墨お断りなんだそうですが」

「最近はタトゥー入りの外国人も多いですよ」

「タトゥーと倶利迦羅紋紋では、かなり印象が違いますから。相談に乗ってあげようと思うんですが」

「自分のところで処理させるといいですよ。あそこは、暴力団員お断りの札は出していないのかな？」

「ありますね」

自分が行ったときは、エントランスの脇にその表示は出ていた。ただ、訪れる客が暴力団員かどうかは、ホテルでは判断できないだろう。見た目でわかるもので一律に利用客を制限しなければならない。

「従業員に暴行したとか、物を壊したとか、そこからでいいんじゃないですか。それだけですか？」

「ええ。細かいことなので、わたしが相談に乗ってやってもいいですか？」

「おれの仕事を、増やさないでくださいよ」

「そうします」と、素直に返事をして、通話を終えた。

会議室に戻ると、仙道は支配人に言った。

「まず穏便な方法でやってみます。従業員さんや警備員さんには、くれぐれも無理な退去は試さないよう、お願いします」

「いつまで待てばいいでしょう？」

「とりあえず明後日には、なんとかしましょう」

「よかった」支配人は安堵の顔を見せた。「土曜日に、高校生の研修旅行が入るんです」

支配人が去ってから、もう一度係長を探した。見当たらない。遅い昼食にでも行っているのか。

仙道は署の通用口から裏の駐車場に回り、自分の車に乗った。

藤原という男が所属している渋谷組は、東隣りの漁港のある町に事務所を出している。この署に赴任してきたときに、係長から管内の刑事事案の概況《がいきょう》を教えられていた。その中に、渋谷組の情報もあった。

もちろん渋谷組は、組としての看板は出していない。表向きは、港関連の建設・土木工事を請け負う工務店だ。しかしじっさいには違法操業用の高速漁船を持ち、闇金融もやっており、旅行中の客にはぼったくり営業をするスナックを持っているとのことだった。警察沙汰にはしにくい民事の案件の仲介という、伝統的なしのぎももちろんやっているらしい。

隣町まで三十数キロを走り、その市街地に入った。国道の右手、海岸沿いに、漁業と港湾関連の各種施設や事業所などが並んでいる。国道から折れて一本南側の通りに入り、渋谷組の事務所を探した。黒いドイツ製のセダンが停まっている三階建ての建物がある。駐車スペースにはほかに数台の車が停まっている。

あの建物で間違いはないだろう。

入り口脇に看板が出ていた。

(株)渋谷工務店

これだ。

仙道はドイツ車の隣りに自分の乗用車を停めた。

入り口の上に監視カメラがある。仙道はそのカメラをまっすぐ見つめてから、入り口まで歩き、インターフォンのボタンを押した。

「はい?」と、若い男の声。

「美津幌警察、刑事係の仙道と言いますが、渋谷社長はおられますかね」

「約束?」

「いえ。緊急の用で」

返事はなかった。拒まれたのではない。

とくに開錠されたような音も聞こえなかった。仙道は入り口の引き戸を開けた。玄関口となっていて、その向こうにスチールのドアがある。仙道はドアをノックしてから押し開けた。

黒いTシャツにカーゴパンツの若い男が立っていた。髪は丸刈りに近い。目が険しかった。

仙道は警察手帳を見せた。道警のマークと、身分証明書が縦に見開きになっている手帳。アメリカの身分証明書にならったものだ。

若い男が脇によけた。

奥まで見通せた。ごく普通の零細事業所事務所だ。スチール机と、応接セットと、社長用の両袖机。神棚も、まあないわけではない。

ひとつだけ、変わったものがあった。ヒグマの頭の剝製だ。神棚の横に掛けられている。

たぶん渋谷組の組長も子分たちも、猟銃の所持許可は下りないはずだ。だからこの剝製は、組長らが撃ったものではないはずだが、身近に銃を持った者がいるというアピールにはなる。トラブルが起こったときに匕首《あいくち》を持ち出さなくても、事前に同じ程度の威嚇効果を出せるわけだ。

死角になっていた場所から、初老の男が現れた。体格がよく、壁の剝製にも似た印象のある顔の男だった。

「渋谷社長ですか？」

相手は仙道の質問には答えずに逆に訊いてきた。

「美津幌警察署には、受け持ちの刑事がいるぞ」

「とても細かな用事なので、わたしが来ました」仙道は手帳をポケットに収めると、名刺を渡した。「少しご相談なんですが」

「何かの聞き込みとか、協力依頼か？」

「協力のお願いはたしかです」

渋谷は、応接セットを顎で示した。

客用のカウチに腰掛けると、渋谷は名刺をテーブルの上に滑らせてきた。渋谷工務店社長としての名刺だった。

「渋谷工務店　代表取締役
渋谷洋健《ひろたけ》」

仙道は言った。

「社長の配下に、藤原という男がいますね。般若の面の彫り物を入れてる」

「藤原が何かやったか？」

「犯罪じゃありません。公衆の浴場に入ってる。グリーク・ホテルの、入れ墨禁止の大浴場です」

渋谷は目を丸くした。

「ホテルから、被害届けでも出たのか？」

「いえ。ただ、禁止のルールのある大浴場の利用は、やめてもらえないかと、美津幌警察署に相談があった」

渋谷は顎に手をやって、横を向いた。

仙道は続けた。

「ホテルとしても、藤原さんに直接言うのでは角が立つ。ほかの客の目のある風呂だけ、利用を控えてほしいという希望なんです。渋谷さんなら、それを藤原さんに伝えてくれるのではないかと」

渋谷はまた仙道に顔を向けてきた。

「余計なトラブルは起こすなと、社員には言ってきた。地元の住人から嫌われたら、この稼業は続けられない。大浴場じゃなくても、彫り物の男が歓迎される場所はあるんだ」

「注意していただけます？」

「言っておく。あのホテルの大浴場には行かせない」

暴力団の中では、上下の関係は絶対だ。組長が何かを禁じたならば、配下の組員がそれを破ることはない。念を押す必要はなかった。

「ありがとうございます」と、仙道は礼を言って立ち上がった。「藤原さんは、ふた月ぐらい前からあのホテルの大浴場に顔を見せるようになったそうです。どうしてか、渋谷さんはご存じですか？」

「さあ。最近新しい女にでも見せて、ほめられて、ほかでも見せびらかしたくなったのか。知らないが」

渋谷は仙道が玄関口を出るときに、後ろから声をかけてきた。

「藤原に直接言わずに、おれを通してくれたのはよかった。藤原は、面子をつぶされると切れるんだ。くだらんことでも」

「ひとに手を出しているんですか？」

「暴行とは言えない程度のことさ。前科はない。これからも、同じようなことがあったら、またそうしてくれ」

「ええ」

渋谷組の事務所から車を出し、途中、国道脇の休憩所に車を停めて、グリーク・ホテルの支配人・小林に、首尾を伝えた。

「こんなことでお手数かけました」と、支配人は恐縮しきった声で言った。

「もしまた同じことがあれば、わたしに連絡をください」

「そうさせていただきます」

署に戻って、係長にこの件を報告した。

係長は、担当している捜査員の名を出して言った。

「あいつもいろいろ計算してつきあってる。余計なことはするなよ」

「はい」素直に応えた。「やっていいと、了解してもらいました」

担当捜査員の山上が署に戻ったときに報告しようとすると、彼は言った。

「渋谷からもう聞いた。問題ないな」

「言っておくとのことでした」

「これからも、渋谷組の事案に関しては、おれを通せ」

「そうします」


ひと月ほど後、仙道にまた小さな相談の案件が持ち込まれた。こんどは西隣りにある町の役場からだった。町民生活部という部署からで、電話してきた相手を知っていた。この署に異動してきた直後、町の施設の空き巣事案の通報を受けたことがある。名刺を渡した相手だ。

向こうは、警察署のどの部署に相談してよいかわからず、とりあえず名刺を持っている仙道に電話してきたのだった。

小さな署では、自分はその事案の専務職員ではないと電話をよそに回したりはしない。とりあえずは話を聞くし、事案の輪郭があいまいな場合は電話を受けた当人がまず出向くのだ。

町立の河畔《かはん》公園の駐車場に、四日前から車上生活者と見られる男が、車を停めっぱなしとのことだった。公衆トイレのコンセントで、携帯電話の充電もしているらしい。住民から苦情があったわけではないのだが、役場としては気になるところなので、警察で対応してもらえないかと。車は小型の白いハッチバック車で、福島ナンバーとのことだった。

係長に伝えると、とりあえず仙道が事情を聞きにいけとのことだった。

その駐車場は、夏のあいだは旅行者やバイク・ライダーたちもひと晩公園で野営するときなどに使っているという。とくに夜間駐車を禁止しているわけではないが、このご時世で、一応身元を確認してこいとのことだった。仙道は捜査車両ではなく自分の車で、隣町の公園に出向いた。

駐車場には十台ばかりの車が停まっている。河畔公園で散策するひとたちが乗ってきたものだろう。河畔にはジョギング・コースも整備されていて、午前十一時にはそこそここひとの姿も見かける。

その車はすぐにわかった。駐車場の端、トイレに近い位置に停まっていた。十年落ちくらいの古い車だが、あまり汚れてはいなかった。

運転席で、男がシートを倒して眠っている。

仙道はまず後ろに回り、ナンバーを確認して、署の交通係に電話した。盗難車か、手配されていないかどうかの確認だった。

一分ほどで、該当なしとの返事がきた。仙道は少し車から距離を取りつつ横手に回り、運転席側へと歩いた。眠っているのは、三十代の男だった。ほかに同乗者はいないようだ。

仙道はウィンドウを二度軽く叩いた。男が目を覚まして仙道を見つめてくる。

仙道は警察手帳を男に示した。男はすぐにウィンドウを下ろした。

「はい？」

びくついてもいない。目に敵意はなかった。無精髭《ぶしょうひげ》が伸びている。Tシャツの上にオリーブ色のアウトドア・ジャケットを羽織っていた。疲れ切っている印象があった。目が暗い。

仙道は言った。

「ここで寝泊まりしているひとがいると通報があって、犯罪にでも巻き込まれているんじゃないかと来てみた」

「まずかったですか?」

「いいや。だけど、五日目なんだって?」

「ええ。泊まるところがなくって」

「免許証、見せてくれる?」

現住所が福島県の福島市だった。

宮本圭太《みやもとけいた》。

写真は本人のものだ。生年月日から、年齢は三十六歳とわかった。

「旅行中?」

「旅行ですが、観光じゃないです。旭川で働いていたんですが、一カ月前に失業してしまって、仕事を探している途中です」

「どんな仕事なんです?」

「調理師です」

宮本は、大手のホテルチェーンの名を出した。そこに勤めていたと。そのホテルのCMは、目にしたことがある。

「解雇されたんですか?」

「いきなり首で、そのあと、パートなら雇うと言われて、そうしたんですが、一カ月前にパートも終わりです。田舎に帰ることも考えたんですが、アパートを引き払ってしまうと、おれって住所不定になるんですね」

「そうですね。現住所はなくなる」

「住所がないと、まったく雇ってもらえないんです。面接にも行けない。なんとかこの町でひとつ面接を受けたけどもだめで、このあいだからここにいるんですが」

「田舎はどこなんです？」

「福島です。仕事がどうしても見つからない場合、カネが続いていれば、函館から青函フェリーに乗るつもりだったんですが」

話しぶりから、堅気だとわかる。遊び人でもない。何か犯罪に関係しているとも感じなかった。

「家族は？」

長くなりそうだと思ったか、宮本は車を下りてきた。カジュアルな服装は、全体に薄汚れている印象がある。

運転席のドアの脇に立って、宮本は少したため息をつきながら答えた。

「女房《にょうぼう》子供とは別れてるんです。福島で暮らしてるんですがね。失業してしまったんで、養育費も払えない」

「お子さん、いくつです？」

「六歳。男の子。小学校一年」

その前後のことを聞きたい衝動に駆られた。しかしなんとかこらえた。自分は、エンパス、つまり周囲にいる者の境遇や感情に共感しすぎる気質だと、なんど心療内科の医師に言われたことか。あのＰＴＳＤの発症もその気質のせいなのだと。だから、警察官として仕事ができるまでに立ち直りたいのであれば、距離を取れと。

宮本は、自分のほうから言った。

「二歳まで一緒だったんです。そのあと、二回しか顔を見ていない。北海道のホテルで働くようになったんで」

仙道は自分に強く言い聞かせた。

訊くな。離婚の事情など。北海道で仕事に就いた理由など。

宮本はスマホを取り出して、写真を見せてくれた。家族三人で撮った写真。最近の子供の写真。宮本は、少なくとも別れた妻とは、写真を送ってもらえるだけの仲だ。

「女房とは、最初の職場で知り合ったんです。ウエイトレスでした」

宮本は、スマホを上着のポケットに戻してから、続けた。

「どこで、狂ってしまったんだろうと、酒を飲むたびに考えますよ。自分が悪いことはわかっている。どこで何をしていれば、いや、何をしていなければ、こうはならなかったんだろうと」

「自分が悪いというのは？」

宮本の答えは、一瞬遅れた。

「性格の不一致ですけど、おれ、こういう仕事なんで、ぐずぐずしてる人間が駄目なんです。だけど家庭って、板場とは違う場所ですよね。モードを変えることができなかった」宮本の言葉に少し自嘲がまじった。「女房に怒鳴り散らすような生活になって、おれの浮気が決定打で女房はとうとう実家に帰り、離婚でした。女房に逃げられたことも恥ずかしくて、北海道で新しい職場を見つけたんですが、かえって荒みましたね」

「福島に帰りたいというのは、やり直したいということなんですね」

「ええ。許してもらえるなら。無理かもしれないけど」

「奥さんと別れた理由は、サラ金に借金とか、博打じゃないんだね」

立ち入り過ぎた質問だ。職務質問としてもまずいとは思ったが、人柄を知るためには必要な情報とも言える。

「違います」

女性とできてしまった、と離婚の理由を口にしたけれども、女たらしだから、という印象とは取れなかった。宮本はそれなりに男前だし、調理師という職業であれば、職場の女性はつい惹かれてしまうのだと聞いたことがある。片っ端から口説きまくったせいではないのだろう。

ただ、この男は暗すぎる。仕事を探すことにも、もっと言えば生きることにもあきらめてしまったような印象をかすかに感じた。

仙道は車の後部席を覗き込んだ。旅行鞄やらトートバッグなどが詰め込まれている。掃除機もあった。

仙道はトランクを見せてもらった。

宮本は苦笑して言った。

「やっぱり不審者なんですか、おれ」

「一応の手続きです」

トランクの中には、スーツケースがふたつと、黒いレザー貼りふうのハードケースがあった。重要書類入れにも見える。楽器ケースほどの厚みはない。

宮本が開けると、中は包丁だった。大小五、六本収まっている。

「仕事道具です」と宮本は言った。「まずくないですよね」

トランクを閉めてもらったところで、仙道は訊いた。

「仕事は見つかりそうなんですか？」

「ガソリン代もなくなって、もう身動き取れません」

仙道は確かめた。

「食事はしていますか？」

宮本はうつむいて、小声で答えた。

「一昨日の夜までは」

「親戚とかに、当座のカネを送ってもらえない？」

「スマホの料金も未納で、とうとうつながらなくなったんですよ。どうにもなりません」

仙道はさすがに驚いた。いまの世の中、失業者がスマホを使えなければ、詰んだ、ということになる。

「それって、もう生きるか死ぬかのレベルのことですよ」

「ええ。もう自分でも、終わったんだろうと思っています」

「自分のことなんですから」投げやりになるな、と言ったつもりだった。「何か当てとか、展望とかはあるんですか？」

「この車、売れるものなら売りたいんですけど、中古屋に持ち込むにも、ガソリンがたぶんカラに近いんです」

この場合、宮本をどうやって行き倒れから救ってやれるだろう。ハローワークの分室はあるが、小さな町だから求人してくる企業は本州のものがほとんどか、派遣業者かのようだ。いますぐこの町か周辺で働きたいという求職者には、使えない機関だ。

またこの町では公的機関も民間も、緊急シェルターを持ってはいないし、町役場にも自立支援住居などはない。赴任直後にそれは確かめていた。

　公衆接遇弁償費は千円が貸付けの限度額で、財布の紛失や盗難の場合にのみ使える。家族が迎えに来られるようであれば、この弁償費は出ない。自分はまだ財布の所在について聞いていないから、財布の紛失届けを出してもらうことはできる。弁償費は出る。しかし、千円だとガソリンは何リッター入れられる？　五、六リッターか？　函館まで走ることはできるかもしれないが、空腹は充たしようがない。

　仙道は言った。

「福島まで帰るにしても、そのためにも少し働くしかないよな」

　宮本はうなずいた。

「調理師の仕事でなくても、工事現場でも魚の市場でも、日雇いでいいので働く気はあるんですが。いまはもう、電話することもできないんです」

　この宮本は、これだけ切羽詰まった状況にありながら、闇のアルバイトなどを探す気はなかったようだ。

「福島に帰ったら、かみさんとよりを戻せるのか？」

「わかりません。ただ、シングルマザーで苦労してるし、おれがただの女好きじゃないってことも、もうわかってくれてると思うんですよね」

「何なんだ？」

「おれ、そばに不幸な誰かがいると、何か少しでも面倒みてやりたくなるんです。女房も、家庭が複雑で、幸せじゃなかった。だから結婚したくなった」

「相手が女だと、そういうことになるんだな」

「それが男でもですけど。離婚にまでなった理由は、相手が不幸過ぎて、すがりつかれてしまったからです。それで北海道に逃げた」

そんな気質の男のことを、身近に知っている、と仙道は思った。共感性が強すぎるために、他者の不幸や悲惨が自分のことのように強く感じられるタイプ。そのタイプの人間は、じっさいに救いの手を差し伸べるか、しないことで鬱病になるか、だとも聞かされた。

仙道の頭の中で、仙道が言っている。

知るな。近づくな。距離を取れ。警察官として最低限求められていることだけをすればいい。

出た言葉は、自分が言おうとしたものとは違った。

「この町で、一日職探ししてみたらどうです？」

「え」と、宮本は驚いた表情を見せた。「もう面接に行くこともできないんです」

「ついてきてください。二キロぐらい先にスタンドがある。まず少しガス補給して」

「二キロなら、なんとか持つかな」

「料理、専門は何です？」

「和食が長いんです。だけど、中華もイタリアンも、やれと言われたらやりますよ。コンビニ弁当作ってる工場でも、働けると思います」

仙道は自分の車に戻り、係長に報告した。

「旅行者でした。不審な点はありません。宮本圭太。照会していただけますか」

宮本の漢字表記と、本籍も伝えた。

「わかった」

いったん電話を切ったが、すぐに係長から回答があった。

「なしだ」

「すぐに駐車場を出るそうです」

「所持品検査もしたんだな？」

「ありません。昼なんで、わたしは官舎にいったん戻っていいですか？」

「ああ」

官舎は、団地形式の公務員合同宿舎だ。警察官以外にも、いくつもの北海道庁の機関の職員が入居している。仙道が入っているのは、四階建ての建物の二階だった。

車を発進させると、宮本も自分の車でついてきた。

ガソリン・スタンドに入り、先に自分の車を給油機の下に停めて、従業員に言った。

「こっちの車は満タンで。うしろの車にも、十リットル入れてもらえますか。わたしの支払いで」

給油を終えたところで、仙道は宮本の車に近づいて言った。

「コンビニに行きます。それからわたしの官舎に来てください」

宮本は怪訝《けげん》そうな顔になった。

「どうするんです？」

「昼飯を買う。うちで、宮本さんの履歴書を書いてください」

「そういうことですか。コンビニで、昼飯？」

「ちょうど昼飯どきだから」

「あの」宮本は少し考える様子を見せてから言った。「おひとり暮らしなんですか？」

「ええ」

「買い置きがあるなら、ぼくが作りますよ」

「たいしたものはありませんよ」

「インスタント・ラーメンとキャベツとかは」

「そのくらいなら、あるかな」

「十分です」

官舎までの途中で、コンビニに寄って買い物をし、官舎に入った。宮本の車は官舎の来客用スペースに停めさせた。

仙道は宮本にシャワーを勧め、自分のタオルを貸した。

風呂から出てきた宮本は髭も剃っていて、さっぱりとした格好になっていた。さっきまでは、仕事探しがうまくいくかどうか不安もあったが、着替えて出てきた宮本を見て、不安は消えた。彼の仕事探しの手伝いをしようという気持ちになったことは、たぶん誤りではない。

宮本は冷蔵庫を開け、食品のストックを見てから言った。

「台所、借りますね」

「汚いけど、使って」

「材料、どれを使ってもいいですか」

「かまわない」

宮本は手際よく調理を始めて、広東《かんとん》風の焼きそばと、だしまき卵、ほうれん草のソテー、それにインスタントの中華風スープをたちまち作って出してくれた。

食べ始めると、宮本はしばらくのあいだ無言で食べ続けて、たちまちすべての皿を空にした。

「足りたのかい？」

宮本が訊き返した。

「冷凍のご飯がありましたけど、いただいていいですか」

「いいよ。おれはもう一杯だ」

宮本はチャーハンも作ってたいらげてしまった。

宮本が食器を下げたところで、仙道は言った。

「履歴書は、できるだけ詳しく書いてください。この用紙一枚で終わらせるんじゃなく、別の紙を添付するぐらいの量を」

「そんなにもですか」

「ええ。仕事を本気で探してるってことをアピールするんです。特技、志望動機にも、調理師としての経験や、得意分野を詳しく。書きたくないことは書かないでもいいけど、人柄がわかることなら書いたほうがいいですね」

「はい」と宮本は素直に言った。

「それと、自己宣伝文も書いてもらいます」

「どんなものです？」

「相手方の人事担当者へのお手紙です。どうしても働きたい、自分はこんな人柄で、これだけ真面目に仕事をしますと書く。便箋二枚くらいの長さで」

「文章書くの苦手です」

「手伝います。書きたいことを箇条書きにして、一回下書き。それから清書してください」

　宮本は不思議そうに言った。

「こんなこと手伝ってくれるなんて、警察の仕事なんですか？」

「わたしの仕事です」

「カツドン食え、っていう刑事ものドラマって、ほんとうなんですね」

「焼きそばは、宮本さんが作ってくれたんです」

　宮本はくすりと笑って、手元に履歴書用紙を引き寄せた。

　仙道は、いったん署に戻ってくるので、そのあいだに履歴書と身上書を書き、手紙の要点を書き出しておくように頼んだ。

　署に戻って係長に公園の長期駐車の男の件を報告した。素直に駐車場を出たと。報告に嘘はない。係長も、何も質問はしてこなかった。

　デスクにあった雑用を処理してから、また官舎に戻った。

　宮本は、仙道が指示していたことを終えていた。仙道は履歴書にざっと目を通した。

　宮本は福島市生まれ。福島市の高校を出たあと、地元の調理専門学校に通い、大手ホテルの厨房に採用された。六年間働いて、先輩の移籍のときに一緒に転職。福島市に新規オープンのホテルに移ったのだ。ここで五年働き、北海道・旭川市のホテルに移り板長を務めた、と宮本は書いていた。

資格として、調理師免許。食品衛生責任者。普通自動車運転免許。賞罰は特になし。

仙道は、宮本に訊いた。

「最後の職場で板長でも首になるんですか」

「パートで再採用だったんですが」

「それぞれの職場の採用日、退職日は正確に書いたほうがいいですね」

次に、宮本が書いた手紙の下書きに目を通した。

宮本は書いていた。

「自分は宮本圭太といいます。

調理師です。

福島県福島市生まれで、父親は地元スーパーの従業員。母は主婦。兄は仙台市で地方公務員です。自分は福島市××高校を卒業後、福島市の調理専門学校に入学、卒業後は
……」

仙道は読んでいるうちに、不意に胸が苦しくなってきた。まずい。これは、まるで自分が犯罪の被疑者に弁解録取書を書かせたようなものだった。

もちろん宮本は被疑者ではないし、この手紙に犯罪の事実や動機が書かれているわけではない。

しかし、「わたしが」「自分が」と一人称で書かれた「人生」を自分が読むことは、ま

だ危険だった。自分が、相手に囚われかねない。相手の人格に自分が乗り移ってしまう。自分と相手の区別がつかなくなる。

自分の気質の、危険な部分がそれだ、と心療内科の主治医から言われてきた。

あの弁解録取書。自分は、彼の一人称で書いていた。

「自分は貧乏のどん底に生まれて育ちました。父親はいません。ぼくとは父親の違う妹がいました。母はときどき身体を売っていました。

あるとき母はぼくと妹を置いたまま蒸発しました。たぶん自殺したんだと思います。ぼくは、デリヘルの女性を殺しました。呼んだのは、セックスしたかったからじゃありません。誰か優しい女性に、抱いてもらいたかった。頭を撫でてもらいたかった。でも支払いのことで言い合いになり、気がついたらぼくは、自分で呼んだその女性をビール壜《びん》で、自分でもよくわからない感情に襲われて、発作のように殴り、殺していたんです……」

彼の弁解録取書を自分が書いた。取調べで彼の生い立ちを知って、彼の言葉をうまく検事が理解できるように言葉を選び、強調すべきところ、省略すべきところを解釈し、弁解録取書を書いたのだった。

傷害致死以外ではありえないと、検事が信じるように。自分自身が、検事に弁明しているように。ひとことも嘘を書かずに。

自分にはそれができた。完全に彼になりきって、弁解録取書を書くことが。

書いたあと、急性胃炎で倒れ、仙道は取調べからはずれた。その男を次に見たのは警察署の取調室ではなく、公判の法廷だった。傍聴席から彼の顔を見たのだった。

宮本が不思議そうな顔で仙道を見つめてきた。

「どうかしました？　汗かいていますよ」

仙道は、あわてて言った。

「いや、なんでもない」

手の甲で額に触れた。触って確かめるまでもなく、汗をかいていた。

宮本はまだ訊いてきた。

「こういうのって、やっぱりまずいんでしょう？」

「何が？」

「刑事さんに、仕事を世話してもらうなんて」

「世話できる仕事なんて、刑事は持っていない。履歴書を書く手伝いをしているだけです」

「それも刑事さんの家で」

「喫茶店で書けるものじゃないし、泊めるわけでもない」

かすかに宮本の目に憐憫か同情があるように感じた。見抜かれたろうか、と仙道は怯《おび》えた。この男も、自分と同じ気質の持ち主なのだ。同類の匂いをすでに感じとっていておかしくはないのだから。

仙道は、手紙の下書きの最後まで読み、何カ所か手を入れた。その直した文章で、手紙の最後を締めくくるように宮本に言った。

「なかなか息子に会う機会もなくなってしまったのですが、今後はできるだけ会う回数を増やして、息子がきちんと成人する姿を見たいというのが、私の人生の夢であり、最大の希望です」

清書してから、宮本は顔を上げた。

「きっと、これを出す会社とか、もう当てがあるから書いているんですよね」

「問い合わせる当ては、一軒だけあります。履歴書に貼る写真を撮りに行きましょう。ネクタイは持っていますか？」

「ええ」

「したほうがいい」

「はい」と宮本は素直に立ち上がった。

町に、スーパーマーケットとドラッグストア、それにカレー店が集まった一角があって、スーパーマーケットの入り口に証明写真のブースがあった。

そこで写真を撮るように指示してから、仙道はグリーク・ホテルの支配人、小林に電話した。

「その節はお世話になりました」と、小林はいくらかおおげさにも感じるほどに礼を言ってきた。

仙道は訊いた。

「もう、何もありませんか？」

「ええ。その後、大浴場には一度もいらしていませんね」

暴力団員のことで丁寧語を使うのが少し滑稽だった。

「ところで支配人のところの厨房で、調理師免許を持った男、必要としていませんか。短期間のアルバイトでもいいんですが」

「誰かいいひとが？」

「ええ。知り合いの調理師なんですが、仕事を探しているんです」

「いい人材は慢性的に不足してますよ。刑事さんの知り合い？」

「ええ」宮本の経歴をかいつまんで教えた。

小林は言った。

「まず会わせていただけますか。いまこの電話では、なんとも申し上げられないのですが」

「これから伺えばいいでしょうか。面接を受ける用意はできています」

三十分後を指定されたので、宮本に言った。

「面接受けてください」

「どんなところです」

ホテルの名前を言うと、宮本は言った。

「知ってます。いいとこみたいですね」

「採用されたわけじゃない。面接を受けるだけ。あまり期待しすぎないでほしい」

「ええ」

「条件についても、あまり要求は出して欲しくないんです」

「わたしがいま口を出せることじゃないです」

仙道は、財布から五千円札を出して、宮本の前に滑らせた。

「借用書はもらわないが、貸しますから」

宮本は驚いたように言った。

「助かります。ありがとうございます」

二台の車で、二十分走って、グリーク・ホテルに着いた。レセプションで名乗ると、すぐに仙道たちは支配人室に通された。

仙道は簡単なあいさつのあとに、ざっと宮本のことを語った。

「正社員からパートになって、そっちも解雇されたっていう、ついていない男なんです。

腕は確かですし、性格もこのとおりの真面目さです。仕事を探しているうちに文無しになってしまったので、まずはアルバイトでもいいんですが」

支配人は、履歴書と手紙に何度も目を落としてから宮本に訊いた。

「住むところもないんですね？」

「ええ。寮に入れたらいいんですが」

支配人は仙道に顔を向けてきた。

「刑事さんが、保証人ということでいいんですね？」

仙道は微笑して言った。

「はい」

支配人はまた宮本に目を向けた。

「料理長に会ってもらいます」

十分ほど待っていると、支配人と宮本が戻ってきた。ふたりの表情を見て、採用が決まったのだとわかった。

支配人が言った。

「うちで働いていただきます。六カ月は試用社員で」

宮本を見ると、彼はそれでいいのだというようにうなずいた。

「おかげさまで、きょうから働けることになりました」

それが一年ほど前のことだ。

深夜零時を回ったころだ。

仙道の携帯電話が鳴った。この時刻の電話であれば、仕事がらみと決まっている。仙道はベッド脇に置いた携帯電話に手を伸ばした。署からだ。

出て名乗ると、係長だった。

「グリーク・ホテルで傷害事件だ。酒飲んでるか？」

運転できるかという意味だ。

「いえ。寝ていました。しらふです」

「グリーク・ホテルの従業員が、客に刺された。被害者はいま町立病院に運ばれている。加害者は逃げた」

「特定されているんですか？」

「いいや。従業員に事情を訊いているけど、まだわからない。仙道は病院に行ってくれ。被害者が話せるようなら、加害者が誰か聞き出してくれ」

「被害者の名前は？」

もしやという思いがよぎった。戦慄《せんりつ》もあった。

「調理師だ。宮本という男。かなり出血しているらしい」

やはり。

「行きます」官舎から町立病院まで、五分の距離だ。身支度を整えるのに、三分かかるが。「事情はわかっているんですか？」

「何も。やっとパトカーが着いたころだ」

宮本とは、彼が就職したあと三度会った。

最初は勤め始めて二週間目ぐらいのときで、最初の給料が出たと、官舎まで来てカネを返してくれた。気持ちよく働いています、と喜んでいた。

そのあと、町の秋まつりのときに、ホテルが町の広場の屋台村に出店した。宮本が屋台の責任者として、楽しげに串料理を出していた。

三度目は去年の十一月か。ホテルの閑散期に福島に行き、子供に会ってきたと言っていた。

町立病院の駐車場に着いたとき、係長からまた着信があった。

「従業員の話で、少し背景がわかった。一昨日、東京の暴力団の組員ふたりがホテルに泊まった。これをアテンドしている男が、ホテルの中の居酒屋にふたりを連れていって飲んだ。そのとき東京からの男たちが大騒ぎして、従業員のバングラデシュ人女性をからかった。それで宮本という被害者が出ていって、帰ってくれと追い出したんだ」

「一昨日の夜ですよね？」

「昨日、三人ともチェックアウトした。きょう、アテンドしていた男が戻ってきたんだ。ホテルの閉まる時刻に、被害者を寮の前で待ち伏せたらしい」

「らしい？」

「怒鳴り声が聞こえた。昨日はよくも恥かかせてくれたなと。それでたぶん一昨日のそのトラブルのときの客だと、従業員から証言が出ている」

「自分の客人に恥をかかせてくれた、という言いがかりですね」

「本人の面子もつぶれたんだ。あいつらの世界では。だから、それを根に持って、きょうホテルに行って暴行したらしい」

「その加害者の乗ってきた車は、わかっています？」

係長は車種を言った。国産の大型四輪駆動車。

加害者の想像がついた。

藤原だ。渋谷組の組員。般若の面の彫り物をしている男。組長の渋谷は、切れやすい男だと言っていた。面子をつぶされると切れると。

仙道は確かめた。

「加害者はまだ特定されていないんですね？」

「まだだ。山上が酒を飲んでいるんで、迎えに行ってる」

組織暴力関連の担当捜査員だ。

「あいつが現場に着いたら何かわかると思う。被害者が集中治療室から出てきたら、医者が止めようと何しようと、質問していいぞ」

「いまの話で、心当たりがあります」

「もうか？」

「ええ。たぶん渋谷組の藤原という男です。その四駆に乗っていて、背中には般若の彫り物」

「どうしてそこまで見当がつくんだ？」

「大浴場に入れ墨の客がやって来ると、そこのホテルから相談があって、渋谷組と話をつけたことがあります」

「あったな。藤原って男は、それでホテル自体にも恨みを持っていたのか」

「そこまではわかりませんが」

通話が切れて、仙道は車を下りた。

夜間受付で手術室の場所を訊ねると、一階だとのことだ。当然ながら、中には入れない。外の廊下で、手術が終わるまで待つことになった。

ベンチに腰掛けているあいだに、関連するもろもろのことが、地底から噴出するかのように思い出されてきた。宮本を最初に見たときの印象。彼は、生きるための努力を放棄していると見えた。空腹や疲労や後悔で、人生を終えることを選んだかに見えたのだ。

少なくとも彼は、物乞いをする気力さえ持っていなかった。

それに、垣間見えた彼の生活。結婚と離婚の事情。孤独。報われない家庭愛。仕事に復帰したときに、封印すると決意したはずの、他人への同情や共感が、倒れたインク壜の蓋《ふた》がゆるんでいたかのように、あのとき、押さえようもなく滲みだしてきたのだった。

この共感に従うことは、いい結果にはならないという漠たる予感もあった。押さえようのない憐憫《れんびん》めいた感情の噴出に、とまどい、不安を感じながら、目眩《めまい》でもするかのように、落とし穴のある地面のそこに、自分は倒れてしまったのだった。

もうひとつ後悔しなければならないこと。藤原という暴力団員のホテルの利用について、自分は穏便に収めるために、支配人から全面禁止ではないという言質をわざわざ取った。利用の禁止は大浴場だけで、宿泊や食事を禁止とはさせなかった。その条件で自分は組長と交渉したのだった。暴力団員の利用は一切認めないと、組長に通告することの危険を回避するためにだ。

自分は、ふたつの点で、失策を犯した。その結果がこれだ。

廊下のベンチで繰り返し襲ってくる悔悟《かいご》と慙愧《ざんき》の念に、もうついに耐えきれないとも感じたころだ。

廊下の向かい側にあるドアが開いた。

薄いブルーの、丈の長い服を着ている人物だ。頭にはシャワーキャップのような帽子、エプロンをつけている。手袋はつけていない。医師だろう。

医師はまっすぐ仙道の前へと近づいてきた。

仙道は医師を見つめた。

容態は？　助かる？

「刑事さんですか？」と、医師は落ち着いた声で訊いてきた。

「はい」

仙道は、医師の次の言葉を待った。彼の言葉次第では、自分には、こんどこそ決めなければならないことがある。

医師は言った。

「生命は取りとめました。まだ事情聴取などはできませんが」

仙道はふっと長く吐息をついた。決断には、少し猶予《ゆうよ》ができた。

青い背広で

乃南アサ

Asa Nonami

乃南アサ（のなみ・あさ）
一九六〇年、東京都生まれ。早稲田大学社会科学部中退後、広告代理店勤務。八八年『幸福な朝食』が第一回日本推理サスペンス大賞で優秀作に選ばれ作家デビュー。九六年『凍える牙』で第一一五回直木賞、二〇一一年『地のはてから』で第六回中央公論文芸賞、一六年『水曜日の凱歌』で第六六回芸術選奨文部科学大臣賞を受賞。主な著作に『いちばん長い夜に』『紫蘭の花嫁』『暗鬼』『風紋』『ウツボカズラの夢』『ニサッタ、ニサッタ』『自白』『美麗島紀行』『美麗島プリズム紀行』『六月の雪』『家裁調査官・庵原かのん』『緊立ち　警視庁捜査共助課』など。

プロローグ

足下近くから、ふいにジージーという音が立ちのぼってきた。それに応えるように、もう少し離れたところからも、同じくジー、ジーという音が始まる。もう夏の虫が出て来る季節になったのだ。

それもそのはずだった。六月も下旬になって、とうに梅雨入りしていたし、今夜はまた馬鹿に蒸し暑い。少し動いただけでも、薄手のジャンパーの襟元《えりもと》や袖口から湿った夜気《やき》が忍び込み、肌にまとわりついてくる。こめかみを伝うのが夜露なのか汗なのかさえ、判然としないほどだ。こんな状態で、こうして息を殺して闇の底にひそんでいると、次第にここがどこで自分が誰なのか、この先どこへ向かおうとしているのかも、つい分からなくなりそうな気になる。馬鹿げていると思いながらも、ひょっとしたらまだ戦争は終わっていなくて、ここは日本などではなく、あの泥沼のような南方なのではないかという幻想にさえ陥《おちい》りそうな気分だった。

そのとき、今度は遠くからピーッという、湿った夜気を切り裂くような切ない音が立ちのぼってきた。続いて、ごとん、ごとん、と響く音が、ようやく気持ちを現実に引き戻してくれる。今夜も崖下を貨物列車が通過しているのだ。そうだ。戦争なんかとっくのとうに終わっている。ここは南方の戦地などではなく、日本の、それも復興著しい東京のど真ん中ではないか。

――何があったって、生命まではとられやしねえ。

今の貨物列車の音が、一つの合図だった。ライターの火を頼りに腕時計を確かめると案の定、ちょうど午前二時を回ったところだ。気持ちを切り替えるために、まずは煙草《たばこ》を一本くわえる。ふう、と煙を吐き出す微《かす》かな音さえ、妙に大きく聞こえる気がする。だが、心配はいらない。昔から草木も眠るというではないか。この時刻にもなれば、人も町全体も、もう深い眠りについている。

吸い終えた煙草を靴の裏でもみ消したら、いよいよ行動開始だ。手袋をはめ直し、腰を屈めて、片手で建物を探りながら闇の中を進んでいく。母屋はどの窓も雨戸が閉められているが、離れの方は今夜も雨戸など閉められていないことは、既に確認済みだった。そして、ガラス窓の向こうには、明るい縞《しま》模様のカーテンが引かれている。さっきまで、その柄を浮かび上がらせていた部屋の明かりも、既に一時間以上前には消えていた。部屋の主は、今ごろ楽しい夢でも見ている真っ最中に違いない。

お誂《あつら》え向きに、庭木が街路灯の光を遮ってくれている場所に立ち、再びジッポーのライターを取り出す。普段はケースのフタを開くときの、チン、という微かな音も好ましく感じるのだが、こういう場合はどんな音も立てたくないから、注意深く、ゆっくりとフタを開けて、フリントに親指をかける動作でさえ、細心の注意を払う。実際はそよとも吹いていない風でも避けるようにジャンパーの前を開いて、申し訳程度にでも明かりを遮りながら、ライターをガラス窓に近づけていく。何も、火事を出そうというのではない。窓枠に火がついてしまっては元も子もないから、窓ガラスだけが熱せられるように注意して、炎をかざし続ける。

ここで焦りは禁物だ。とはいえ、やたらと長く続ければいいというものでもない。完全にガラスが熱くなっていなければ、すべてが台無しになるからだ。そして、ここがジッポーの有り難いところだった。一度、火がついてしまえば多少の風があったって平気の平左。中のオイルが続く限り、静かに、いつまでも燃え続けてくれる。アメリカの兵隊は既に戦争中、このライターを持ち歩いていたのだそうだ。こちとら、たった一本の湿気たマッチさえ後生大事に指先で挟んで乾かしてから使い、煙草を吸うときも仲間同士で火を分け合いながら、ちびちびと使っていたというのに。今さらながらに思う。土台、そんな国に勝てると思う方が無茶だったのだ。
ライターのオイルの匂いが、鼻孔《びこう》をかすめていく。窓越しに見えるカーテンが、微かにでも揺れたらすぐに退散しなければならないから、目は絶えず辺りを見回している。やがて、火をかざしているあたりから、微かに、みり、というような音がした。もういいだろう。

さて、と。

ここから先は時間との勝負だ。

ライターを素早くしまい込んで、次にズボンのチャックをおろすと、たった今、十分過ぎる程熱した窓ガラスに向けて、小便をかける。すると、ぴ、ぴし、と音を立てて、一瞬のうちに透明の窓ガラスに蜘蛛の巣状のひび割れが出来た。上出来だ。

さっさと小便を切り上げて、手袋をした指で、出来たひび割れをそっと押す。まるで手品か何かのように、指先はすっとガラスを凹《へこ》ませて、そのまま小さな穴を開けた。あとは細かな破片を外に掻き出す要領で、出来た穴を注意深く広げていき、手首まで入る大きさにするだけだ。周囲に気を配りながら左手で窓枠を押さえ、音をたてないように捻締錠《ねじしまりじょう》を回す。相変わらず、中から人の動く気配などは感じられなかった。

錠が外れた。窓枠にかけた手に力を入れて、可能な限り音を立てないように、そっと横に引いていく。真ちゅう製のレールの上を滑る窓は、ものによっては軋《きし》みや滑車の音を立てるものだ。だがこの家は建て付けがいいのだろう。窓は意外なほどに音もなく、実におとなしやかに、すうっと横に滑っていった。これまでガラス越しにしか見たことのなかったカーテンが、今、目の前で揺れていた。

　カーテンの向こうには、まず広縁があった。その向こうには障子戸だ。土足のままで広縁に上がり込み、片隅に置かれている足踏み式ミシンを横目に見ながら、正面の障子戸をそっと開いて、今度は靴の裏に畳の感触を得たところで、改めてライターの火をかざしてみる。八畳ほどの和室は、壁に何か大きなポスターが貼られて、机や箪笥などが置かれ、その中程に二組の蒲団《ふとん》が敷かれていた。それぞれに黒々とした髪を枕の周囲に散らして、女が二人、この上もなく無邪気な寝姿をさらしていた。一人はパジャマのズボンから白いふくらはぎを見せて、いかにも清潔そうな薄掛け蒲団を巻き込むような格好。もう一人は、幼い赤ん坊のように万歳をして、微かに口まで開けている。一見して若い娘だと分かる。つい、生唾を呑んだ。

「おい」

　押し殺した声で呼んでみる。目覚めるなり悲鳴を上げられたらと思うから、こっちだってビクビクものだ。静寂の中に、時計の音と女たちの寝息が広がる。

「――おい」

　二度目に声をかけ、さらに片方の女を、蒲団の上から軽く蹴ってみた。うん、と小さな声を出して、ようやく薄目を開けた女は、眩しそうに何度か目を瞬き、まだ夢でも見ているつもりなのか、再び目を閉じかけたところで、突如としてがばっと身体を起こした。

「……！」

「声を出すんじゃねえっ。そっちの女も、起こせ」

腰を屈め、女に顔を近づけて囁《ささや》きかける。まだ信じられないような顔つきのまま、思った以上に若い娘は、隣の蒲団に飛びつくようにした。弾かれたように、もう一人の娘も目を覚ました。

「いいか。声を出すと、これだぞ」

畳の上に膝をついて、目をまん丸にしている二人の女の鼻先で出刃包丁をちらつかせてやる。二人の娘は、まだ事態が呑み込めていない様子で、ただ互いに抱き合うようにしながら、こちらを見ている。その手や唇が、やがて激しく震え始めたのが、ジッポーの炎の光でも見て取れた。

「金を出せ。早くっ」

包丁の切っ先を小さく左右に振る。後から目を覚ました娘の方が弾かれたように腰を上げて、壁際に置かれた机に飛びつくと、上に置かれていた手提《てさ》げ鞄から財布を取り出した。手先がぶれて見える程の震え方だ。

「よこせっ」

蒲団を踏みつけて娘に近づき、その手から赤い財布をひったくる。

「これだけか」

もう一人の娘を振り向く。そちらの娘は、今度は鴨居《かもい》に引っかけてあった手提げ袋に飛びついて、中から小さながま口を取り出した。そちらも奪い取った上で、改めて包丁を構える。二人の娘は再び手を取り合って、今にも泣きそうな顔のままで蒲団の上にへたり込んでいく。その足下を、何か光るものが伝ったと思ったら、シーツの色が変わり始めた。揃いも揃って、小便をたれやがったのだ。年頃の娘たちだというのに。まあ、無理もない。

「いいか。これから、小さな声で百まで数えるんだ。一から百まで。ゆっくりだぞ」

刃先を鈍く光らせた出刃包丁が、二人の間を行ったり来たりする。囁くような震える声が「いち、にぃ」と聞こえ始めた。それを背中で聞きながら再び畳を踏み、後ろ手で障子戸を閉めて広縁に戻るなり、素早くカーテンをまくり上げて、庭に飛び降りる。いつ背後から悲鳴が聞こえるかも知れないと思ったが、未だ静寂《せいじゃく》は保たれている。哀れな娘たちは、小便を洩らしたまま、今も数を数え続けているのだろう。あたりには相変わらず、ジー、ジーという虫の声だけが広がっていた。

1

日中はそれなりに交通量のある宮地《みやち》ロータリーも、午後八時を過ぎると途端に車の通りが減ってくる。その晩も夜回りから戻ってきた土門功太朗《どもんこうたろう》は、自転車にまたがったまま ロータリーに進入し、時計回りにくるりと半回転する格好で、宮地交番までたどり着いた。既に午後九時を回っている。だが、こんな時間でも身体を動かすと、汗だくになった。二、三日前に梅雨入りが発表になったはずだが、その割に今年は雨の日が少なくて、日によっては真夏のような陽射しになる。

東京東部に位置する荒川区のほぼ中央にあって、京成本線の新三河島《しんみかわしま》駅にほど近く、国電の三河島駅とも、また日暮里《にっぽり》駅ともさほど離れていないところにある宮地ロータリーは、明治通りと尾竹橋通りが交差している上に、道灌山《どうかんやま》通りの始まりでもあり、他にも細い道が通じているといった具合の、複雑なロータリーだ。この地域の人々は、どこへ向かおうにも、まずはここを通らなければならない。

その昔、明治通りという名前もついていなかった頃には、荷馬車も容易にすれ違えないほどの細い道だったと聞いたことがあるが、時代の流れと共に道路が拡張され、次第に賑わうようになったらしい。戦前にはロータリー脇の空き地にサーカスのテント小屋が建ったこともあるほどだそうだ。今現在もロータリーの周辺には何本もの道に仕切られる格好で、銀行の支店や飲食店、パチンコ屋などが建ち並んでいて、駅前とはまた趣のことなる賑わいを見せている。

「おかえりなさい」

自転車を駐めて、交番に入るか入らないかといったところで、背後から声がした。

「コーヒー、持ってきたげたわ」

多恵《たえ》ちゃんが布巾をかけた銀色の盆を持ったまま笑っている。片手で制帽を取り、その手の甲で額の汗を拭いながら、土門は「おう」と自分も笑みを浮かべた。多恵ちゃんのおふくろさんが経営する「カナリア」という喫茶店も、このロータリーを取り囲む店の一つだ。

「よく分かったなあ。ちょうど今、戻ってきたところなんだ」

「そりゃ、そうだわ。ロータリーを走り抜けるところが見えたから来たんだもの」

心持ち顎《あご》をしゃくるような得意げな顔をして見せた後、多恵ちゃんは勝手知ったる様子で土門よりも先に交番の中まで入ると、机の上に盆を置き、さっと布巾をとる。つい最近、宣伝でも見かけるようになったラップというものがフタがわりに貼りつけられているコーヒーカップがひと組だけと、同じくラップに包まれた皿に、キュウリが数枚にトマト一切れの添えられたトーストが姿を現した。ラップというのは透明で薄手のビニールみたいなもので、近ごろでは出前で届けられるラーメンにでも何にでも、これが被せられるようになってきた。瀬戸物にぴたりと貼りつくために、汁や具なども飛び散らないし、中にゴミも入らず、食品が冷めるのも遅らせてくれる、大変な優れものだという話だ。

「——あれ、俺だけ？　他の人たちの分は？」

「持ってこないわよ。だって、さっきここを覗いたら誰も見えなかったんだもん。コーヒーなんか冷めたら不味いに決まってるでしょ」

ものをもらって文句を言う筋合いはなかった。それならそれで他の先輩に見とがめられる前に、さっさと腹に収めてしまうまでのことだ。

「カナリア」のママ、つまり多恵ちゃんのおふくろさんは、ずっと以前から、この交番には何かと差し入れをしてきた人らしい。それは聞いているのだが、こと土門に対しては、馬鹿に親切だ。たまたま一人でいるときを狙っては、「内緒ね」などと言いながら、握り飯だの、みかんだのまで持ってきてくれる。ひょっとして自分に気があるのだろうかと、つい勘繰りたくもなる。

有り難いことは有り難い。もらえば遠慮なく食っている。だが、ただでさえ班の中で一番年下の自分が、先輩たちを差し置いて、いつも一人だけ差し入れしてもらっているというのも、格好がつきにくい。そうでなくとも土門はつい二カ月ほど前に世帯を持ったばかりで、そのことでも、このところ毎日のように周囲から冷やかされているのだ。そして、土門が女房をもらったことを、多恵ちゃんだっておふくろさんだって知っているはずだった。それなのに、彼女らの親切は続いている。

「さ、飲んで。熱いうちに」

「店、まだ開いてんの」

「もう閉めたわよ。これが今日、最後に淹れたコーヒー」

多恵ちゃんは、昼間はおふくろさんを手伝い、夜はドレメに通っている。来年で二十歳になるということだが、来る度に「母さんが」と言いつつも、時としていかにも何か言いたげな顔でこちらを見る。その視線は、いつでも土門を落ち着かない気持ちにさせた。ついつい二枚目ぶった心持ちになって、「気持ちは嬉しいんだけどさ」などと口の中で呟くこともあるくらいだ。

コーヒーカップにへばりついているラップを引きはがすと、豊かな香りがあたりに広がった。まだ十分に熱い。添えられていた角砂糖と生クリームを加え、よく混ぜた上でひと口すすって「うまい」とため息をついてみせると、多恵ちゃんは胸元で丸い盆を抱くような格好のまま、カールさせた前髪から覗かせている目を細めた。

「コーヒーは目覚ましになるんだってよ。それにね、だんだん暑くなってきたからって、冷たいものばっかり飲んでちゃ駄目よって、母さんが。こういうときこそ、身体の中は冷やさないようにした方がいいんだって」

「分かった、分かった。悪いな、いつも。今度、給料が出たら、また出前でも頼むからさ。俺らの安月給じゃあ、そうしょっちゅうは出前なんか頼めないから」

「そんなこと、気にしなくていいのよ。第一、土門さんは、愛妻弁当でも持ってきてるんじゃないの？」

「まさか」

「本当かなあ。新婚さんのくせに」

多恵ちゃんは、立っている間じゅう身体を左右に捻る癖がある。その度に、半袖ブラウスの肩先で、黒く艶やかな髪が、ゆら、ゆら、と小さく跳ねた。

「うちの母さんてさ、本当に土門さんのファンなんだわね。これまでだって色んなお巡りさんに差し入れしてきてるけど、土門さんのことは、特に世話を焼きたいみたい」

何だ、多恵ちゃんじゃなくて、本当におふくろさんの方なのか。今度はトーストにかじりつきながら、土門はつい小さく苦笑した。このラップというものは便利には違いないが、本当のことを言えばトーストなどを包むのには向かないといつも思う。せっかくカリッと焼けたはずの食パンが、ラップのお蔭で湿気がこもり、しなっとしてしまうからだ。

「土門さんは結婚したのよって、私がいくら言ったたって、『そういうのとは関係ないの』とか言っちゃってさ」

「――ふうん」

「ねえ、もしかすると土門さんって、年上の女に好かれるタイプなんじゃない？　て、いうか、年上の女にしか好かれないいんだったりして」

多恵ちゃんは、自分で言っておいて「あっははは」と笑っている。土門も仕方なくにやにやと笑って見せた。そう言われてみれば、そんな気もする。第一、新婚の妻も三歳年上だ。

この夏で二十五になる真智子《まちこ》に、ある日、見合い話が持ち上がったのが、土門が二十一になるかならないかで結婚に踏み切る大きなきっかけになった。見合いを断るためには、この際、土門という交際相手がいることを両親に打ち明けないわけにいかないと、まず彼女の方が言い出したからだ。

「ずい分と条件の整っている相手らしいの。そういう方との縁談をお断りするんだから、功ちゃんはそれ以上の人だって、私、両親に言わなきゃならないと思うわ」

あのときの真智子の顔は、今も土門の脳裏にはっきりと焼きついている。彼女はひどく思い詰めて、青ざめているようにさえ見えた。その顔で、彼女は「どうする？」と土門を見つめた。確かに娘が二十四、五にもなれば、両親だって心配して当然だ。これは、ウカウカしていては他の男に真智子を取られると、土門もにわかに焦りを感じた。それまでは結婚など、まだまだ先のことというか、人ごとのようにしか思えなかったのが、突如として現実的な問題になってしまった。

だが、土門が世帯を持つ決心を固めたからといって、すべてがとんとん拍子で進んだわけではない。土門の方は、田舎のおふくろはともかく、先輩や上司から、いくら何でも少しばかり若すぎはしないかと難しい顔をされたし、真智子は自分の両親から猛反対を受けた。見合い相手に劣らないどころか、まずは警察官という土門の職業からして、受け容れられないというのが、一番の理由だった。「危険すぎる」というのだ。そんな危ない職業に就いている、しかも三歳も年下の男などと、どうして一緒になりたいのだと、特に母親の方は泣き崩れたという。だが、見かけによらず頑固で、一度言い出したら後に引かない性格の真智子は、反対されればされるほど思いを強固なものにして、最後には両親を振り切ってでも土門と一緒になると言い切った。結局、折れなければならなかったのは親の方だ。そして、この正月に結納を済ませ、ようやく桜の咲く頃に式を挙げた。

「それより、ねえ、知ってる？　土門さん」

十九の多恵ちゃんは、丸い目をくりくりと動かし、いかにも大切な話を打ち明けるように、わずかに顔を突き出してくる。

「今度、インスタントのコーヒーが出るんだって」

「そんなの、前からあるじゃないか」

「舶来じゃなくてさ、日本製のよ」

多恵ちゃんは唇を尖らせながら「大丈夫かなあ」とため息をついた。

「母さんがさ、心配してるんだ。そんなもんが出来ちゃって、誰でも手軽にコーヒーが飲めるようになったら、商売あがったりでしょう？　ウチみたいに小さな店なんか、あっという間に立ち行かなくなりゃしないかって」

「まさか。インスタントなんかが、そう簡単に『カナリア』のコーヒーの味を越せるもんか。大丈夫だって」

「そう？　本当にそう思う？」

「お湯を注ぐだけのインスタントと、サイフォンで淹れるコーヒーが同じ味になんか、なるわけないじゃないか。俺の頭で考えたって、それくらい分かるよ」

「母さんが聞いたら、またまた喜んじゃうわ。きっとまた、何か差し入れを持ってくるわよ」

「頼んだよ。楽しみにしてるからさ」

もともと荒川区といえば畑と町工場などが混在していて、いかにも下町らしい風景がそこここに見える地域が多いのが特徴だ。そういう地域に暮らす住民の多くは地元の工場や商店に勤めていて、職人も多い。総じて人情が濃く、庶民的で、気取りのない土地柄だ。だからこそ、こういうつき合いも生まれてくるのだろうと思う。これが、同じ荒川区内でも、国電の内側に位置する道灌山とか日暮里の方になると、少しばかり趣が変わってくる。いわゆる山の手の方は古くからの住宅地で、住民は会社員が多く、いかにも落ち着いた雰囲気だからだ。

「ねえねえ、ラジオで言ってたんだけど、これからオリンピックに向けてさあ、東京中が掘り返されていくんだっていうじゃない？　新しい道路や鉄道が敷かれるっていう話、聞いてるでしょう？」

多恵ちゃんは、戦死した親父さんにそっくりだとかで、見た目はおふくろさんとは似ていない。だが、二人に共通していることといったら、何しろ話し好きだということだ。しかも、さすがに喫茶店をやっているだけあって隣近所の情報などにも詳しいから「有り難い存在だ」と、先輩たちは言っている。何と言っても交番に勤務する警察官は、地域の情報に精通するのが一番だからだ。

警察官たちはそれぞれ独自に情報提供者を持つべきだと言われている。そういう存在を隠語で「檀家《だんか》」と呼んでいるが、どれだけ有力な「檀家」を持っているかが、警察官の実力とも言われるくらいだ。豊富な情報量が、事件解決の糸口を摑める可能性を高め、また、時として事件発生を未然に防ぐことにもつながる。だから土門も常日頃から、出来るだけ地元の人たちとの関係を緊密に持ちたいと思っているし、それなりの努力もしているつもりだった。もともと、そういう人たちと話をするのが好きなたちと来ている。職業や、立場や世代によって、この世の中というものは本当に違って見えるらしい。そのことを学ぶのが楽しかった。

「この辺じゃあねえ、まずは、そこのロータリーの真ん中の畑、あれが取り払われるらしいってよ」

土門は「あれが？」と目を丸くした。そんな話は初耳だ。

「そうなったらさあ、また土門さん達の仕事が増えるかも知れないわね」

「なんで」

「ゆくゆくは信号機でもつけるのかも知れないけど、最初は交通整理のお巡りさんを立たせて、車が真っ直ぐにね、突っ切れるようにするらしいって」

「ふうん――なるほどなあ」

今、広々とした宮地ロータリーの中央部分には縁石で丸く囲まれた畑があって、地元の人が菜っ葉だの何だのを作っている。もともと、そんなものはなかったのに、戦中戦後のろくな物が食えなかった時代に誰かが勝手に作ったという話は、土門も聞いていた。確かに、夜はこうして静かになるものの、このところの交通量の増加は、その畑の周りを、のんびりぐるりと回るような走行方法を許さなくなりつつあった。そこで、畑を撤去して、明治通りと尾竹橋通りは車が直進出来るようにしようという考え方は、ある意味でもっともだとも思える。だがそうなれば、ここはロータリーではなく、ただの交差点になるだろう。

「ねえ、それじゃあさ――」

多恵ちゃんが何か言いかけたとき、机の上の電話機が鳴った。一回目の呼び出し音が鳴り止まないうちに、素早く受話器を取って耳に押し当てている間に、多恵ちゃんは小さく手を振ると、ひょい、と交番を飛び出していった。いつ何が起きるか分からないという、土門たちの仕事をよく理解している。すぐ近所とはいえ、こんな夜更けなのだから、送っていってやりたかったと思いながら、土門は署からの電話を受けた。

2

それにしても、このところの東京は少し変だ。四年後にオリンピックが開催されると決まったから浮かれているということなのかどうなのか、人口ばかりがどんどん膨れ上がって、この二月にはついに電話の市内局番が三桁になった。同じ頃、美智子皇太子妃が第一子の浩宮を生んで、その時ばかりはお祭りムードにもなったのだが、街の空気は何となくわさわさと落ち着かず、嫌な事件や事故がひっきりなしに起きている。

東京二十三区内ではひき逃げ事件が多発しているし、つい先月は世田谷で七歳の男の子が誘拐され、結局は死体で発見された。犯人は、まだつかまっていない。今月に入ってからも、都内で通り魔事件が多発していることを重く見て、土門たちは職務質問《ばんかけ》の徹底を厳しく言い渡されている。ことに夜間は、警戒態勢を強化するという通達があったのだそうだ。

そんな状況の中で、何が異様かといえば、まずは学生たちだ。今年は安保の年で、年明けから何かとその話題が多く、日を追うに従って安保に反対する声が大きくなってきてはいた。それが、ことに今月に入ってからはいよいよ条約成立を目前に控えて、各地で連日大規模なデモが行われるようになった。その先陣を切っているのが労働組合と共に、全日本学生自治会総連合、略して「全学連」だ。つまり、徒党を組み、声をからして安保に反対している連中の中心になっているのは、土門と同世代ということになる。そしてそれは、治安維持のために、命令いかんによっては学生たちに棍棒を振り上げなければならない機動隊員にしても同じことだった。だからニュースなどで彼らの衝突を見ていると、土門はいつも複雑な気持ちにさせられた。

学生たちの言い分も分かるのだ。だが、呑気にデモ行進などしていられるだけ、連中は恵まれているのだという気にもなる。第一、日本はあの戦争に負けたのだ。たとえ戦後十五年が過ぎようと、そう簡単に立場は回復出来ない。アメリカが対立する共産圏の国々との紛争を想定し、日本を巻き込むか、または利用しようとしているとしても、それを拒絶するだけの国力は、まだないのだろうと思う。

第一、土門は見ている。デモ行進に参加して、後遺症が残るほどの大怪我をして帰ってきた息子を持つ商店主の嘆き。友だちに誘われてデモに参加したところ、機動隊から撃ち込まれた催涙弾のお蔭で目が真っ赤に腫れ、結局、何日も仕事を休まなければならなくなったとぼやいていた職人見習いもいた。故郷に住む父親のところにまで公安がやって来たとかで、大慌てで上京してきた父親から「おまえをアカにするために、東京へやったと思っとるのかっ！」とぶん殴られた息子の話。抗議活動が功を奏するようには、どうも見えないような話が巷にはゴロゴロと転がっているのだ。

そして、その一方では、彼らと対峙しなければならない機動隊員の方にも怪我人が増えている。警察学校の同期だったヤツの中にも深刻な怪我をしたものがいるのだ。中には兄弟で機動隊と全学連に分かれている家庭もあって、田舎のおふくろが泣き崩れているという話もあった。そんな切ない話を聞くにつけ、土門は、やっと平和になったこの国で、どうしてこんなことになるのだろうかと思う。

街を歩けば、この頃は『僕は泣いちっち』という、何とも女々しい上に、とにかく東京行きを促すような歌が、やたらと耳についた。嫌な歌だと思いながら、気がつけば自分でも口ずさんでしまっている。

土門だって、上京組であることは変わらない。生まれは東京なのだが、空襲が激しくなってきた頃に、家族は当時まだ四、五歳だった土門を連れて群馬に疎開し、そのまま田舎に根づいてしまった。たまたま高校の同級生に誘われて、警視庁警察官の採用試験を受けていなければ、今もまだ群馬にいたかも知れない。だから、歌の文句ではないが、

「なんで　なんで　なんで　どうして　どうして　どうして」

と言いつつも東京へ出たい気持ちはよく分かるし、自分もまったく同じだったと思う。先々のことなど深く考えていないという点でも一緒だ。ただ、たまたま自分は警察官になっただけのようにも思っている。

正直なところ、この職業が自分に向いているのかいないのかなど、これまで一度として考えたこともない。だが別段、辛いとか嫌だと思ったこともなかった。この仕事は、とにかく飽きるということがない。毎日毎日、必ず違う出来事がある。些細なことで町のお婆ちゃんに感謝されるのは嬉しいし、悪いことをした奴を捕まえたときの快感も、忘れがたいものがある。仲間と酒を酌み交わすのも、上司から昔話を聞くのも楽しい。中でも土門は「檀家回り」が好きだった。

「こんちはぁ」

その日も土門は、店の横に自転車を駐めて㊮と染め抜かれた暖簾《のれん》をくぐった。引き戸に手をかけると、小さな鈴がちりり、と鳴る。いつ来ても香でも焚きしめたような、一方で微かにかび臭い匂いが漂うひっそりとした店の奥から、鼈甲《べっこう》縁の眼鏡をかけた店主

が「いらっしゃい」とも言わずに上目遣いにこちらを見た。七三に分けた白髪交じりの髪には、ポマードできっちり櫛目をつけ、いつでもワイシャツに蝶ネクタイ、その上にカーディガンを羽織っている格好の「たちばな質店」の主人は、見た目は無愛想で、いかにも景気の悪そうな顔つきをしているが、話してみると飄々とした中に意外な面白味がある。

「また来たのかね」

「また、来ました」

「困ったねえ。本官さんなんぞにウロウロされると、こっちの商売上がったりなんだがな。そんなに暇なのかねえ」

店主はいつもそんな言い方をする。だから先輩警察官の中には、「嫌みな野郎だ」とか「慇懃無礼だ」などと陰口を叩くものも少なくない。だが土門はすぐに気づいた。既に五十代の半ばを過ぎているように見える彼は、少しでも威圧的な態度に出るものを嫌うのだ。そういう相手には決して本音を明かさない。その一方で、こちらが素直に教えを乞う態度を示せば、驚くほど色々なことを教えてくれた。質店の主人というものは、まず人を見る。質草だけでなく、人間をきっちり値踏みするのだ。その秘訣やコツといったものを、土門は店主の話しぶりから少しずつ学びたいと思っていた。

「なあ、親父さんが前に言ってた男だけど」

「前に？」

「ほら、アナグマみたいな顔つきでさ、いつも何か嗅ぎ回ってるみたいに鼻を鳴らす癖がある男がいるって」

　制服の警察官が店先で話し込んでいては、客が警戒するに決まっているから、土門はいつでも店主に勧められる前から、店の奥にあって様々な質草などが積み上げられている六畳間に上がり込み、そこで話をすることにしていた。その部屋の向こうに土蔵がある。また、脇の木戸を開ければ渡り廊下で居住スペースにつながっていて、日によっては店主の女房や跡継ぎ息子が、ひょっこりと顔を出しては、土門に向かって時に困惑したような愛想笑いを浮かべることもあった。

　部屋には小さなトランジスタラジオが置かれていた。そこからは、いつでも小さな音量で、流行りの歌や落語、民謡、また、国会中継などが聞こえている。一年中、ほとんど外出もせずにこの空間で過ごしながら、それでも店主はラジオを通して世間の動きを知っている様子だった。

「二、三カ月に一度くらい来ては、色んなものを持ち込むって」

　店主は相変わらず不景気そうな顔のまま、まずは「そんな男の話、したっけかな」などととぼけて見せる。だが、自分も話したいと思っていたらしいのは、薄い玄米茶と煎餅などを出してくるので分かった。

「そう長居してもらっちゃ困るんだがね」

口をへの字に曲げながら、その横顔が何となく嬉しそうに変化するのを、土門も見逃さなかった。

「分かってるよ、少しだけ。で、さあ、前に来たのが、確か桜の頃だって言ってたよね？　だとすると、そろそろ来てる頃なんじゃないかと思ってさ」

出された茶をひと口すすって、土門は店主の顔を覗き込む。すると、鼻眼鏡越しにこちらを見てから、店主はようやく微かに口元をほころばせた。

「そうなんだよな。来たんだよ」

「やっぱりな。いつ」

「ええ、と――三日前、かな」

「今度は何を持ってきた？」

「まあ――腕時計だけどね。今度も」

「どんな」

「――薄型のさあ、高級な奴だよ――新しいしな――近ごろ、そういう手配は、出てるのかい」

土門はいや、と首を左右に振った。少なくとも土門のところまでは、そういう情報は届いていない。だが、おそらく盗品だ。ほぼ間違いなく。

何しろ、話を聞いているだけで不自然なこと、この上もない。そのアナグマ男はほぼ定期的にこの質店を訪ねては、その都度、高級腕時計や眼鏡などを金に替えていくのだという。最初に、そのアナグマの話をしたとき、この質店の主人は「こう言っちゃ何だけどさ」と眼鏡のツルに手を添えていったものだ。

「とてもじゃないが、そんなものを身につけるような男じゃない。一目見ただけで分かるもんだ。ああいう男の持ってくる品物は、まあ、やばいんだよな」

時計や眼鏡といった高級装飾品やカメラ、タイプライターなどといった品は、品物に刻印されている側番からたどれば、製造工場から出荷先、同時に製造された製品の個数まで、すべてが分かる仕組みになっているということは、土門も習って知っている。いつどこで売られたものかを調べれば、そこから持ち主までだってたどり着けるし、盗品として届けられているものかどうかも分かるということだ。だが、同じように質入れされた品物の、一体どの品が「におう」か、どういう品を持ち込む人物が「やばい」と判断されるのかとなると、これは経験を積んでいるプロにしか分からない。「たちばな質店」の店主は、そのあたりのことを、ぼそ、ぼそと語ってくれるのだった。

「泥棒って奴は、盗みの手口もいつも一緒んなるっていうけどさ、盗んだ品を捌くにも、意外と同じ店を使うものなんだ」

「へえ、そんなものかね」

「人間なんて、いちいち違うことをやってるつもりでも、意外と代わり映えがしないっていうことだろうよ」

「だけど、同じ店ばっかり使ってたら、顔だって覚えられちゃうじゃないか。第一そんなにしょっちゅう時計や眼鏡ばっかり質入れしてたら、誰だって怪しいと思うだろう？ちょっと考えりゃ、分かりそうなもんじゃないのかね」

土門の質問に、店主はにやりと笑う。

「そこが面白いとこなんだな。こっちだって商売だから、せっかく幾ばくかの金を払って手に入れた品物が、やれ盗品だ、やばい品だなんだってことになっちまえば、そこで持ち主に戻されたりして、こっちは無駄な銭を払ったことになっちまう。だから、『あっ、こいつぁどうも怪しい品物だな』とピンときたとしたって、こっちからわざわざ、おかみに届けたりはしないのさ。そこんとこを、奴らは、ちゃあんと見越してんだよ」

なるほど、なるほどと、土門はその場でメモでも取りたい気持ちになる。要するに、わざわざ自分の懐を痛めてまで警察に協力する、自ら届け出る質屋など、そういるはずがないということだ。だからこそ、やはり警察の方から相手の懐に入っていかなければならない。協力してくれと言われれば、彼らだって嫌とは言わない。

「それに、向こうにしてみりゃあ、まったく知らない質屋を覗いて、そこで足がつくよりかさ、一度使ってみて、ここなら安心だと思ったところを使う方が、いいんだろうよ」

「なるほどなあ。何も考えてないわけじゃなくて、意外に考えた結果、そうなるんだ」

「敵もさる者、引っ掻くものってな」

店主はくっくっくっと喉の奥を鳴らして愉快そうに笑う。土門は「なるほどなあ」と繰り返しながら、しきりに頷いていた。面白い話だ。警察学校で習ったことよりも、ずっと役に立つ。

交番勤務には、立番や見張り、書類整理といった「在所活動」と、警ら や巡回連絡という名目の「所外活動」の二種類がある。それらの勤務を順番にこなしていくのだが、どの仕事も手を抜いてはならないと分かっていても、やはりこうして「檀家」の話を聞いているときが、土門は何より楽しかった。要するに、じっとしていたくないのだ。いつも外を出歩いていたい。

「俺さあ、もしも警察官を辞めることになったら、セールスマンにでもなろうかな」

ある日、自宅の茶の間でごろりと寝転びながら、土門は何気なく言ってみた。夕食を終えた後で裁縫箱を引っ張り出し、夏の肌掛け蒲団に襟をかけていた真智子は、驚いたようにこちらを見た。

「辞めるの？」

「だから、もしもの話だよ」

門は「冗談だって」と笑った。
針を持つ手を止めて、いかにも不安そうな顔になっている真智子をちらりと見て、土門は「冗談だって」と笑った。

「ただささ、お前の親だって嫌がってるんだし、何かの拍子に、どうしても辞めなけりゃならないってことになったら――」

「駄目よっ、絶対」

急にキッパリした口調で言われて、土門は思わず上体を起こした。真智子は真剣そのものの表情で、「駄目」と繰り返す。

「意地でも辞めたら。うちの両親に『やっぱり警察官でよかった』って思わせるまで、続けなきゃ駄目。そんな、セールスマンなんか、絶対に駄目」

ほんの軽い気持ちで言ったことに、ここまで真剣になる真智子が可愛く見えた。土門は「分かった分かった」と笑いながら、畳の上を移動して、真智子の膝の上に頭を持っていった。真智子の手が、土門の髪を柔らかく撫でる。警察官でもセールスマンでも構わない。とにかく、この暮らしだけは守っていかなければならないと、土門はまどろみながら改めて考えていた。

3

六月十五日、安保闘争は大きな山場を迎えた。全国で五百八十万人もの人がストやデモに加わったと報じられ、全学連が主流となるデモ隊は国会に突入、ついに東大に通う女子大生が死亡する事態に至った。テレビやラジオでも新聞でも、とにかくこの報道ばかりが続いている。

「すげえぞ、おい。議事堂に集まったデモ隊が七千人だってさ」

「こっちからも怪我人が出たってな」

「催涙弾、ぶっ放しまくったって」

今ごろ機動隊の連中も大変な思いをしていることだろう。これはちょっとした内乱騒ぎではないかと、仲間たちと話していた矢先、土門は突如として課長に呼ばれた。

「土門巡査。七月一日付けで、刑事課に異動だ。うちの署のな」

土門は思わずぽかんとなったまま、課長の顔に見入っていた。警ら課長はいかにも事務的な様子で、刑事課で人手が足りず、誰か一人回して欲しいと要請があったのだと言った。

「まあ、ここが思案のしどころというわけだが、三係の方じゃあ、よそから中古を持ってくるよりは、ここで一人、若いヤツを育てたいと考えたらしい。誰かイキのいい奴はいないかって言われたもんでな」

「じゃあ──」

「大抜擢《だいばってき》だぞ、おい。俺らの顔をつぶさんでくれよ」

「──はいっ。ありがとうございましたっ」

敬礼をして、課長の席から離れる間も、まだ夢でも見ているような気持ちだった。最低でも、あと一、二年程度は交番勤務が続くと思っていたのだ。別段それが嫌だというつもりはない。交番の仕事が基本中の基本であることも分かっている。ただ、もう少し別の緊張感が味わいたい、もっと自由に動き回ってみたいという気持ちは、このところ土門の中で、次第に大きく育ち始めていた。私服で動き回り、一つの事件捜査に集中している刑事たちを眺めては、何となく羨ましい気持ちになっていた。ことに松本清張の『点と線』を読んでからは、余計に、そういう気持ちを抱くようになった。

二年ほど前に出た『点と線』は、発売当初から話題になっていたし、その後、高峰《たかみね》三枝子《みえこ》や南広《みなみひろし》、加藤嘉《かとうよし》などが出て映画にもなっている。だが一番話題になっていた頃は、土門はまだ高校を出るか出ないかで、正直なところ、ほとんど別世界の出来事のような印象しか抱いていなかった。先輩から本を借りて小説を読んだのは、結婚する少し前のことだ。そして初めて、警察官になったからには、自分にもそういう方向に進める可能性があるのだと意識した。だが、それも当分、先のことだ。しばらくは交番勤務が続くだろうとしか考えていなかった。

――刑事になる。俺が。

考えただけでゾクゾクしてくる。捜査三係といったら、平たくいえば泥棒を捕まえる部署だ。空き巣、コソ泥、忍び込み、これから自分は日夜そういった連中を追いかけることになる。これが殺人や誘拐などの凶悪犯罪を扱う一係だと、途端に周囲が血なまぐさくなりそうだし、かなりの覚悟も必要だと思う。真智子だって心配するだろう。また、贈収賄や選挙違反などといった知能犯を捜査する二係なら、帳簿も読めなければならないだろうし、緻密で地味で、とにかく根気強い捜査が必要だと聞いている。もしも、そんな部署に回されたら、新たに机にかじりついて簿記の勉強でもしなければならなかったかも知れない。よかった、三係でと、土門は心の底から思った。

「おい、何だよ、こいつっ。もう交番を卒業だって？」

その日の夕方、交番勤務から署に引き揚げてきた頃には、噂はもう警ら課全体に伝わっていた。土門は、まず同い年の同僚に肘鉄を食らわされた。他の交番から戻ってきた先輩たちも、一斉にこちらを見ている。

「お前、ちょっと早すぎねえか、何をやるんでも」

先輩の一人が、あからさまに面白くなさそうな表情で顎を突き出してきた。土門は曖昧に頭の後ろを掻いて見せた。二カ月前までは同じ待機寮で暮らしていた先輩だ。結婚の報告をしたときにも「生意気だ」と、祝福とも思えないほど手荒い扱いを受けた。

「おい、土門っ。お前、白状しろよな。何か、手でも使ったんだろう」

先輩は、土門を上から下まで眺め回すようにして威圧的に声を荒らげる。この男も刑事志望だったことは、土門も忘れていない。

「勘弁してくださいよ。そんなもの使うわけ、ないじゃないですか」

「そんじゃあ、どうして一番ひよっこのお前が、真っ先に刑事に引っ張られんだよ」

実は、今日は宮地交番にいても、一日がやたらと長く、気まずかった。普段一番身近にいて、一緒に仕事をしてきたはずの先輩や班長までもが、土門の異動を知った途端どこか白けた表情になり、誰一人として正面から「おめでとう」とも言ってはくれなかったからだ。重苦しい一日からようやく解放されたと思ったのに、嫉みの範囲が広がっただけなのかと思うと、土門は情けなくなった。

「何やってんだ、おまえら」

特徴のある甲高い声が響いた。いつも無表情で冷たい印象の、土門に対しても一度として言葉などかけてくれたことのない保木《やすぎ》交番所長だ。ただし、土門のいる宮地交番ではなく、道灌山交番の所長をしている警部補だった。こんな人が町角に立っていたって、市民は容易に近づけないのではないかと、土門は遠目に眺めながら、常々考えていた。

ところが今、その保木所長が、何となく面白くなさそうな顔つきの部下たちを一瞥した上で、土門を刑事に推薦したのは、この自分だと言った。これには土門も驚いた。自分の直属の部下でもないのに、どうしてそんなことをしてくれるのだろうかと、思わず首を傾げた。

「何か、文句でもあるのか」

「どうして、土門なんです」

小さなどよめきの中から、先輩の一人が声を上げた。それこそ、保木所長の直属の部下だ。すると所長は澄ました表情で「俺がそう判断したからだ」と言った。それから初めて土門の方を向くと、相変わらず冷たそうな無表情のままで、「期待してるぞ」と言い、さっさと行ってしまった。ちっとも期待しているように聞こえない口調だ。

まるで分からない。どうして今、刑事なのか。どうして保木所長の推薦なのか。だが、これは命令だった。あれこれ考えたって仕方がない。土門は黙って異動の日を待つことにした。

翌日から、仕事のリズムが変わった。所長の計らいもあって、取りあえず今まで世話になった「檀家」に挨拶回りをしてくる時間を大きく割いてもらえることになったからだ。

「同じ署内で持ち場が変わるってことは、これまでにお前が開拓した檀家さんたちから、ますます世話になるってことだろう」

いつもなら土門が立番につくはずの時間帯も、先輩が立つようにと命じられた。いかにも面白くなさそうな顔で交番の外に立つ先輩の横をすり抜けるようにして自転車にまたがり、土門はロータリーにむけて自転車を漕《こ》ぎ出した。いつかは、こうしてこの宮地ロータリーを走り抜けた日のことも、懐かしく思う日がくるのだろうか。何といっても、ここが出発の地、警察官人生の始まりの場所なのだ。最後が少しくらい気まずかったとしても。

「たちばな質店」はもちろんのこと、店番までさせられることも珍しくなかった「みよし洗濯店」や、非番の日には何度か居酒屋に連れていってくれた「沼尻《ぬまじり》電器商会」の社長のところ、昼寝をさせてくれた寺の住職にも会い、実は酒好きで女好きという神社の神主も訪ねるつもりだ。だが取りあえず、その日は日暮里を目指すことにした。

ロータリーから尾竹橋通りに入り、しばらく進んで右に折れる。そこから国電の日暮里駅前までの道は、道路の左右に繊維問屋や小売りの店が軒を連ねる、いわゆる繊維街になる。何でも大正の初め頃までは浅草界隈で商売をしていた古繊維や裁落《さいらく》などの業者が、当時はまだ野原ばかりだったこの土地へ集団移住してきたのが、繊維街の始まりだそうだ。戦時中は物資の不足から立ち行かなくなった店も多いというが、戦後は再び古着や、羅紗の裏地の他、進駐軍からの払い下げ品なども扱うようになって息を吹き返した。卸の店が多いだけに、夜は早い時間に閉まってしまうが、日中の賑わいは大したものだ。いつも路上に車が駐まり、太く巻かれた服地を肩に担いだ人々が行き交う通りを、土門は中ほどまで進んでいき、一軒の服地屋の前で自転車を駐めた。

「こんちはぁ。いるかい？」

帽子のつばに軽く手を添えて店の奥まで進んでいく。何十、何百という服地が筒状に巻かれて積み上げられている店の奥から、おかっぱ頭の女性がひょい、とこちらを見た。

「あっ、土門さん！」

今日も可愛らしい小紋《こもん》の着物を着て、加奈ちゃんがぱっと立ち上がる。本当は「ちゃん」などと呼んでは失礼な年頃なのだが、本人が自分を「加奈ちゃん」と言い、人からもそう呼ばれるのを望んでいる。

「よう、元気かい、加奈ちゃん」

土門が笑いかけると、加奈ちゃんは急にもじもじとはにかんだようになり、小さく「うん」と頷いた。

「お父さんは？」

「お父さん？　いるわよ」

「どこに」

「あのね、お店の裏」

「呼んできてもらえるかな」

「加奈ちゃんが？」

「ああ、頼める？」

加奈ちゃんは「うーん」と少し考える顔をした後で、いかにも悲しげな顔になって首をいやいやと振る。その仕草は、幼い少女そのものだ。可愛らしく、頼りなげに見えれば見えるほど、だから加奈ちゃんは哀れに見えた。

「どうして？　頼むよ」

「だって。だってね、加奈ちゃん、お父さんに言われてるんだもん」

「何て」

「もし、土門さんが来たらね、お茶を出してあげなさいって」

ああ、そういうことかと小さく笑いながら、土門は、それならば先にお父さんを呼びにいって、それからお茶を淹れてもらえないだろうかと提案した。

「それなら両方、出来るだろう？」

加奈ちゃんは、それは嬉しそうな顔で両手を組み合わせると「そうね、そうね！」と言って、着物の裾を翻し、パタパタと店の奥に走っていった。既に三十をいくつも過ぎている。だが、加奈ちゃんの時計の針は、ある日を境に、幼い日のままで止まってしまったらしい。

「やあ、ここんとこ、ちょっと顔見せなかったじゃないかい」

ほどなくして、つるりとした禿頭の小柄な男がせかせかと店の奥から姿を現した。この、「谷田部《やたべ》商店」の谷田部為造《ためぞう》という店主との縁を結んでくれたのは、あの「たちばな質店」だった。ちょうど今から一年ほど前に、谷田部商店の前に駐めておいた車から、積んであった服地がごっそり盗まれるという事件が発生したのだ。その服地が、犯人の手で「たちばな質店」に持ち込まれた。当時、土門は既に「たちばな質店」に出入りするようになっていた。例によって案内もされないまま奥の六畳間に上がり込んだところで、その大量の服地を発見したのだ。お蔭で服地は無事に谷田部商店に戻り、土門は大いに感謝されることになった。以来、店に立ち寄る度に茶だの菓子だのを出してもらい、この頃ではすっかり休憩所のように使わせてもらっている。

「何だい。ここんとこのデモだの何だのの煽りは、受けてやしないんだろう？」

「そりゃあ、そうだけどさ。これでも、俺も結構、忙しくしてるんだ」

「そりゃ、そうだろうさ。でもまあ、せっかく来てくれたんだ。一服していきなよ」

すすめられて店の奥の席に座り、土門はようやく帽子を取った。今日も雨は降っていないが、いよいよ蒸し暑い。こうして帽子を取ると、頭がすうっと涼しくなった。

「加奈子が淋しがってたよ。『土門さんはお嫁さんをもらってから、あんまり顔を見せてくれない』とさ」

谷田部の親父さんは、穏やかに笑いながら「いこい」を勧めてくれる。土門は手刀を切る真似をして煙草を一本抜き取ると、そのまま口にくわえた。

「そう言われると、話しづらくなるな」

「何が」

マッチの火を分け合ってひと口目を吸い込み、ふう、と煙を吐き出したところで、土門は今度の異動の話を聞かせた。すると、頭頂部が光って見えるくらい見事にはげ上がっている谷田部の親父さんは、「へえっ」といかにも驚いた顔になって、それから急にそわそわと落ち着きなく辺りを見回し始めた。

「刑事かい。へえ、そりゃあ、こうしちゃいらんねえや」

「何がさ。どうしたんだい」

「だって、刑事さんになるんだろう？　すごいじゃないかよ。お祝いをさ、しないとな。いや、その前に」

まずはおめでとう、というひと言が、意外なくらいに胸に沁みた。土門は一度立ち上がって、「ありがとう」と丁寧に頭を下げた。

「自分でも、何でか分かんないんだ。だけど上司が推薦してくれたんだってさ」

「そりゃあ、見どころがあるからだよ」

「見どころ？」

「当たり前じゃないか。上の人ってえもんは、見るとこは見てっから、偉くなってんだ。何はともあれ、いやあ、めでたい」

　昨日からの、同僚や先輩たちから浴びせられた、祝福とは受け取り難い言葉や視線の一つ一つが思い出された。別段どうということもないつもりだった。そういう連中には「お先に失礼」と言ってやるだけのことだ。涼しい顔をしていればいいと自分に言い聞かせてもいた。だが、実のところは、やはり凹《へこ》んでいたのだと思う。当たり前だ。ずっと仲間だと思ってきた。それなのに、いちばん信じていたつもりの先輩までもが、口をきいてくれなくなった。そこまで嫉妬や敵意をむき出しにすることもないではないかと、正直なところ、昨日から今日にかけての土門は、憂鬱《ゆううつ》でたまらなくなっていた。帰宅して、真智子から「おめでとう」と言われても、思い切り喜べなかったくらいだ。

「さて、と、どうすっかなあ」

　今、もみ手でもしそうな勢いでウロウロと歩き回っている親父さんを見ているうちに、土門はようやく心の底から嬉しさがこみ上げてきた。そうだ。別段、誰かを出し抜いたわけでもなければ、汚い手を使ったわけでもない。女房以外にも、ちゃんとこうして喜んでくれる人がいると思うと、それが何よりの力になる。

　奥から加奈ちゃんが注意深くお茶を運んできた。ずい分と時間がかかったところを見ると、思い切り丁寧に淹れてくれたのだろう。その茶をひと口すすったとき、親父さんが「そうだ！」と声を上げた。

4

昭和三十五年七月一日、土門功太朗は荒川中央署刑事課捜査第三係に配属となった。それまで、署に着いて真っ先に向かう場所といったら更衣室で、制服に着替えることが最初の作業だったのが、今日からは私服のままで署の階段を駆け上がり、刑事課の部屋に向かう。それだけで気持ちが浮き立った。

「おいおい、やけにバリッと決めてきたじゃないか」

まず異動の挨拶と報告を行い、これから直属の上司となる志藤係長の前に立つと、以前から顔だけは見知っていた係長は土門を上から下まで眺めた上で、にんまりと笑った。

「新調したか」

「はい」

「ずい分奮発したな。高かったろう」

「いえ、それが」

ふう、と一つ息を吐いてから、土門はこの真新しい濃紺のスーツは、日暮里の繊維街に店を構える知人からの、祝いの品なのだと打ち明けた。

「紳士服地を扱う店なんです。それで、今度刑事になるって話したら、お祝いにと仕立ててくれました」

谷田部の親父さんが選んでくれたのはウールの中でもポーラという織り方をしている夏向けの服地で、細かな格子から向こうが透けて見えるものだった。フレスコとも呼ぶそうだが、とにかく通気性のいいのが特徴で、肌触りはあくまでもシャリッとしており、皺《しわ》も寄りにくいという。蒸し暑い季節にはぴったりの服地だそうだ。袖を通してみると確かに意外なほどに涼しく、スーツの裏地も透けて見える。それがまた、何ともいえずにお洒落だ。

吊しの上着でさえろくに持ち合わせていないのだから、仕立てのスーツなど初めてに決まっている。せっかくこれだけ涼しげなスーツを贈ってもらったとなれば、足下だって考えないわけにいかない。土門は、これもまた生まれて初めて、白と紺のコンビの革靴を買った。靴下も明るいベージュ色だ。上から下まで新品で揃ったそれらの品を並べてみせると、真智子は「派手だわ」と目を丸くし、それから「素敵だけど」と、くすくすと笑った。そして、自分からはこれが祝いだと、ネクタイを贈ってくれた。だから今朝、土門は谷田部の親父さんと女房の祝福に全身を包まれて、文字通りピカピカの気分で家を出てきた。途中で買った煙草まで、この服装に合わせて最近発売になったばかりの「ハイライト」にしたくらいだ。

「まあ、格好だけは一人前だな。せいぜい頑張ってくれよ」

志藤係長は、まだ口元に笑いの余韻を残したまま、「手が足りんから、来てもらったんだからな」と続けた。

「ずっとうちの署にいたんだから、知ってると思うが、このところうちの管内で連続して発生している強盗《タタキ》な、あのホシを、何としてでも挙げなきゃならん」

その事件《ヤマ》なら、土門もよく知っている。交番での夜勤の日、深夜に無線機が鳴って、たった今、侵入盗事案が発生したという緊張をはらんだ声が聞こえてきたことも、一度や二度ではなかった。被害に遭っている家は、管内でも特に山手線の内側ばかりに集中している。

「手口は『焼き切り』って奴だ。そして、野郎は犯行前に押し込む家の敷地内で必ず煙草を一服しやがる。銘柄は『新生』だ」

焼き切りとはガラス戸をライターの火などであぶり、十分に熱した上で水などをかけ、ガラスにひび割れを作って、そこから手を突っ込んで施錠を外すといった手口のことをいう。今回連続している侵入盗事案では、犯人は熱した窓ガラスに自分の小便をかけていることが、鑑識の結果で分かっている。

「一番最近が、この二十九日の深夜だ。野郎は、その家の母屋じゃなくて離れを狙いやがった。離れは、そこの家の娘たちの部屋になっててな、まだ二人とも二十歳そこそこの姉妹なんだが、真夜中の寝てる間に突然、知らない男に押し入られて包丁を突きつけられたわけだから、大変なショックを受けてる」

「若い娘って——乱暴されたりは」

「幸い、それはなかった。相手も金が欲しい一心で、そっちまでは気が回らなかったのかも知れんがな。その割に、奪った金は五百八十円っていうんだからな」

「それじゃあ、アルバイトの日当程度ですね」

「そういうことだ」

こうして捜査を担当している人物からじかに話を聞いていると、事件に対する印象がまったく違うものになっていく。これまでも同じ署内にいて、刑事たちが動き回っているのは見ていたし、無線でもさんざん聞いてきたはずなのに、あの事件は現実だったのだということが、急に実感となって迫ってきた。しかも、自分と同世代の女の子が、そんな目に遭ったと知ると、余計に頭に血が上る。

——ふざけやがって。

今日から全力を挙げて、その男を追いかけてやる。どんな野郎だか、とくと見てやろうという気持ちになった。刑事は通常、二人ひと組で班を作る。土門が組むように指示されたのは野嶋という五十がらみの刑事だ。

「まあ、ぼちぼちやろうや」

ところが、張り切って挨拶をした土門に対して、野嶋班長の応えは至極のんびりとしたものだった。

「あんた、どこの交番にいたって？」

「宮地交番です」

「ああ、あの、ロータリーんとこかい」

それならば、事件が頻発している界隈までは担当地域に入っていないなと言われて、土門は素直に頷いた。

「そんじゃあさあ、まずは午前中一杯、これまでの捜査記録をみっちり読んで、事件の概要ってヤツを頭に叩き込んでな、午後からは土地勘を身につけてもらおうかな。実はさ、俺は今日一日かけて、別のヤマで引っ張った被疑者《マルヒ》の調べに入らなきゃならん。これが、なかなか口を割らない野郎でなあ、あんた一人で、歩けるだろうな？」

野嶋班長は、半分眠たそうな顔つきで首の後ろなどを掻いていたが、とにかく今日のところは聞込みなどする必要はないから、一人で事件のあった地域をよく歩き回って、地形や町並みなどを頭の中に叩き込んでおけと言った。土門は素直に一連の事件に関する書類を机の上に積み上げ、片っ端から読み始めた。

同じ手口による犯行は、この春過ぎから起こり始めている。当初は別の所轄署の管内になる北区の田端や滝野川界隈で起きていたものが、五月くらいから道灌山周辺で頻発するようになった。「焼き切り」の手口、現場に遺す煙草の吸い殻、さらに靴跡なども一致しているようだ。だが現在のところ、指紋はほとんど検出されていない。これが、犯人《ホシ》の身元を割り出すのを遅らせているのだろう。

　犯人は、これまで押し込んだ家の住人を直接傷つけるということはしていない。常に出刃包丁などをちらつかせて「金を出せ」「これが見えないか」などと言葉で脅すだけだ。そのことを考えると、あまり荒っぽい男ではないのかも知れないという気がした。直近の犯行についても、それだけ若い娘の部屋に押し込んでおきながら乱暴はしていないというのだから、そう凶暴でもなく、興奮しやすいタイプでもないのだろうか。

　被害者の供述によれば、犯人は常にライターの火をかざして脅すらしい。犯人は、その火の向こうに隠れる格好になって、はっきりと顔を見られていないようだ。それでも複数の証言から、面長で頬骨が高く、目の細い男という特徴が記されている。全体の印象はやせぎすで、背はあまり高くないという。

　だが、そんな特徴を持つ男くらい、掃いて捨てるほどいるだろう。もう少しでもはっきりとした特徴が摑めないものだろうかと考えながら、とにかく午前中一杯をそうして過ごし、ようやく正午を回った頃、土門は署を出ることにした。警察手帳と手錠だけをポケットにひそませて歩く。今日も空には鉛色《なまりいろ》の雲が広がっているし、湿気を含んだ、嫌な風が吹いていた。それでも、つい口笛でも吹きたいような解放感だ。

青い背広で　心も軽く

街へあの娘と　行こうじゃないか

ふいに昔の歌が口をついて出た。戦前の歌だと思う。死んだ親父が、よく歌っていた。確か、歌っていたのは藤山一郎だ。

勤務中に、こんな鼻歌が飛び出すこと自体が、かつてないことだった。制服が嫌だと思ったことなど一度もありはしないが、軽くて涼しいスーツで身軽に歩けることが、こんなにも嬉しい。ああ、何て楽なんだろう。

署から明治通りを真っ直ぐ行けば、嫌でも宮地ロータリーに着く。今日は順番からして、土門のいた班が日勤に入っている日だった。交番の前に先輩か班長が立っていれば、当然のことながら土門に気づくことだろう。どうせ大していい顔もされないのだから、知らん顔して通ってしまおうか。だが、昨日まで仲間だった連中を無視するのも、気分のいいものではない。思い直して、土門は「こんちは」と交番を覗いた。ちょうど机に向かっていた先輩が、驚いたような顔を上げた。

「よう、土門。おまえ、もうここが恋しくなったのか」

予想外の明るい声に、奥で昼食をとっていたらしい先輩たちも顔を出した。皆が一様に笑顔なのを、土門は意外な思いで眺めた。

「おっ、それか、谷田部商店からの異動祝いは」

「ちょっと派手なんじゃねえか？　あっ、こいつ、靴までこんな気障なもんを履きやがって」

「馬鹿だなあ。どうせ、あっという間に埃《ほこり》で汚れるのに」

皆が物珍しげな顔つきで、冷やかすように真新しいスーツの袖口をさわったり、肩を叩いたりする。土門は、えへへ、と笑いながら、されるままになっていた。ああ、やはり仲間は仲間なのだ。本当に、心の底から嫌な連中など、そういるはずがないのだと、改めて感じていた。

「俺らの中から大抜擢を受けたんだから、手柄を立てろよな」

「そうだぞ。警らの名誉にかけて」

交番勤務の若い警察官の多くは、それぞれに先々の夢を抱いている。公安に行きたいもの、パトカーに乗りたいもの、そして刑事を目指しているものもいた。それを、自分たちの後ろからついてきていたはずの後輩が、ひょいとかっさらうようにしたのだから、複雑な気持ちにならなかったはずがない。正直な彼らは、それを隠すことも出来なかったのだ。だが動揺が静まり、気持ちが落ち着きさえすれば、こんなにも気持ちのいい笑顔で、土門の門出を祝ってくれるではないか。

「これから靴底が減るぞ」

「しょうがないですよね。それが仕事ですから」

「こいつ、もう一人前の口をききやがって」

班長から小突かれているとき、「あらっ」という声が響いた。振り向くと、「カナリア」のママが盆を持ったままで口をあんぐりと開けている。彼女は乱暴に盆を置くと、土門に向かって拳を振り上げる真似をした。

「もうっ、水臭い子だわね！　何だって刑事になったこと、教えてくれなかったのよ！」

二の腕の辺りを本気で叩かれて、土門は苦笑しながら、「わざとじゃないよ」と逃げる真似をした。

「本当だって、本当だよ。急に決まったことでさ、それからタイミングが合わなかったんだ。こっちの仕事が立て込んだり、やっと時間が出来たと思うと、店がもう閉まってたりしてさ」

だが、「カナリア」のママは一向に納得していない様子で、こんなに情けない話はないと頬を震わせた。

「息子か弟みたいに思ってきたっていうのにさ、その私が、他の人から門ちゃんの異動を知らされるなんて、どんな気持ちのするもんだと思うのよ、ええっ。薄情にもほどがあるってもんだわ。いくら嫁さんが可愛いからってね、日頃こうして何くれとなく世話を焼いてきたこの私を、もう用なしだと言わんばかりに無視するなんて、あんまりでしょうがっ」

「分かってる、分かってるってば」

これまでさんざん世話になってきたことは十分に自覚しているし、感謝もしている。多恵ちゃんにだって、ちゃんと挨拶しなければと思っていたと、土門は平身低頭して謝った。ママは真っ赤に塗った唇を大きく歪めて腕組みをしていたが、土門が拝む真似をしながら「ごめんな」と上目遣いに見上げると、ようやく諦めたようにため息をつき、それから、すっと目を細めた。

「そんならさ、これからウチにいらっしゃい」

「――え？」

「ここで働いてる間は、そんな暇もありゃしなかったんだからさ、一度、ウチの店でお昼ご飯、食べてってちょうだいな。ね？」

そうだ、それくらいはするべきだと先輩たちからも口々に言われて、土門は半分苦笑しながら、ママと並んで「カナリア」に向かうことになった。狭い店に足を踏み入れると、いくつものサイフォンが並んでいるカウンターの内側で、大きな鍋をかき混ぜていた多恵ちゃんが「あっ」と声を上げる。二、三人いた客が、一斉にこちらを見た。

「スーツなんか着ちゃって！」

土門は、ここでも改めて母子に頭を下げることになった。

「ちょっと、立派だと思わない？　似合ってるわねえ、このスーツ」

ママが目を細める。多恵ちゃんも「ふうん」と言いながら、こちらが照れるくらいにジロジロと土門を眺め回した。

「それ、奥さんの趣味？」

違う、違うと顔の前で手を振って、カウンターに向かって腰掛ける。そこから見るママと多恵ちゃんは、この数年間、馴染んできた人たちとは少し違って見えた。だが、ここにいる彼女たちこそが、普段の姿なのだ。その証拠に、ちゃんと絵になっているというか、母子はこの場の空気と一体になっているのが感じられた。

「今日の昼定食はハヤシライスなんだけど、いいでしょう？」

「ああ、いいね。大盛りで頼むよ」

エプロン姿で笑っている母子をカウンター越しに眺めながら、土門は改めて店内を見回し、また、窓の外の風景を眺めた。僅かに身を乗り出すと、宮地ロータリーが見える。そこを突っ切る人の姿も見ることが出来た。ここでこうして外を眺めては、土門が外回りから帰って来るのを見計らって、コーヒーなどを届けてくれていたのだ。

「こぼさないように食べなさいね。真新しいスーツなんだから」

本当の親のようなことを言いながら、やがてカウンターには大盛りのハヤシライスと小さな野菜の盛り合わせが置かれた。土門はものも言わずにスプーンに手を伸ばし、ハヤシライスを掻き込んだ。二人の視線を感じる。やはり、ここは一生の思い出の地になるに違いない。宮地ロータリーも、「カナリア」の母子も、すべて忘れるまいと自分に言い聞かせながら、黙々とスプーンを動かした。

5

「カナリア」でうまいコーヒーまでご馳走になり、ママと多恵ちゃんから散々、激励の言葉をかけられて、土門はようやく解放され、今度こそ道灌山方面に歩き始めた。交番勤務は担当地域が決められている。よほどのことがない限り、その地域から出ることはない。だから土門はこの一年余り、さして広いわけでもない地域ばかりを、ずっと巡ってきた。今、その目に見えない境界線を越えるというだけでも、妙に気持ちが浮き立つ。

宮地ロータリーから行くと、道灌山通りはやがて山手線の線路とぶつかる。まだ噂の段階らしいが、ゆくゆくはその場所に新しい駅が出来るということだ。日暮里駅が目と鼻の先にあるのだし、そんな必要があるのかと思うが、何でも将来この辺りに地下鉄を通す計画が持ち上がっていて、その地下鉄と山手線との乗り換えのために、新たな駅を作ろうという動きがあるのだそうだ。果たして五年後、十年後、町はどう変わり、その頃、自分はどこで何をしているのだろうか。まったく想像がつかない。だが、そんなことより、まずは今日のことだ。腹は膨れている。真新しいスーツも靴も快適だ。こんな天気でも、気持ちは浮き立っている。

なあ、おい、俺、何に見える？

ねえ、知ってますか。俺、今日から刑事になったんですよ。

突然そんな風に話しかけたら、すれ違う人はさぞかしびっくりするに違いない。頭がイカレてると思われるかも知れない。だが、そんな風にびっくりした顔をされる様子を想像することさえ楽しい。

青い背広で　心も軽く
街へあの娘と　行こうじゃないか

一度思い浮かんでしまった歌は、壊れた電蓄みたいに何度でも何度でも頭の中で繰り返されている。それさえも楽しかった。ああ、何て気持ちがいいのだろうと、つい大きく両手を広げたいくらいだ。

それでも山手線のガードをくぐる頃には、ようやく気持ちが改まってきた。ここまで大股ですたすたと歩いて来たものが、自然に歩みもゆっくりになる。右手にこんもりとした繁みが見えてきた。

右手に開成高校を眺めながら少し歩いて、何気なく、適当なところで右に曲がり、土門は坂道を上り始めた。道幅の広くない急な坂は、今日のように蒸し暑い日には、少し上っただけでも息苦しささえ覚えそうだ。この辺りなら、真夏にはさぞ蟬時雨に包まれることだろう。第一、さすがにこの辺りは趣のある戸建ての家が多い。家々の塀も高くしっかりしている。だが、これが逆に、賊にとっては都合のいい目隠しになるのだろう。

甘い夜風が　とろりと吹いて
月も青春　泣きたい心

あの歌の、全部の歌詞までは覚えていない。果たして何番まであったかも知らなかった。ただ、ところどころ覚えているフレーズを頭の中で繰り返し口ずさみながら、汗をかかない程度のテンポでゆっくり、ゆっくりと坂道を上っていく。すると、坂の上の方から、男が一人下りてくるのが目にとまった。

半袖シャツにGパン姿。運動靴を履いている。髪は短髪。三十七、八といったところだろうか。

ふとさっきの「カナリア」の店内が思い出された。あの店と、ママの雰囲気はぴったり合っていた。交番に現れるときには、化粧の濃さなり服装なりが、妙に浮き上がって見えなくもなかったのに、あの店にいれば、ママは店の一部のように溶け込んで見えた。要するに、それが釣り合いというものなのだろうか。男と女でも、人間と持ち物でも、そして、周囲の雰囲気と人とでも——。

また坂の上を眺める。相変わらず、男が坂道を下ってくる。持ち物はなく、手ぶらだ。服装からして、セールスマンなどでないことは確かだと思う。当然のことながら、学生という年齢でもない。この、勤め人の家ばかり建ち並ぶ界隈で、彼は明らかに、町の風景に溶け込んでいない。痩せぎす。面長。目が細い。

男との距離が縮まっていく。土門は大きく息を吸い込んだ。

「もしもし」

互いに向かい合ったところで、立ち止まって相手を見上げた。細い目の男は、坂の上から黙ってこちらを見ている。土門は胸のポケットに手を入れて、警察手帳を取り出した。

「お宅、この辺の人じゃないよね」

手帳を差し出して、改めて男を見つめた。男は手帳と土門とを見比べている。そののど仏が上下に動くのを、土門は見逃さなかった。その途端、自分でも内心で驚くような声が出た。

「お前だなっ！　入ったろうっ！」

痩せぎすの男は一瞬、口元をひくひくと動かしたが、その背中から瞬く間に力が抜けていくのが、見ていても分かった。

「――すんません」

うなだれた顔から、絞り出すような声が洩れた。その、あまりにも呆気ない返答には、思わずこちらの気が抜けそうになったが、それでも土門は、相手のためというより、自分の気持ちを鼓舞するために、「認めるんだなっ」と念を押すように声を上げた。

「なあ、認めるなっ！　分かるんだよ、それぐらいっ！」

「やっぱり――そう、じゃねえかと思ったんだよな。坂の上からだんなを見たとき」

その瞬間、頬の辺りをゾクゾクする感覚が駆け上がった。「だんな」と呼びやがった。こりゃあ、おそらくホンボシだ。

――いかん。

予想外の展開だ。こんな偶然があるものだろうか。だが、もしも今、この男が本気で逃げ出したら、土門一人では取り逃す可能性が高い。こちらの動揺を少しでも気取られてはならなかった。

「じゃあ、覚悟を決めんだな。いいな、おとなしくしろよ」

力なく頷く男に、ぐっと近づく。心臓は、ぎゅっと縮こまったままだ。土門は思わず膝が笑い出しそうなのを必死で堪えながら、まずは男と同じ高さに立った。すると、男の目の位置は土門よりも下にきた。坂の下から見上げていたから、ずっと大柄な男に見えたのだ。そのまま、土門は相手の背中に右手を回して、Gパンのベルト部分を握り、左手は相手の手首の辺りに軽く添えるような格好で、ゆっくり歩き始めた。

「で、さあ。今日は、何やってたんだい」

「そんな、旦那――分かるでしょう」

「下見か」

「へえ、まあ――」

「よし、じゃあ、続きは向こうで聞かせてもらおうか」

自分でも何を言っているのか分からなくなりそうだった。何の続きを聞こうというのだろうか。口から出任せに「下見」などと言ってみたものの、相手の返答は、何やら曖昧なものだ。つまり、自分はまったく見当違いのことをしているのかも知れないという考えが頭をかすめる。だが、とにかくこの男は「何か」やらかしている。それだけは間違いないようだ。

「人目もあるからさ、こんなところで手錠《わっぱ》も出したくないんだ。だがな、分かるだろう？　騒いでも無駄だ。だから、おとなしくしろよな」

右手にぐっと力を入れると、それだけで、貧相な体格の男は、ぐらりと身体をよろめかせる。土門は、真新しい背広で男にぴたりと寄り添うようにして、坂道を下り始めた。ここから一番近いのは道灌山交番だ。坂道を下りて右に行けば、すぐに着く。とにかくそこまで行くことだけを考えた。

「なあ、この前さ、一軒家の離れに入ったろう」

「ああ――へえ」

「あそこん家はさあ、娘が二人、いたよな」

「――そうです」

「年頃の娘だぞ。あんた、ムラムラッときたりは、しなかったのか」

「しませんよ、そりゃ」

「なんで」

「そんなことより、金が欲しかったし、それに」

「それに？」

男は、ふう、とため息をつくと、さらにうなだれるような格好になる。

「目の前で小便を洩らされちゃあ――たとえムラムラッと来てたとしたって、冷めますからねえ」

口では「ふうん」と言いながら、土門はほとんど小躍りしそうになっていた。これこそが「秘密の暴露」というヤツだ。真犯人しか知り得ないことに違いない。姉妹のいる家の離れに忍び込んで、娘たちが粗相したことまで知っているのなら、それは、彼が間違いなくホンボシであることを語っている。

こめかみを汗が伝って落ちた。土門は、相手に気づかれないように何度も深呼吸を繰り返しながら、必死で「落ち着け」と自分に言い聞かせていた。

「なあ、あんた、仕事は、何してんだよ」

「仕事はしてないです――ムショを出たばっかりで」

「何だよ、じゃあ、またすぐに逆戻りか？　しょうがねえなあ」

「――面目ねえ。戦争から戻ってきてからこっち、することなすこと、どうもねえ――結局、こんなざまなんだよなあ」

話している間に坂道を下りきって、ようやく道灌山交番が見えてきた。土門は必要以上にゆっくりと大股で歩き、やっと交番にたどり着いた。中にいたのは、運がいいのか悪いのか、土門の顔さえ見れば嫌みを言う先輩警察官だ。彼は「おっ」というような声を上げて、土門と男とを見比べている。

「署に連絡を頼みます。うちの課長か係長に、連続侵入盗事案の被疑者を確保したって伝えてください」

　喉の奥がからからに乾いて、声がかすれかけていた。先輩は、話が呑み込めないかのような表情のまま、しばらく返事をするのも忘れている様子だったが、やがて弾かれたように電話機に飛びついた。

　それからものの十分か十五分後、道灌山交番は、既に人でごった返していた。まず、電話を受けて先輩の刑事たちが四、五人、すっ飛んできた。その中には当然、野嶋班長もいる。彼らは交番になだれ込んで来るなり、まず数名が被疑者の方に向かい、残る数名が土門を取り囲んだ。そして、被疑者が犯行を認めていることを確認したころには、保木交番所長や他の警察官たちまでもが交番に戻ってきていた。

「信じられん。お前、本当に一人でホシを挙げたのか！」

　中でも野嶋班長は、驚いたというよりも呆れたような顔つきで、改めて土門を眺め回している。土門は曖昧に笑っているより他なかった。本当に偶然以外の何ものでもない。待っていましたと言わんばかりに、ホシの方から転がり落ちてきてくれたのだ。

「すげえ。初陣で初手柄かよ。信じられんヤツがきたもんだ」

　他の刑事たちも口々にそう言い合っていたが、取りあえず被疑者を連行するために、早々に引き揚げていった。

「やったな」

交番の中が少し落ち着いた頃、保木所長が、珍しく薄い笑みを浮かべて話しかけてきた。土門は、改めて所長と向き合った。

「推薦した甲斐があったよ」

「あの――どうして自分だったんですか」

ずっと気にかかっていたことだ。ほとんど口をきいたこともないような、しかも直属の部下でもない自分を、所長はどうして刑事に推してくれたのか、いつか聞いてみたいと思っていた。すると保木所長は、「たちばな質店を知ってるだろう」と言った。

「あそこの親父さんが、言ってたんだ。土門ってヤツは、なかなかいい勘をしてるし、度胸もある。人の話をよく聞いて、それをちゃんと覚えてるところが、見どころがあってな」

「あそこの親父さんが」

「あの人は、ずっと前は俺の檀家だったこともあってな」

「――そうだったんですか」

「もう、何年も前のことだ」

今から六、七年も前に、保木所長はやはりこの署にいて、宮地交番に詰めていたことがあるのだと話してくれた。あの質屋の親父さんとは、その頃に懇意にしていたのだということ。その後、所長は別の警察署に異動になって、それからまた戻ってきたらしい。

「俺は交番が好きだから、定年までこうして勤めたいと思ってるが、若いヤツで、向き不向きのはっきりしてるヤツは、どんどんと可能性のある方向にいった方がいいという考えだ。たちばな質店の親父さんから何回かお前の話を聞いてるうちに、お前みたいな性格は、刑事に向いてるって思ったんだよ」

こんな風に人と人とがつながることもあるのかと、土門は思わずため息をついた。だからきっと、世の中というのは面白いのだ。

地味ではあるものの、この地域を震撼させてきた強盗の逮捕だっただけに、被疑者の取調には、係長がじきじきにあたることになった。土門の初手柄と被疑者逮捕とが同時になって、その日、土門は刑事たちの酒の呑み方というものを、徹底的に学ばされることになった。足下も覚束ないくらいに酔っ払って、やっとのことで家まで帰り着くと、もう玄関先で力尽き、そのまま眠り込んでしまった。

「ねえ。今度から、こういうことが増えるの？」

翌朝、二日酔いの土門の真正面に座って、真智子は腕組みをした格好で、そう切り出した。寝不足の上に気持ちも悪い。土門は「しょうがないんだ」と顔をしかめた。

「誘われたら断れないしさ――昨日は特別、いい日だったんだよ。上司も皆、大喜びで、俺が来たことも祝ってくれたし」

「私だって待ってたの。お祝いしようと思って！」

ああ、いかん、そうだったと、やっと思い出した。そういえば昨日、家を出るときに言われたのだ。今夜はお祝いしましょうね、と。美味しいものを作って待ってるからと。

「――ごめん」

「おなか空かせて、ずっと待ってたのよ」

「――すまん」

「あやまる？」

「ああ、あやまる」

「だったらね――私、欲しいものがあるんだけどな」

何だ、いきなり何を言い出すのだと、土門は顔をしかめたままで新妻の方を向いた。真智子は片方の頰にえくぼを浮かべて、悪戯《いたずら》っぽい表情になり、「ダッコちゃん」と言った。

「あれ、欲しいの。可愛いんだもの」

「あんなものが？」

「ねえ、いいでしょう？　ダッコちゃん！」

一つ二、三百円程度のビニール人形ではないか。そんなもの、いちいち土門の許しなど得ずに買ってしまえばいいものを、真智子はひどく気恥ずかしげな顔で、けれど懸命に「お願い」を繰り返す。土門は、その顔を見つめてつい笑い出してしまった。

「――なあに」

「真智子って、意外にガキなんだなあ」

「あっ、失礼ね！　旦那さまの安月給でやりくりするのに、無駄遣いなんかしちゃいけないと思うから、こうしてお願いしてるのに」

二日酔いも忘れて笑い転げている土門の背中を、真智子は「もうっ」と言いながら叩いている。畳の上に寝転がったままで見上げると、部屋の鴨居には、昨日一日で、ずいぶんと汗も吸い、被疑者の肌にも触れた濃紺の背広上下が、きちんと皺を伸ばされて、ハンガーに吊されていた。

刑事ヤギノメ

松嶋智左
Chisa Matsushima

松嶋智左（まつしま・ちさ）

一九六一年、大阪府生まれ。元警察官、女性白バイ隊員。警察官を退職後、小説を書き始める。二〇〇五年『あははの辻』で第三九回北日本文学賞、〇六年「眠れぬ川」で第二二回織田作之助賞、一七年『虚の聖域　梓凪子の調査報告書』（「魔手」を改題）で第一〇回島田荘司選ばらのまち福山ミステリー文学新人賞を受賞。著書に、『匣の人』『女副署長』『開署準備室　巡査長・野路明良』『三星京香、警察辞めました』『バタフライ・エフェクト　T県警警務部事件課』など。

1

六月中旬、三日後に警部補昇任のための二次試験が予定されていた日の朝。遠間《とおま》警察署の全体朝礼がなされているさなか、刑事課刑事一係に所属する弓木《ゆぎ》瞳《ひとみ》巡査部長が、突然の腹痛を訴えて救急搬送された。

診断は急性膵炎《すいえん》。予想外に症状が重く、そのまま入院を余儀なくされ、回復後も自宅療養に努め、半年後ようやく復帰することになる。

警部補試験は、不合格となった。

2

「お、ざーっす」

茂森隼太《しげもりはやた》は、いつものように挨拶しながら部屋に入り、真っすぐ自席に向かいかけたところで足を止めた。

今年の秋の異動で入ったG県警遠間警察署刑事課。横長の部屋には一から三までの係と組織対策係を含めた四つの係がまとめられ、それぞれ係ごとに胸高のパーティションで仕切られている。左隅の奥に課長席があって、窓を背に横並びに係長席が一から順番に並ぶ。係員は平均四、五名程度で、一係は係長を別にして四つの席が向かい合わせに寄せられている。

強行係ともいわれる殺人や強盗などの凶悪犯を担当するのが刑事課一係。その一係に隼太は二十七歳になった年、念願かなって就くことができた。遠間は小さな署だが、経験を積んでゆく手始めとしてはちょうどいいと思っている。課長も係長も風貌は上品とはいいがたいが、大声を上げたりむやみやたらに雑用をいいつけたりしない、比較的温厚な人物だ。主任や先輩刑事も気安く声をかけてくれるし、わからないことも丁寧に教えてくれる。まだ二か月ほどだが、係にすっかり溶け込み、ここでならやっていけると自信を深めていたころだ。

係で一番先に出署するのは古株で五十過ぎの敷島《しきしま》主任。階級は隼太のひとつ上の巡査部長で、いつもお茶を飲みながら机の上に新聞を広げている。他に三十歳の巡査長である時任《ときとう》という男性刑事がいるが、だいたい始業間近にしか出勤しない。今どきは新米だからと雑用を押しつけられることは少なくなった。それでも指導してもらう立場なので、隼太は他の人よりは少しだけ早くきて、お茶や雑巾がけなどするようにしている。

敷島の手にカップが握られているのを確認したあと、隼太は自分のためのコーヒーを淹れ、飲みながら今日一日の予定を確認する。それがいつものルーティンだが、今日に限っては違っていた。

敷島の向かいの席、つまり隼太の隣に女性が一人座っているのだ。手にあるピンク色の湯呑《ゆのみ》からは煎茶《せんちゃ》の香りがした。

紺色の冬制服を着ているから本官であるのは違いない。年齢は四十歳前後だろうか。警察官とは思えない色の白さにほっそりとした体つき、眉も目も細く、地毛なのだろうが茶色っぽい髪が真っすぐ伸びて肩先で切りそろえられている。刑事でもないのに、どうして一係の席にいるのか。じっと見つめながら近づくと敷島が目を上げ、お早うといって新聞を閉じた。そして掌を上に向けてその女性を差し示すと、「弓木主任だ。今日から復帰した」と短く告げる。

女性は湯呑を置いてその場で立ち上がると、室内の敬礼をした。

「弓木瞳です。長く病欠していましたが、今日から刑事総務担当として勤めることになりました」そしてよろしく、といって薄い唇を真横に広げた。

「ああ」と隼太はいって、慌てて頭を下げる。確か、警部補試験の前に膵炎になって入院したと聞いていた。隼太が赴任したときには既に空席となっていて、人員が補充されることなく、結局、病欠後半年近くそのままだった。真っ白といっていい顔色を見て、復職して大丈夫なのだろうかと訝《いぶか》しんだ。だが、瞳は口端《こうたん》に皺《しわ》を作って大きな笑顔を見せる。

「まだわたしの席がないみたいだから、係長がこられるまで元の場所に居させてもらう」といって再び、隼太の隣に座った。

回復したとはいえ、さすがに激務の刑事に戻るというわけにはいかないだろう。ましてや強行犯係ならいっそう難しい。病み上がりの変わり果てた姿にみな驚くのではないか。

ところが、意に反して誰も不思議がる様子を見せなかった。逆に、すっかり元気になったな、入院する前と変わらない、いや以前よりふっくらしているんじゃないか、主任、それはセクハラになりますよ、というなごやかな会話が飛び交ったくらいだ。

一係だけでなく、次々と出勤してくる二から三係の刑事らも、瞳を見つけて挨拶をする。瞳は瞳で、そんな刑事ら一人一人に対して、頭を下げながら快気内祝いなるものを手渡していた。しばらくは通院したり定期検査も受けたりしなくてはならないから、迷惑をかけることになると説明している。席に戻ってきて、そのハンカチでも入っているらしい小さな箱を隼太にも差し出すのに慌てて手を振った。「いや俺、お見舞いしていませんから」

瞳は細い目をさらに細くする。「これからなにかと面倒をかけるかもしれないから。それにどうせ多めに用意していて余るし。吸水性のいいハンドタオル、当直のときでも使って」

「は、それなら、遠慮なく。あざっす」と小さく頭を下げて受け取る。

課長、係長が出勤してきて、全体朝礼のあと、課内の朝礼を終える。今は事件を抱えていないから、一係は落ち着いている。瞳が当直明けの係員を見つけて駆け寄り、またハンドタオルを配り歩く。そのあいだ、課長と話し終えたらしい一係長の近藤が隼太の席にきて肩を叩いた。

「しばらく、弓木さんはこのままお前の隣にいてもらう。彼女はここでは一番の古株だから、うちの係のことでわからないことはなんでも訊いたらいい」といった。

「え。でも、弓木主任は刑事総務なんすよね」

「一応、形だけはな」といって近藤は刑事課長である小堀《こぼり》となにやら意味ありげな視線を交わした。やがて全ての係員への挨拶が終わったらしく、瞳が自席に戻る。机の上のパソコンを開いて、地域課から上がってきた各種調書の点検や告訴状などの書類を広げて入力をし始めた。見た感じ、普通の刑事総務の仕事のようだ。隼太は軽く肩をすくめたあと、自分のパソコンを開けた。なにはともあれ、隼太にとっては念願の刑事課強行犯の仕事だ。些末なことはどうでもいい。不謹慎ないい方だが、早くなにかしらの事件が起きて捜査をしたいとすら思う。そんな風に思いながら過去の事件の調書など読んでいるうち、瞳の存在も気にならなくなった。

そして事件が起きた。

赤馬《あかうま》らしい――そんな声が署内のあちこちで囁かれ始める。

刑事課に緊張が走り、一気に慌ただしくなった。普段は穏やかな小堀課長の容貌が不機嫌という文字を張りつけて歩いているかのように変わった。

赤馬という隠語はとうに使われなくなったと思っていたが、いまだに口にする者がいる。隼太ももちろん知っているが、実際にその事件に関わったことはまだなかった。

連続放火事件。

赤馬が走ると、所轄から夜は消えるといわれている。全署員が昼夜関係なく働く、特別警戒態勢が取られるせいだ。特に刑事課は、進行中の事件担当以外は、みな放火事件にかかりきりとなり、大概のことはあと回しになる。そうでもしないと、事件の様相によっては本部事案となって、捜査一課が出張ることになるからだ。

　連続放火はそれほど重大な案件で、ベテラン捜査員などは赤馬と聞いただけで眠れず、酒も飲めず、食事もまともに摂れず、ヘタなダイエットをするより余程体重が減るとぼやく。

「発生は二件で、今のところボヤ程度ですんでいるが今後はわからん」

　小堀課長が刑事課員を集めて気合を入れる。

「刑事課総員、心してかかれ。なんとしてでも次の発生を防げ。そして一刻も早く、なんとしてでも被疑者を確保する。それまで我々に休日はやってこないと思ってくれ」

　そして近藤に目をやり、「各課から出される応援要員とのシフトや警ら範囲についてもこちらで検討し、指示を出してくれ」と促した。

　この先は近藤が直接指揮を取ることになる。課長に代わってこちらを向くと、近藤は全刑事の顔を眺めながら、再確認のために状況を簡潔に説明し始めた。

　一件目の発生は、十二月三日火曜日深夜一時十三分。管内北部にあるUR賃貸住宅三号棟のゴミ集積場で、灯油が散布され、着火されたと思われる。帰宅した住民の男性が発見、消防に通報。すぐに消火され、集積場やゴミ類が焼け焦げただけで人的被害はなし。

二件目は、十二月六日金曜日深夜二時〇三分。一件目の被害場所から西へ二〇〇メートルほど行った商店街。その入り口付近にある住居を兼ねた惣菜店の裏口で発火。そこには、翌朝古紙収集がなされるため集めていた新聞雑誌などの束があり、同じく灯油が撒かれた上で着火された。人気《ひとけ》のない時間帯であったこともあり、家人がトイレに起きたときにようやく発見、通報。すぐに消火活動に入ったが火勢が強く、裏口のドア一面が焼け焦げ、黒煙が周辺一帯に充満、かなりの騒ぎとなった。

「そのどちらも防犯カメラの映らない場所であり、周辺のカメラにもそれらしい不審人物は捉えられていない。そのことからも、少なくとも二か所を取り巻く地域について熟知している人物と思われる。被害に遭った惣菜店への鑑取り、UR住宅については特定の誰かを狙ったものか判然としないため、地取りに加え、その棟の入居者だけでなく、URやその地域そのものに関しての鑑取りも行う」

捜査員の顔が引きつる。被疑者が絞り切れないということは、捜査に相当な手間と労力がかかるということだ。時間がかかればかかるほど被害が広がる可能性がある。連続放火は、次が行われるまでの時間との戦いだ。防げなければ警察の負けとなる。

課長が改めていう。

「放火犯は図に乗る。うまく行けば行くほど、ことが大きくなる傾向がある。この次には、人的被害が出るかもしれん。決して被害者は出すな。いいな」

全員が返事をする。隼太も声を張った。

遠間署にきて、初めての重大事件だ。なんとしてでも捕まえようという気力が全身にみなぎるのを感じた。

3

「え、俺と？」

敷島主任が頷き返す。「わしは時任と組むから、当然お前は、弓木主任と一緒に巡回することになる」

「捜査の方は？」

「もちろんそれも並行してだが、取りあえず夜間巡回は二人で頼んだぞ」

更にいおうとしたら蓋《ふた》をするように先にいわれる。「係長の指示だ」

隼太は肩を落としながらも、はい、と返事する。部屋で待っていると、瞳が紺色のパンツスーツに厚手のコートを持って更衣室のある三階から下りてきた。そして、隼太に行きましょうかと声をかけて玄関に向かう。

今どき上司や相棒が女性だろうと気にならない。むしろ、いい加減なところのある男性刑事よりも余程きっちりしていて隼太はやりやすいと思っているくらいだ。だが、この瞳に限っては、あまり期待ができない。なぜ刑事課にいるのかと思えるほど繊細で体力がなさそうに見える。しかも本物の病み上がりなのだ。内勤として後方支援すべきではないかという気持ちが強くあった。

「署から歩いて回れるわね」

捜査員に振り分けられ、配られたエリアを記した地図を広げて瞳はいう。どうやら瞳の体力を考慮して、遠くの地域は割り当てなかったようだ。隼太にしてみればそのことも不満だ。事件現場に近い一帯を見回りたい。なにせ、一件目と二件目のあいだは二〇〇メートル程度しか離れていないのだ。次もまた付近で起きるのではないか。

「次はどこを狙うでしょうね」

瞳が独り言のよう呟く。隼太は仕方なく、「UR住宅や商店街の近くじゃないでしょうか」と答える。

「そう?」

署の前の県道を外れ、細い用水路沿いの道を辿る。時間は午後十一時過ぎで、帰宅途中の会社員と時折すれ違うが、冬の寒さもあってか雨戸も堅く閉じられ、酷く静かだ。アスファルトを歩く瞳と隼太のズックの張りつくような音さえ聞こえる。

ふふっ。首を振って周囲を見渡していた隼太は、ぎくりとする。今、笑ったか？

横目で見ると、瞳が薄い唇を上げて笑《え》んでいる。

「な、なんですか」

「ううん。そんなにきょろきょろしていたら、警察だって気づかれるわよ」

「ああ。すみません」

「それに、どうしてコート着ていないの？　寒くないわけ？」

　黙っていると瞳は、「もしかして動きやすいようにと思っている？　でも、やっぱり目を引くわ」という。隼太は内心、女性ってのは細かいなぁ、と思いつつ、一応、すみません、と答えた。

「会社の上司と部下という体で歩きましょう」そういって瞳は用水路に沿った道を歩く。

　小さな声で会話をする。仕事関係の人間が黙ったまま歩くのは不自然だろう。

「仕事は楽しい？」と訊くので、「はい、もちろんです」と返事する。そう、といったきり黙るので、今度は隼太が尋ねる。

「主任はどうしてうちの仕事をしようと思われたんですか」

　警察に関する言葉は避ける。瞳も頷きながら、「大学を出たあと就職試験に落ちまくって。たまたま目にした募集案内を見てなんとなく」とコートの前をかきよせ、肩をすくめて言葉を続ける。「そんなだから、自分には向いていないかもという気持ちがあるのよね、ずっと」

　はあ？　刑事になっていながらそれいうか？　と思いつつ、瞳の歩くスピードに合わせる。

「あなたは？　わたしと違って強い意思と努力でここまできましたって感じね」

隼太は、声を潜めながらも力を込めて、「もちろんそうです。人の役に立つ仕事ですから」という意味のことを述べる。瞳は、「凄いなぁ」とだけ。なんだか拍子抜けして、スマホを確認し、無線の調子を見る振りで耳のイヤホンを抜いたり入れたりした。

「同じ人」

「はい？」顔を上げて隣の瞳を見、その視線の先を見やる。

建売住宅が並ぶエリアだ。人通りはなく、街灯が明るく道を照らしている。門扉《もんぴ》は閉められ、玄関灯を点けている家と消している家がまばらにある。少し先の四つ角にある家は玄関灯が点いていて、門を開けて出てきた男性らしき後ろ姿が見えた。

「あの男性、さっき用水路の向こう側を歩いていた。きょろきょろしながら」

「え。そうなんですか？　確かに同じ人ですか？」

「服装が同じ。茶色の革のジャケット。デニムのズボン。短髪にマスクをしてキャップも被っていた。確かヤンキースのロゴがあった」

男性はこちら側を歩く瞳と隼太をちらりと見たらしい。そのときロゴが目に入ったという。だが、隼太にはほとんど記憶がない。確かに、用水路に沿って歩いていたが向こう側までは見ていなかった。誰かいた気はするが、あんな男だったろうか。

「夜中にどこへ行くんでしょうね」

「しかも一旦、家に帰ったみたいなのにまた出かけるってことだし」

「職質行きます」

「わかった」

　隼太は後ろから声をかけた。男は思ってもいなかったのか、飛び上がるようにして驚き、おずおずと振り返る。キャップのロゴは、正しくヤンキースのものだった。見た感じ四十代くらいで中肉中背。

「警察です。こんな時間にどちらへ行かれるんですか。先ほど用水路の近くに――」いい終わる前に、男の手にあるスマホが鳴った。慌てて画面に視線を走らせると、いきなり走り出した。

「あ、こら待て」隼太は瞬時に駆け出す。後ろから瞳もついてくるのを見て隼太は、「応援呼んでください」と叫んでスピードを上げた。放火事件で町中には警官が多数歩き回っている。それが功を奏し、男はたちまち私服の警察官に取り囲まれた。男は悲痛な声を上げる。

「今、娘から変なやつに絡まれていると連絡がきたんだ。助けに行かないと」

　隼太はぜいぜい息をしながらも聴取を受ける男を睨み、問い詰める刑事らの様子を眺めた。そこに遅れてやってきた瞳。なんだか足下が覚束《おぼつか》ない。顔色は白いというより青ざめているようだ。

「大丈夫か」

他係の刑事が気づいて声をかけた。瞳の具合が悪そうだと、すぐにパトカーを呼ぶ。瞳はそのまま運ばれ、隼太は引き続き男の調べに立ち会うが、話を聞くほどにどうも違うようだと思い始めた。

男のいい分はこうだ。娘が遅くなっても戻らない。そのうち、友達に誘われて変な店に入ることになったというＬＩＮＥが届き、心配になって迎えに行こうとした。だが、位置情報を見ても場所がわからずウロウロしたのち一旦、自宅に戻ることにした。だが、娘は一向に帰ってこず、再び捜しに出ることにした。そこに怖い、助けてというＬＩＮＥがきて脱兎《だっと》のごとく駆け出したらしい。

生安課の捜査員がすぐに対応した。娘のスマホの位置情報から隠れ家風の店舗を特定、半グレ連中に囲まれていた女子中学生のグループを発見、保護した。娘の父親も説諭《せつゆ》だけで帰すことになった。

なんだ、という事案だ。それでも少女らが無事であったのは不幸中の幸いで、隼太は敷島主任から、「それでいいんだ」と褒められたのか慰められたのかわからない言葉をかけられる。ただ、今回の件で、瞳が外回りは無理だという判断がなされ、署内での後方支援に就くことになった。隼太にすれば、最初からそうすれば良かったのにという気持ちだが、とにかく改めて一係の時任先輩と組んで警らに出ることになった。敷島は二係の巡査と組んで回る。

放火犯の捜査が進まないから、夜間警らは目途もなく市内をひたすら歩き続けることになる。各課からの応援も出され、普段、制服姿しか見ない地域や交通の女性警官らが私服で歩いているのを見るのはなかなか新鮮だった。なかには隼太より体躯の立派な女性もいる。

時任に、ああいう人がうちの課に向いているかもしれませんねというと、怪訝そうに見つめられる。

「いや、弓木主任はそのうち別の部署にいかれるのかなって。あの体調では刑事課の仕事はきついだろうし」と慌てていうと、なぜか先輩は軽く目を瞬《また》かせる。

「なんだ、聞いてないのか」

「はい？　なにをですか」

「弓木さんは一係《うち》から出ないよ」

「え。でも今は刑事総務だし。このあいだだって、ちょっと走っただけで具合悪くしたじゃないですか」

あんな体力で刑事が務まるとは思えない。時任は、そんな隼太の思いを察したのか、小さく首を左右に振る。

「別に外に出て被疑者を追い駆けるばっかりが刑事の仕事じゃないだろう。あの人にはあの人にしかできないことがあるから」

「どういうことですか？」

それには答えず、「警務課は始め、退院した弓木さんを内勤に就かせようとしたらしいけど、課長と係長が断ったんだぜ」という。

「え。どうしてまた」

「側に置いておきたいからに決まっているだろう。あの人がいることで、うちの係は黒星がないんだから」

隼太はわけがわからない。黒星がない？　それはなにか験かつぎ的なことなのだろうか。

「それって、どういうことですか」

時任は、にやりと笑うと耳のイヤホンをいじり始める。そして、小さく「あの人はヤギノメだから」と呟いた。

「は？　今、なんて？」隼太は目をぱちぱちさせる。時任はもうなにも答えてくれない。なんだろう。確か、ヤギがどうとかいった気がする。気になる。病み上がりの瞳をどうしてそこまで引き留めようとするのか。気になる。折を見て敷島に尋ねようと思った。

その矢先、三件目の放火事件が起きた。今度はとうとう人的被害が出てしまった。

*

「このままだと本部の一課が出張ってくるぞ」

小堀は不機嫌に憂鬱を上乗せした表情をしている。隣では近藤が似たような顔つきで頷いており、四つの係の刑事はみな息を殺して事件資料を見ている振りをする。

三件目は、先の惣菜店から南へ三キロいった住宅街にある桜田宅で、戸建ての庭に火炎瓶のようなものが投げ込まれた。

消防や鑑識が調べた結果、ごく普通の瓶に灯油を入れ、そこにタオルを突っ込んで瓶口から出ている部分に火をつけて投げ、割れた拍子に火が燃え上がるというシンプルなものだ。誰にでも、いってみれば子どもでも作れる代物で、そこから犯人を類推するのは難しいとされた。

庭で火が燃え上がったのを見て、在宅していた夫が消そうとバスマットで覆い被せようとしたが、強まった火によって右手に軽い火傷を負った。消防によって鎮火され、庭の芝の一部と山茶花《さざんか》の木を焼いただけで家屋に被害は出なかった。

だが、人的被害が出たのだ。このままエスカレートすれば、更に重大な被害が出る恐れもある。

本部も連続放火事件として捜査本部を置くべきかと、思案のただなかであると思えた。

「捜査本部が置かれ、一課が仕切ることになればうちは道案内、応援に回ることになる。犯人が捕まったとしてもそれは一課の手柄だ。これまで黒星のなかった遠間署刑事一係でそういうことはあって欲しくない」

最後のひと言は、小堀の希望的意見ではないかと隼太は思う。本部だ、所轄だ、うちの手柄だ、ただの応援だなど、目の前で起きている事件を前にして、しかも被害者まで出た状況で、なんと狭量《きようりよう》なことをいっているのか。だが、それでも見渡してみれば、刑事課の先輩同僚のほとんどが同じ気持ちであることは一目瞭然。自分のシマで起きた事件の被疑者を自分達の手で挙げてこそ刑事じゃないか。そんな強い意思がどうしても湧き出てしまう。

隼太が刑事を目指すといったとき、親しくしていた刑事から、この仕事は想像しているより女々しいところもあるんだぞといわれたことを思い出す。押すときは押し、引くところは引き、呑み込むべきところはなんとしてでも呑み下す。それが組織で生き、組織で活躍するのに必要なことだ。それでもなりたいかと問われて、隼太は少しの躊躇いもなく強く頷いたのだった。

正義を振り回すだけでは解決できないことがある。そんなことはわかっている。ただ、そんな矛盾を抱えているからこそ、尚一層なんとかしようという気持ちにもなるし、捜査というチーム作業には必要なことかもしれないと思う。

「ひとまず捜査本部の設置はないそうよ」

夜が明けて係に戻ると瞳が、ご苦労さまといったあとに教えてくれた。そして、飲む？　と訊いてコーヒーまで淹れてくれる。他の係員はみな仮眠を取っているか、捜査に出ているかだろう。机の上で突っ伏して僅かな休憩を貪っているのもいた。課長は係長らと共に署長室で、課長会議中だということだ。あちこちから責められているのだろう。

礼をいってカップを口にする。同じインスタントなのに隼太が淹れるよりうまい。

「どうですか、体の具合は」

「ありがとう。もう平気。昨日、病院で定期検査して、特に問題ないといわれたし。とにかく栄養をつけるようにっていわれただけ」

「そうですか。それは良かったです」そういって隼太は頰杖《ほおづえ》を突いて嘆息《たんそく》した。隣で同じように瞳が息を漏らす。疲れることなどないだろうにと目を向けると、苦笑いをこぼした。

「こういうときは、わたしだけ役に立ってないなって思う。他の形で貢献してくれればいいんだといわれるんだけど、捜査ってチーム作業でしょ。それなのにわたしだけ他の形って、どうなのかなぁ、って」

そういって細い目を更に細めた。

「だったら、他の部署に異動願いを出されたら？」疲れていたこともあって、つい本音が出てしまった。

「うん。そうしているんだけど、いつも無視されてるみたい」

「どうしてですか。普通、病気や怪我なんか負ったら、それなりの部署に就けてもらえる筈ですよ」

同じ職場の人間に気を遣われながら仕事するのは鬱陶しいだろう。病気見舞いを受けたからと、快気内祝いをいちいち配って回らなければならないのも、そんな瞳の立場のせいではないのか。警察組織でも、ストレスは大きな問題になっている。

「だよね。また折を見て、係長にいってみる。あ、そうだ、疲れているところ悪いんだけどちょっと頼みたいことがある」

疲れていようと死にかけていようと、瞳は隼太より階級が上だからやれといわれたなら引き受けなくてはならない。本意不本意は二の次だ。

「この二軒について知りたいことがあるから、現場に行ってみたいんだけど」

そういって瞳は、先のUR住宅と惣菜店の書類を差し出す。よく見ると瞳の机の上には事件関係の資料が広がっていた。刑事総務といっても一係のデスクに着いているのだ。全く知らん顔はできないと、瞳なりに内勤しながら検討していたらしい。

「三件目はいいんですか」こちらの方が被害も大きいし、火炎瓶などという物騒な物を使っている。

「あ、そうね」と気のない返事をする。その様子を見て、なんだかなぁ、と思いつつも隼太が係長に申し出ると、あっさり許可が出た。

午後のひと仕事を終えて一緒に二軒の現場を見に行くことになった。助手席に瞳を乗せ、隼太はハンドルを回す。

4

十二月ともなれば陽が落ちるのは早い。午後三時過ぎには夕方のような気配が漂い始め、影が濃くなるほどに冷気も増してくる。

コインパーキングに捜査車両を停め、商店街まで歩く。離れたところから惣菜店を窺《うかが》い、客の応対をしている夫婦を目で追った。小学生の男の子が一人いる三人家族の経営する店だ。学校から帰ったばかりらしい男の子が、店の奥からサッカーボールを持って出てきたのを父親が止めた。

ボヤ騒ぎがあって不用心だから、しばらくは家で大人しくしていろというのだが、子どもは納得しない。試合が近いんだからというのに、父親の方が折れてビニールの手袋を外すとキャップを被り、ジャージの上着を着て一緒に店を出てゆく。鑑取りでは、この父親の両親が近くに住んでおり、忙しいときには手伝いにくるということだった。

瞳が商店街を抜けてゆく父子を見ながら店先に近づいた。いらっしゃいませ、と声がかかると、「これから夕飯時で忙しくなるのに、お父さんは子どもとどっか行っちゃった？」と買い物客のような口ぶりで話しかける。隼太はスマホを見る振りをして店の角に立つ。

「そうなんですよ。うちの人、息子のこととなると、お店のことなんかほったらかしで」近くに義父母がいるので、すぐ応援にきてもらわないと、と笑う。

「息子さん、サッカー上手なの？」

「いえ、まあ。将来はJリーグだとかいってるけど、どうだか」と満更でもない顔だ。

「それはご主人も力が入るわね」と瞳がいうと、大きく頷く。

「親ができることはなんでもしてやろうとは思うのよね」

あ電話、といって瞳はスマホを取り出し、会釈して店を離れた。少し間を置いてから、隼太はあとを追い、瞳と並ぶ。「あれだけでいいんですか」と訊いた。

「なんでも、だって。家族円満って感じよね」

「はあ」

UR住宅に向かう。

被害に遭ったゴミ集積場を使う家は二十軒。階段を挟んで二軒ずつ五階まであるから一棟につき十軒。隣の棟と共同で使用していた。

集積場に一番近い棟の側で車を降りて、瞳と隼太は付近を見て回る。小さな花壇が周囲を取り囲み、少し先にアスファルトに白線を引いただけの駐車場があって、五台ほど車が並んでいる。あと五台分ほどのスペースが空いているから、まだ帰宅していないのだろう。軽四車が二台、乗用車が二台、ライトバンが一台。瞳と隼太は駐車されている車のあいだを縫って、ゆっくり歩き回る。

問題の団地の前では同じような年代の主婦らが集まってお喋りをしていた。こちらに視線を向けているのに気づいて、隼太は聞き込みをしようと瞳を置いて近づく。そのとき、箱型のバンが入ってきた。塾の帰りらしい女児が母親と共に降りてきて、母親は主婦のグループへと走り寄る。瞳は残された女児に話しかけ、一緒にバンの周囲を歩き出した。後ろに回ってリアウィンドウ越しにしげしげとなかを覗き込むと、指を差してなにか尋ねている。子どもが小さな身振りで懸命に答えているのがわかる。

母親が気づいて呼び寄せるのに、瞳がにっこり笑って、「お兄ちゃんは塾じゃないんですね」といった。女の子から色々聞いたみたいだ。

母親は肩をすくめ、「息子は勉強より運動なの」と苦笑いする。瞳は小さく頷くと女児にバイバイと手を振り、団地から離れた。隼太は慌ててあとを追い、もういいんですか？　と瞳の顔を見る。

「うん、いい」

「女の子になにを訊いていたんです？」

「あの子の家のバンの後部が荷物でいっぱいだったから、誰のものって訊いたの。お兄ちゃんのために持って行くんだって」

「お兄ちゃん？　ああ、運動してるっていってましたね」

「そう。お休みにはいつもだって。一緒に遊んでくれなくてつまんないって、女の子が頰をふくらませたの。可愛いわね」

「はあ。えっと、じゃ次は、庭を焼かれたお宅ですか」

「そうね。一応、行こうか」

「なんですか、一応って」

「ああ、ごめん。三件目のお宅って確か、五十代の夫婦二人暮らしだったわよね。子どもは独身で東京に暮らしている」

「そうですが、それがなにか」

「他の二件とやり方が違うっていうのがね」

「ええ、そうですが？」

灯油を撒いて火を点けるのと、火炎瓶を放り投げるのと。

「手間がかかるのはその場で火を点ける方よね」

「そうですね。それが？」

ふふっ。また変な笑いをする。「ま、いいや。次、行きましょう」

隼太はむっとしながらも、黙ってポケットから車のキーを取り出した。


四件目は絶対に起こさせるな。

堅い意思のもと、刑事課は昼夜関係なく動き回った。どんな些細なことでもいいから、狙われた三か所の共通項を見つけろと係長から指示が飛ぶ。

遠間署内は四六時中、緊張感に包まれた状態だ。更に警戒を強めるため、他の部署からの応援も増員され、夜間警らだけに限らず、検問や取締りまでもが実施された。

「交通課が？」と隼太は話を聞いて目を開いた。

時任が疲れた顔で、栄養ドリンクのキャップを回す。お前もどうだといって差し出すのを断る。朝、敷島にもらって既に一本飲んでいた。時任の机の上には茶色い瓶がこけしのように整然と並んでいる。それを見ながら話を続けた。

「そうだ。飲酒検問に加えてスピード取締りも別口でするらしい」

「夜間にスピードですか」

昼間の時間帯に比べて夜間は視界も悪く、車両番号が判別しにくくなるから、飲酒以外の取締りはあまり行わない。だが、上層部はそんなことはいっていられないと思ったようだ。あちこちで派手な取締りをしているのを見せつけ、なんとしてでも放火魔に四件目の実行を断念させようという考えなのだ。

「それに弓木主任が出るんですか」

「ああ。交通課員も交替で夜間警らしているから、自分のところだけでは賄いきれない。他部署から応援を呼ぶことになったんだ。うちの刑事課からは弓木主任がいいだろうって」

「ですが病み上がりでしょう」

「肝心の刑事課員がなかでじっとしているのもなぁ。ま、本人も自ら手を挙げたようだし、いいんじゃないか。座って切符切るだけだろう？」

あまり役に立っていないといっていた瞳の顔が目に浮かぶ。しかし以前のように無理をして体調を崩さないだろうか。瞳を案じる様子が、敷島や時任の表情からも窺えた。

その夜、隼太が聞き込みに出ようと交通課の近くを通ったら、制服を着た瞳と出くわした。久しぶりの交通課の仕事だと若干興奮気味だ。動き回らなくてもいいとはいえ、違反者がくるのをじっと待つだけというのも夜風が身に染みて辛いのではないか。本当に大丈夫なんですかと訊くと、瞳は座って切符切るだけだからと、時任と同じことをいって笑んだ。

瞳は警察学校卒業後、地域課に三年、その後、二年ほど交通課で勤務した経験があるらしいが、それ以降、ほとんど刑事課だ。当然ながら交通反則切符など十年以上切っていない。案の定、それを危ぶんだらしい交通指導係の係長が、ベテラン主任の隣に座って、書いたものは必ず見てもらってから渡すようにと指示するのが聞こえた。

署から南へ歩いて十分弱ほどのところには対向一車線ずつの市道が東西に走っており、交通量が少ないせいもあってスピードを出す車両が多かった。

遠間署交通課交通指導係が行うスピード取締りでは、主に道路のゆるいカーブを越えた辺りに速度測定器を設置し、走ってくる車にレーダーを照射する。そこは甲点《こうてん》と呼ばれ、黒のダウンジャケットに黒いキャップ、黒のマスクをした警察官がいる。制限時速を大幅に超えた車両は、甲点の警察官による現認と機械に設置されたカメラによって車両番号が特定される。

一車線なので間違えようがないが、進行方向の先にいる、甲点からのデータを受け取る乙点《おってん》と呼ばれる警察官が無線連絡を受けて、やってきた車両を視認する。そして後方に控える停車担当に指示して車を停めさせ確保するのだ。道路際には広い場所が確保されていて、そこに違反車を誘導し、長机を広げて待機する指導係の警察官が迅速に切符処理をするという具合。

いきなり停車させられ、スピード違反だといわれた運転者は、夜間スピード取締りが珍しいこともあって一様に驚きの目を瞠《みは》る。そしてすぐに、ずるいぞと怒り出すのだ。特に夜間はスピードを出し過ぎることもあって、反則金もおよそ二万円前後となるから、うろたえようも半端ない。愚痴に始まって警察への批判、果ては労働環境、政治経済への不満を吐いて公務員全部をあしざまにいう。怒っても無駄だとわかると、今度は泣き落としにかかる。家の事情を訴えて卑屈なほどに謝って大目に見てくれと懇願《こんがん》する。そんな違反者らを相手に、交通課員は黙々と切符を切るのだ。

瞳の隣に座る五十過ぎの主任は交通課が長く、そんな違反者にも当然、馴れている。巡回警らの途中、時任と共に取締りの現場に寄ってみた隼太は、その主任が相手の苦情に耳を傾ける風をして、違反者感情をうまくコントロールしているように感じた。

今年の春に異動してきた巡査部長で雲川《くもかわ》という。瞳は他の課と関わることがないから、ほとんど面識がないらしい。それは隼太も同様で、聞けばどんな厄介な違反者でも、雲川主任の手にかかると最後には穏やかな態度で署名、捺印をしてくれるそうだ。

瞳もそう聞かされたからか、なにくれと雲川に確認を求め、雲川も面倒がらずに終始、にこやかに指導している。

「弓木主任、どうですか」

違反者が途切れたところをみて、隼太が声をかける。灯りが、左右に立てている投光器二台だけだから、冬の防寒着である黒色のジャンパーのファスナーを首元までしっかり締めた瞳の顔色はくすんで見える。

「長く離れているとやっぱり書き方とか忘れてる」と小さく肩をすくめた。隣から雲川が、「いやいやすぐに思い出しますよ。なに、書き込む欄は決まっているんだから」という。

停車係の若い巡査が細長いハンドライトを杖代わりにして、「雲川主任が横にいたら大丈夫です。主任は違反者の気持ちにも寄り添える人で、気がつくとみんな先生の指導を受けている生徒みたいになっているんですからね。なかには人生相談する違反者もいるんですよ」と無駄話に加わる。

こういうのを見ると、交通課というのは気楽でいいなと思う。隼太達は、警らが終わったら前科者や反社の居住地を回って動向を確認することになっている。いまだはっきりとした容疑者は浮かんでいないが、全く捜査が進んでいないというわけでもない。

「そうなんですか。それなら、弓木主任も安心ですね」と時任が愛想よく答える。

「いやいや。係長からは余計なこと話さなくていいから、切符の件数上げてくれっていつも叱られてんだ。いわゆる出来の悪いロートル課員さ」

そこにマイクを通して甲点の警察官の声が響いた。すぐに乙点も反応する。

「赤のマーティン、アストンマーティン、車両番号〇〇‐〇〇、〇〇‐〇〇」

声を聞いて巡査達が慌てて飛び出す。隼太と時任は引き上げるつもりだったが、赤いアストンマーティンに乗って疾走するやつがどんな人間か見てみたくなった。そのまま後ろに下がって様子見しようとしたら、なにかに当たって振り返る。白バイの前輪タイヤに触れたようだ。逃走車両が出た場合に備え、交通機動隊から白バイが一台派遣されている。

「すんません」とすぐに謝るが反応がない。ヘルメットにゴーグルをかけているので表情はよくわからないが、単に無視されたらしい。

「じゃ、次はわしが受けようかな」と雲川がいうのが聞こえた。

マーティンから降りてきたのは、車同様、シャツにアスコットタイ、赤のセーターにチェックのズボンを穿いた洒落た人物だ。ただし、白髪頭の昭和一桁生まれだった。運転歴は長いらしいが、夜間に速度制限を二十八キロもオーバーして走っているのだから要注意ドライバーだろう。本人は、「そんなに出ていた?」と、至って気にしていない様子で、雲川の話に素直に頷くと、切符が作成されるあいだ自分のあれこれを問われるまま呑気《のんき》に喋り始める。

「ほう、息子さん一家は東京ですか」雲川がペンを走らせながら話しかける。ヘタに黙っていると、なかにはどんどん不機嫌になる者もいるから、案外、こういうことも大事なのだ。

「かえって気楽なもんですよ。家内が亡くなって一人暮らしだと惚《ぼ》けるだろうとか、寂しいだろうとかいうが、そんなこたぁない。色々やることがあって惚ける暇なんかないよ」

　だからまだまだ免許を返納する気はないということらしい。隼太は胸のなかで舌打ちする。マーティンの運転者は毎朝、散歩の途中にある公園でお仲間と太極拳をする。それが一時間あまりで、帰ってから朝食、洗濯掃除して近くの公民館へサークル活動をしに出かけたりする。そのあとは日によって違うが、映画を見に行ったり、ドライブしたり、買い物にでかけるそうだ。

「お忙しいですね。お体の方は？」と手持ち無沙汰だったのか、瞳も加わる。若い交通巡査も側にきて、また停車用のライトを杖代わりにするのを先輩に注意されている。今日はいつもと変わらない交通量なのに、スピードを出して走り抜ける車は少ないようだ。

「最近、交番員とかがうろうろしているから、なんとなくドライバーらも気にしているのかもな」と時任が囁く。

「それならいいですけど」

　雲川が丁寧に必要事項を聴き取る。住所変更している場合もあるから、免許証を鵜呑《うの》みにはできない。

「ああ、あの辺りは古い戸建てばかりで静かでいいところですな」

　雲川がいうと、運転者は家ばかり大きくても独りになってしまえばかえって厄介ですよ、と唇を歪めた。羨ましい愚痴ですな、と雲川も応じる。切符の下から細長のバインダーを引き抜くと、一枚目の青い切符をめくり、ここに署名と捺印をお願いします、といった。

瞳が隣で盛大なくしゃみをし、その拍子に膝に置いていたブランケットを落としたのか、慌てて長机の下に屈み込んだ。深夜の空き地は風を防ぐものがないから、じっとしていると凍ってしまいそうなほどに冷え込む。署を出る前、カイロをポケットに突っ込み、こっそりブランケットを用意していたが、四十代の体にはそれだけでは足りないようだ。

「これが納付書です。ここに期限が書かれていますから、この日までに銀行か郵便局で振り込んでください」

「振り込んだらいいの？　現金？」

「この納付書でないといけないので、カードはちょっと」というと、運転者は手を振った。

「いい、いい。わしもカードとか苦手だから、家にはいつもそれなりの現金を置いている。明日、振り込みに行くよ」

雲川がそりゃどうもといい、瞳もなぜかありがとうございます、と礼をいう。隼太と時任は思わず顔を見合わせ、そろそろ行こうかと、小さく目で合図して現場を離れた。

翌日、ひとつの仮説が浮上した。

5

「サッカーですか？」

刑事課の部屋では、聞き込みに出ている以外の刑事が全員、課長席の前に招集される。ホワイトボードには、被害に遭った家の情報が細かに書き込まれている。家族構成、それぞれの仕事や学校名、経済状況、趣味、最近起きたいつもと違う出来事など。

「この惣菜店とUR住宅の三階に住む一家には十歳の男の子がいる。二人は同じ地域のサッカーチームに所属しているチームメイトだ」

鑑取りに動いていた刑事が見つけてきた数少ない共通項だ。隼太はすぐに、瞳と一緒に現場を見に出かけた際の会話や様子を思い出した。

「三軒目は？」

近藤係長は首を振った。「今のところ、ご主人がサッカーの試合を見るのが好きだという以外に直接関係する事項は出てこない」

それなら共通項とはいいがたい。だが、今のところそれしか浮かんでこないのだから、とにかく調べた。

「そのサッカーチームの監督や関係者に聞き込みをし、所属する少年の名簿を入手した」

「それを手分けして聴取するということですか」

「そうなるな。ただ、鑑取り班がちょっと気になる話を手に入れた」

それを摑んできた二係の刑事が立ち上がって説明する。

「この二人の少年が所属するチームはトーマクラブといって、県内では強豪とされている。年明け早々に県代表に選出される大会があって、そのレギュラーメンバーが近々発表となるらしい」

なんとなく話の筋が見えてきた。

「当然ながら選ばれるのは十一名とあと補欠が何人か。チーム全体の総数は、まあ籍を置いているだけというのも含めても三十五名いる」

「三十五分の十一か」

「全く引っ掛かりそうにないという腕前なら気にすることもないが、レギュラー候補に挙がっているものにしてみれば、そうはならない。ちなみに先の二人の少年は共にレギュラーが確定といわれているチームのエース級の選手だ」

「子どもが火を点けたっていうのか？」

時任が思わず唸る。近藤が受けて、「これまで、犯人の手がかりが得られなかった状況からして、十歳前後の子どもがしたこととは思えない。むしろ、レギュラー入りの瀬戸際にいる息子の気持ちを慮った親という線が濃厚と思われる」と淡々という。

「そんな」隼太はつい口にする。「子どもがレギュラーになるために、メンバーの家に火を点けて出られないように図ったっていうんですか。そんな動機で放火するなんて尋常じゃない」

鑑取りしてきた刑事が向きになったようにいい返した。

「余所はどうか知らないが、このトーマクラブは県でも有名なチームだ。少年や監督だけでなく、親御さんらもみな試合のときは総出で協力するという熱の入れようらしい。試合だけでなく土日の練習にも、手作りの弁当や飲み物を用意して交替で応援に出向くとも聞いている」

なかにはな、と近藤がちょっと声を潜めるようにしていう。

「監督からオフレコで聞いた話だが、子どものために高価な賄賂、タグ・ホイヤーの腕時計を贈ろうとした親もいたそうだ」

刑事が全員、絶句する。

「もちろん、すぐに返したそうだが」といって近藤は小堀課長を振り返る。小堀は頷き、

「現時点で共通するものがサッカーチームしかない以上、手を割いてでも調べねばならん。合わせて、襲われた棟の他の住民についても調べ、引き続き不審者の噂や目撃者捜

しも行う」と刑事を見渡し、発破をかけた。そして再び口を開けると、「念のため、今夜からこのサッカーチームに所属する少年宅周辺を重点警らする」と高らかに指示する。

さすがに今度は刑事全員が、うーんと呻き声を上げた。

単純に数えて三十五軒。そこからレギュラー入りが考えられる十一軒と瀬戸際にいる何軒かに絞ったとしても、それなりの数だ。どの家も固まってあるわけではない。遠間市内のあちこちに散らばっている。

「もちろん消防とうちの地域課にもこの名簿を共有してもらい、重点警らを実行してもらう。他部署からの応援も引き続き頼んでいる」と近藤が取りなすようにいい足した。

三々五々に散らばる刑事を見ながら、隼太は一旦自席に戻る。

瞳も戻って椅子を引いて座ると、なにやら思案顔になった。病み上がりの上に、四十代ともなれば疲労もそう簡単には回復しないだろう。気の毒に思いながらも、「今夜も交通課の手伝いですか」と声をかけてみる。

「え。ああ、ううん、今日は飲酒検問らしいから」

そういえば今日は金曜日だったことを思い出す。ずっと休みなしで働いていると曜日の感覚がわからなくなる。飲酒検問となると切符を書いて終わりとはいかない。刑事罰となるから身柄を本署に連れてきて供述調書を取ることになる。なかには暴れたり逃げたりする者もいるだろう。

隼太はまとめ買いしていたドリンクを引き出しから取り出し、瞳にどうですかと訊く。

「いいわ。そういうの担当してくれてるドクターがいい顔しないから」

「そうなんですか」

ドリンク剤を飲む余裕があるなら、栄養価の高い食事を摂れということらしい。

「茂森くんはどう思う？」

「はい？　ああ、サッカー少年の家族が容疑者という話ですか。正直、四六かな」

「四……？　可能性は四割ってこと？」

隼太が頷くと、瞳は白い顔を赤くして頬を膨らませる。どうやら笑いを堪えているらしい。ちょっとむっとして、なんですか、と訊く。

「ああ、ううん。四割もあるんだったら、調べないといけない」

「あ、まあ、そうですね。はい」


サッカーチームトーマクラブは、県の代表となって全国大会に出場経験もある名の知れたチームだ。監督は元Jリーガーで、遠間市に住む資産家がサッカーファンということから結構な寄付金を出してくれている。加えてメンバーの親や知人、近所の商店らの支援もあって、比較的恵まれた環境でサッカーに集中できている。大きな試合前となると選手達よりも周囲の熱量が半端なく、時には市長や市議まで観覧にきたりする。そんなこともあって尚一層、レギュラーに入るかどうかが大きな意味を持つ。子ども自身、熱狂する親達の影響で、人生最大の試練かなにかのように思い詰める事態にもなり得る。

そんな繊細な少年に関わることだからか、刑事が尋ねて回っただけでたちまち噂となって、チーム内を駆け巡った。レギュラー入りが確定している子どもの親にしてみれば、いつ自分達が狙われるかしれないという怯《おび》えと怒りがあるから余計だ。

「レギュラーまであと一歩という少年とその家族が、どうも放火犯じゃないかと疑われているようです」

「なんだってそんなことに」と近藤は頭に掌を当てる。

「ですがひょっとするとそれが当たりという可能性もあるんじゃないですか」と、時任が慰めるつもりでもなく口にした。

「なにか疑わしい点でも出てきたのか」近藤が目の色を変えるが、いや、それはまだ、と口を濁すと途端に険しい目つきになる。

疑われている準レギュラーの少年や家族、その周辺の人間のアリバイが調べられた。ただ、犯行はどれも深夜のことで寝ていたといわれれば、それを疑うだけの根拠がない。

「防カメに映っていないのが痛いですね」

隼太が隣の瞳に話しかける。いつもなら、なにかしら返事をしてくれるのに黙ったままだ。そっと窺い見ると細い目が糸のように細くなっている。どうしたんですか、具合でも悪いんですか、といいかけようとしたとき、瞳の目がぱっと開いて隼太を見つめ返した。

「茂森くん、お願いがあるんだけど」

「は？　またですか」思わず本音が出てしまう。慌てて、すみません、なんですかと訊いた。

「このサッカーチームのこと調べてるのよね」

「はい」

「なら、少年らの家族構成、両親の仕事、特に車を持っているかどうかを知りたい」

「わかりました。でも、なんでですか」

「うん。子どもには子どもの葛藤があるだろうし、親には親の葛藤があると思うから」

「どういうことですか」

瞳は答えず、これ係長からもらったからあげる、と栄養ドリンクを差し出した。

6

耳に入れていたイヤホンにひとつの知らせが入ったのは、午前一時を十五分過ぎたころだった。

「マルヒS、今、自宅を出ました」

飲酒検問をしている場所で、捜査車両に乗って待機していた隼太と時任は無線を聞いてエンジンをかけた。

黒いダウンのベンチコートにフードを深く被った人物が、住宅街の細い道を足早に走り抜ける。深夜で人通りがないから、どんな些細な音や気配でも気づかれそうだ。敷島と相棒の刑事の二人が慎重にあとを追っていたが、神経質に前後を窺う様子を見て一旦、引き下がる。敷島からの連絡を受け、今度は隼太と時任が車から降りて先回りしたところで待ち受けた。

そのまま二人が追尾する。やがてSが一見、遠回りに思えるような動きをしているのに気づく。それが防カメのありそうな場所を外しているとわかって、イヤホンをつけた捜査陣の熱は一気に上昇する。他を張っていた刑事達に合流するよう指示が入る。やがて、学校裏にある五階建ての小振りのマンション前までくるとSは周囲を見渡し、裏手に回った。そこには駐輪場があり、各戸ごとに割り当てられているらしく、部屋番号ごとにスペースが仕切られていた。その時点で、全ての捜査員にマンションに集結するよう小堀からの命令が飛んだ。

Sは目当ての自転車を見つけたのか素早く走り寄ると、さっとその場に屈んだ。長いダウンに隠すようにして手元をごそごそ動かしている。ツンと刺激臭が鼻をつく。小さな音が聞こえて、灯りがフードの奥の顔を照らした、その瞬間、怒号が轟いた。

「なにをしているっ」

「動くなっ」

「警察だ。逃げられんぞ」

黒いベンチコートは大きくその場で跳ねると、すとんと尻ごと地面に落ちた。腰が抜けたらしく、そのまま動けないでいる。素早く隼太らが取り囲み、時任が手にあるライターを取り上げた。敷島が近づいて、正面に回って腰をかがめる。

「須崎《すざき》さん、須崎翔琉《かける》くんのお母さん」

フードを被った顔がゆっくり持ち上がり、敷島を見つめる。両目は恐怖に揺れ、唇は細かに震えている。

「UR住宅のゴミ集積場と惣菜店の裏口に放火し、そして桜田宅の庭に火炎瓶を投げ入れたのは、あなたですね」

敷島が須崎の揺れる肩を両手で優しく押さえ、じっと目を覗き込むと女性は小さく、「はい。すみませんでした」と答えた。隼太を含め、周囲を取り囲む刑事ら全員の吐く息が聞こえた気がした。もうこれで毎晩、歩き回らずにすむ。眠れる夜が戻ってくる。

隼太が弓木瞳から頼まれたのは、サッカーチームトーマクラブの名簿にある少年の家族構成と家族の仕事について、そして車があるかどうか、だった。

瞳が隼太に問われて答える。

「最初の二軒はサッカーチームという共通項に加えて、似たような環境だという点が気になりました」

「似たような環境？」と近藤が首を傾げる。

「はい、UR住宅の方は荷物をたくさん運べるバンを持っていて、奥さんは仕事をしていないらしく塾の子どものお迎えをしていました。惣菜店はお店なので当然ながら、母親だけでなく父親も常にいて、近くにはいつでも交替してくれる祖父母がいました。もちろん、食材を運ぶための車も持っています」

隼太は、瞳と共に被害者宅を見て回った。そのとき、偶然、車で戻ってきた母子が、サッカー少年の家族だった。瞳は、女の子の相手をしながら、UR住宅の駐車場に停めたバンのなかに、タオルや着替えだけでなく、やかんや紙コップ、箸、ティッシュ、カイロなど雑多なものが置かれていたのを覗き見していたらしい。

「つまりクラブの練習や試合をフォローするために必要な環境ということだな」

小堀課長がいい、瞳は頷く。

「子どもがレギュラーになれないから火を点けるという動機は少し妙だと思いました。

有力な少年がレギュラーを外れたからといって、うまくレギュラーになれるとは限りません。少年サッカーといっても実力ですよね」

もちろんそうだろう。万が一、うまい具合にレギュラーが入れ替わったとしても、それはいっときのことでいずれ元に戻る。来年の全国大会だけ出場できれば充分だと思ったのかもしれないが、準レギュラーの立場にいてその程度の意欲しかない少年はいないだろうし、なにより自分の力がレギュラーを続けていけるほどのものか、本人が一番知っているのではないかと、隼太は思う。

時任もそう感じたらしく、「確かに、放火なんてことで自分の息子がレギュラーの地位を手に入れたとしても、大して意味などない。いい大人がそれに気づかないのはおかしい」と頷く。

「はい」と瞳は細い目を開く。「だから別の視点で考えてみました。むしろ今だけ、サッカーの試合がなければいいと望むのはどんな人だろうか」

瞳にいわれて隼太は、少年らの家族、その仕事、車の保有状況を確認した。そのうち親と子どもだけの暮らしで、近くに手伝ってもらえる祖父母や親類がいない。かつ勤めが忙しく、車を保有していない家が何軒かあった。職業の欄を見て、年末、忙しそうなものをピックアップ。

須崎翔琉九歳の母親は、ずっと百貨店に勤めていた。今年、昇級して持ち場の責任者となったから、いっそう励まなくてはならない。十二月は書き入れ時だ。特に、土日。だが、サッカーの練習や試合は土日が主だ。少年らの親は車で荷物を運び、汗を流して泥だらけになる子どもを支援する。朝から夕方までずっと。そして誰もそのことを不満に思わず、むしろ競い合うように熱心に取り組んでいる。

『親ができることはなんでもしてやろうと――』といった惣菜店の母親は、特別なわけではなかったということだ。ただ、同じ思いであっても物理的な障害は人それぞれ違う。

須崎夫婦は、気楽に休みを取れる仕事ではなく、荷物を簡単に運べる車もなかった。当番のときはその都度、前日に離れた実家まで出向いて車を借りるか、手土産を持って会社の同僚の車を借りたりした。仕事が忙しいからと、代わりにそういった手伝いをしてくれる祖父母も友人も近くにいない。全て自分達だけでしなくてはいけなかった。

「だから羨ましいという気持ちもあったのでしょう。UR住宅の方や惣菜店の環境が」

そんなに大変ならできないといえば良かったのに、というのは傍のなにも知らない人間のいうことだ。当番を免除してもらうことがどういうことか、九歳ともなれば子どもでも感じ取れる。仲間の親達が一生懸命手伝って応援してくれるのを見れば、自分の親だけさぼっている気がして、それなのに頑張ってねと渡された手作りの栄養ジュースを遠慮なく飲めるほどの開き直りもできない。誰に責められなくとも、息子自身が引け目に感じるのだ。

須崎翔琉の母親もそのことは充分にわかっていた。だから、手伝いを辞めることはできなかった。だが、年末の忙しい土日。どうしても仕事は休めない。夫も無理だという。車を借りている祖父母は気楽に、辞めたらいいだろうという。追いつめられた。もうどうしていいかわからない。せめて今月だけでも試合や練習がなくなれば――。

須崎は夜遅く、しんと静まりかえった町のなかを歩いて帰っているうち、ふと閃いたのだといった。なにか危ないことが起きたら、子どもを持つ親は練習を止めようと思うのではないか、と。

「でも、三軒目のお宅を襲ったのはなぜですか。サッカークラブとはなんの関係もないですよ」と隼太がいえば、敷島や時任が苦笑いする。近藤が、やれやれという風にいう。

「目くらましだろう。どこでも良かったし、安易に投げ込めばすむ火炎瓶にしたのもそのせいだ。サッカークラブの少年宅が狙われ続けたら、さすがに自分にも捜査の手は及ぶのではと恐れた。警察に疑われず、けれどメンバーの親が危惧する程度の事件が起きれば良かったからな」

「準レギュラーの少年の親が疑われているという噂が流れ始めたので、次、もう一回だけやったら止めるつもりだったと、須崎は供述している」

須崎翔琉は、準レギュラーにも程遠い実力だったらしい。それでも親は等しく、支援しなくてはならない。

なんともやるせない動機の放火魔だ。刑事は内心で思っていても口にはしない。隼太も黙って席に戻り、隣に座る瞳を盗み見た。今回は瞳の意見を聞いて、条件に当てはまるメンバーの家五軒をいっせいに張り込んだ。数日後、そのうちの一軒である須崎が動いて事件解決となったのだ。確かに、素晴らしい観察力と推理力だと思う。だが、それをどうしてヤギノメというのだろう。

そのことを改めて時任に尋ねようとしたとき、敷島が三係の方を見やって係長に小声で囁くのが聞こえた。

「須崎のママさん、最後にわしらへ痛烈な批判を吐きましたね。旦那が世話になった元上司の家に泥棒が入ったのに、警察はいまだ犯人を捕まえられないくせにって」

藪《やぶ》から蛇《へび》をつつき出したってな具合ですな、と苦笑すると、近藤も眉を掻《か》きながら口端を歪めた。「ああ。七月のやつな。空き巣だろう。そんなこといわれてもなぁ、三係のヤマだから」

小堀も当然、そのことは耳にしているらしく、課長として無視するわけにもいかないと、三係の係長にあとでちょっと話があると声をかけた。うなだれる三係長を見て、近藤と敷島が揃って肩をすくめる。

隼太が様子を見ていると、瞳が声を潜めて訊いてきた。

「なに?　七月のって」

「ああ、いや、俺も秋異動だからよくは知らないんですけど」といって向かいに座る時任を見ると、気づいたらしく机の上に身を乗り出してきた。

「梅雨明けしたころ、管内で空き巣があったんですよ。定年退職した年配の夫婦二人が住む家で、留守中、自宅に置いていた現金がそっくりやられました」

「いくらあったんです？」と瞳。

「それが、車を買い替えるつもりだったとかで、頭金にする百万を置いてたらしい」

「げっ」と隼太が思わず唸り、時任にしっといわれる。

「それが須崎ママの旦那の元上司だった？」と瞳は興味を持ったように尋ねる。

「そうらしいですね」と時任が答えると、隼太も、「たまたまでしょうけど。そのことと放火とは関係ないじゃないっすか。自分のした犯罪を棚に上げて、とんだいいぐさですね」と唇を突き出すと、時任は薄く笑う。

「被疑者ってのは、どんどん自分の罪の重さに落ち込んでいくタイプと、時間が経つほど開き直って、大したことないと思い込もうとするタイプがいるからな。須崎ママは、後者だな。取り調べの最後の方には、ボヤで被害は出ていないのにとかいって逆に睨みつけてきたよ。敷島主任がさすがに叱りつけていたな」

「そうでしたね。あれには俺も呆れたっすよ」

隣からなにもいってこないので目をやると、瞳の目が糸のように細くなっていた。

7

連続放火事件が無事、解決して刑事課は久々に落ち着いた雰囲気に戻っていた。

須崎翔琉の母親は昨日、送検され、小堀課長の前には各係の係長が集結している。これから順次、ずっと働き通しだった部下らに休みを与える算段をするのだ。

そんな様子をちらちら盗み見しながら、一係の島では事件の整理を続けていた。

「おい、弓木主任は？」とふいに向かいから時任が尋ねてくる。隼太は隣の席を見たあと首を振った。

「知らないっす。トイレかどっかじゃないすか」

「ずい分、見てないみたいだが」

「はあ」俺は弓木主任のお目付けじゃないんですけど、という意味を込めて答える。

「署内にはおられると思いますよ」

時任が机を回って、弓木の席までくる。そしてファイルが置いてあるのに気づいて、これなんだ、と尋ねた。

「今朝、三係から借りたみたいですよ」と隼太がいうと、時任は手に取って広げた。

「あれですよ、須崎が文句いっていた未解決の空き巣事件。その鑑識報告や聴き取り調書など一連の捜査書類」

時任はページをめくって視線を走らせながら、「よくこんなの借りられたな。ま、弓木主任なら誰も断らないか」と呆れたような感心したような口振りで眉を上下させる。

隼太がすかさず何度も頷いた。「そうなんすよ。俺もびっくりしました。主任がとことこと三係にいってなにか頼んでいるなぁって見てたら、巡査長がファイル棚からこれを取り出してこっそり手渡したんすよ」

ふっ、と時任が妙な笑いをこぼす。「まあ、あの人はここでは古株だし。これまでのことがあるからな」

「これまでのこと?」

時任はぱたんとファイルを閉じると、戸口の向こうを見やる。

「とにかく、どこにいるのか気になる。ちょっと見てこいよ。万一、具合が悪くなってたらマズイ」

「えぇー」とつい不満声を漏らすと睨まれた。刑事課の先輩なのだから逆らうわけにはいかない。素早く立ち上がって、部屋を出て廊下を歩いた。女性用の更衣室に行くのが一番早いかと思うが、そこは一番行きにくい。仕方なく一階へと下りようとしたところで、階段を上がってくる瞳と出くわした。

「どこに行ってたんですか」

つい咎める口調になったが、顔を上げた瞳の白い顔が赤らんでいるのを見てぎょっとした。階段を上って苦しくなったのかと危ぶんだが、笑顔を見てひとまずほっとする。

「送致担当のところにちょっと。思ったより時間がかかっちゃって。なにか用？」

「いや、そういうわけじゃないですけど。送致って交通のですか？」

「他にないでしょ」と可愛げのないことをいう。

一階には交通規制係がある。そこでは標識や道路標示の管理、交通安全教室の主催、免許更新の手続きなどを引き受けている。送致担当もそのなかのひとつで、地域課員や交通指導係員などが処理した交通切符が集約され、間違いなどがないかチェックした上で、本部に送致する役目を担っていた。いうなれば、切符関係をまとめ、管理している部署だ。

隼太はむくれながら、瞳の後ろを歩き出す。「送致でなにをしていたんですか」

「うん。ちょっと気になったから」

「はい？」

瞳が足を止めて振り向いた。両目が見開かれ、珍しく黒目が大きく見える。

「頼みたいことがあるんだけど」

隼太は、今度は、またですかとはいい返さなかった。ゆっくり首を上下に振ったあと、

「わかりました」と答えた。

久しぶりの休みがもらえると思っていた刑事課の面々の当てが外れた。

もうちょっとだけ待てと小堀課長からいわれて、三係以外はみながっかりした顔をしたが、事件となれば致し方ない。しかも今回は、被疑者が特殊だからいっそうだ。

本来なら三係が主となるべきところだが、見つけてきたのが一係だからここは大人しく控えに回る。

「だがGOサインはうちが出す」と三係長がここだけは譲れないと強く訴えた。

敷島、時任、隼太が交替で張りつく。既に課長経由で交通課から勤務予定表をもらっていたから、張り込むべき日にちはかなり限定できる。だが、それでも念のためと疎かにしないのが刑事の仕事だ。万が一、隙をつかれて逃げられたら、犯人を捕り逃がしたではすまされない。

瞳から話を聞かされた刑事らは最初、半信半疑、いやむしろなにをいっているんだという顔つきを遠慮なく浮かべてみせた。隼太とて、放火事件のことがなければ、この病み上がりの巡査部長はなにを血迷っているんだと思っただろう。

ただ、三係だけは真面目な顔を崩さず、裏どりはうちがやると課長がなにもいわないうちから動き出したのだ。その結果、予想通り、いやそれ以上の事実が明らかになった。

それを受けて再び、刑事課では被疑者を確保すべく、態勢が整えられた。

一係が主になって当該住宅を朝から深夜まで張り込む。毎日、他の係も協力して交替でする。時任の机の上には、また茶色い小瓶が並び出した。

だが、実際は交通課長から渡された予定表の通りで間違いなかった。その日の朝、被疑者は動き出した。

隼太は玄関が見える位置に隠れて見張っていた。時任と敷島は勝手口を張っている。三係は少し離れたところに潜み、被疑者に張りついている同僚からの連絡を待っていた。

門扉《もんぴ》の向こうに車庫があり、そこに鮮やかな赤色の一部が見える。アストンマーティンは、汚れもなく綺麗に磨き上げられているようだ。敷地は八十坪を越えるだろう。広い庭があって、古びてはいるが大きな二階屋が松や楓の大樹に囲まれているのが、塀越しに垣間見えた。

朝、六時。

玄関の扉が開いて、昭和一桁生まれの男性が上下ジャージ姿で現れた。キャップを被り、シューズの紐を確認すると軽快な足取りで門を開ける。外に出て軽く深呼吸すると、公園のある方へとジョギングを始めた。

隼太はちらりと時計を見る。

今から小一時間ほど男性は自宅には戻ってこない。一人暮らしだから今、自宅は空だ。

玄関はちゃんと二重ロックされているようだが、調べたら裏口は昔ながらのサムターン錠がひとつあるだけらしい。他にも庭に面したガラス戸があって雨戸を立てておらず、普通のクレセント錠だった。

　イヤホンから声がした。

『マルヒそちらに向かっています』

ついこのあいだ、同じような連絡を耳にしたことを思い出す。立て続けにこんなこともあるのだなと深い息をひとつ吐いた。

　三係長から指示が飛んだ。

『マルヒがなかに入ったところを確保』

いわずもがなのことだと思いつつも、隼太は緊張に全身を強張らせる。今度は素人が相手ではない。どんな抵抗があるかもしれないから注意しろ、と近藤からも敷島からもいわれていた。

『庭に侵入』

　隼太はそっと持ち場を離れ、家に近づく。誰もが庭からだろうと予想はしていた。

『ガラスを切ったぞ』

　唾を飲み込み、ゆっくり門扉を開けてなかに入る。裏口側から敷島らも同様に潜り込んでいるだろう。

気配を感じて後ろを振り返る。三係の刑事が、能面のような顔つきで集まってきている。ここで挽回しなくてどこで挽回するんだという気持ちを懸命に抑えているようだ。

『戸を開けた』

『靴を脱いだ』

『マルヒ屋内に侵入』

そして待ちに待った言葉が聞けた。

『確保っ』

大きな声があちこちからいっせいに轟いた。そしてすぐになにかがぶつかり、転がる音がした。素早く庭に回った隼太は、屋内に駆け込んでいる刑事の姿を見て、自分もと走り込む。

「大人しくしろ」

「なんだっ。なにをする」

「お前こそなにしている」

「武器を離せっ」

その声を聞いて一瞬、動きが止まる。なにか得物《えもの》を持っているらしい。まさか拳銃ではないだろうな、と思っているうちに三係の若い連中が先になだれ込む。

「捨てろ」

三係の主任が、被疑者と相対していた。それを敷島や時任、他の刑事が取り囲む。隼太の目に黒い棒が見えた。

交通課交通指導係の雲川主任が、特殊警棒を刑事らに向かって突き出していた。その形相は怒りと動揺で醜《みにく》く歪み、スピード取締りで見たような温厚で穏やかな気配は微塵《みじん》も窺えない。まるで別人のような有様だった。物分かりの良さは消え失せ、諦め悪く抵抗する。

うおーっ、と獣のような声を上げると警棒を振り上げ、闇雲に飛びかかってきた。素早く脇に避けると、三係が後ろから突進し、体当たりした。五十過ぎの主任はそれだけでたたらを踏んで、更に横から時任によって蹴り上げられて呆気《あつけ》なく畳の上にひっくり返った。隼太と三係の刑事が同時に飛びかかり、背中に乗って両手を捻り上げる。

隼太がすかさず手錠を取り出したが、敷島の腕が伸びてきて止めた。それを見た三係の主任が目で礼をいって、自身の手錠を取り出して雲川にかけた。

「住居侵入及び窃盗未遂の現行犯で逮捕する」

8

弓木瞳は、そのときは気づかなかったらしい。ただ、目に入っただけなのだといった。

「なにがですか」

「あの夜間スピード取締りのとき、雲川主任は妙なバインダーを使っていた」

隼太は記憶をたぐり、投光器のなかで長机に向かって切符を切っていたときの姿を思い浮かべる。そういえば、切符のサイズに合わせた細長いバインダーだった。

「わたしが交通課にいたときは、ああいうバインダーは外で切符を切るとき下敷き代わりに使用していた。長机があるなら必要ない筈だけど、ベテランの雲川主任のことだからなにか使い勝手が良いとか、独自のやり方を考案したのかと思ったのよね。だけどそのあと」

「あと?」

瞳がくしゃみをしてうっかりブランケットを地面に落とした。それを拾おうとして机の下に屈み込んだとき、また目に入ったのだという。

「雲川主任の椅子の後ろに黒いバッグが置いてあって、さっきのバインダーがそこに入れられていた。バッグは私物で、ペットボトルやタオルなんか入っていたようだけど、そういうのに引っ掛かってバインダーの一枚目がめくれていた」

下に白紙らしきものがあって、文字が並んでいるのが見えたそうだ。暗いし、一瞬のことでなにが書かれているかまではわからなかった。

「ただ、その文字の羅列が横書きで、上部に多く、下に行くほど少なくなっていた」

敷島や時任らが大きく頷く。隼太も遅れてはっとした。

交通反則切符の上部は氏名など免許証の内容を書き写す欄となっている。その下には違反名があって該当するものをチェックするから、ほとんど空白だろう。

「だけど、そんなものがあの短いあいだで見て取れたっていうんですか」

しかも椅子の後ろに置かれていたのだ。足下に落ちたブランケットを拾う体勢では、ほとんど見えないのではないか。

「見えたのよ」としか瞳は答えない。

誰もなにも異を唱えない。仕方なく隼太も黙って話の続きを待つ。

「それから須崎が捕まって、未解決の空き巣事件のことを知った。気になって」

だって悔しいじゃない、自分のした放火の罪を棚に上げて警察の不手際を批判するなんて、と瞳は珍しく目を尖らせる。だから三係の資料を確認したということか。

「狙われたのが、そこの住民が定期的に留守をする時間帯だったということがわかった。もちろん、そのことを知る人はいるでしょうけど、気になったのは車を買うためのお金を用意していたという事実。そこまで知る人間は限定される」

調書には、被害者の夫婦と車のディーラー、他に遠方に住む夫婦の子どもだけと思料されるとあった。だから窃盗に入ったら、たまたまお金があったのだろうという結論になったのだ。だが、瞳は被害品目のなかに妙なものがあるのを知った。

「頭金のお金は、タンスの引き出しに入れている文箱に入れられていた。そこには家計簿や保険証、診察券やクーポン券、買い物のレシートなどがあって、奥さんの記憶によると納付済証もあったということだった。だけどそれがなくなっていた」

「納付済証って、交通違反の？」

「そう。それで三係の主任に訊いたら、確かに事件の少し前、うちの管内でご主人が運転中、信号無視して切符を切られたといっていたことを思い出してくれた。納付済証がなくなっていたのは、単に奥さんの記憶違いか、窃盗犯がお金に紛れて持ち去ったのだろう、ということで問題にはならなかったようだけど、わたしは気になって」

「送致担当に確認しに行ったんですよね」隼太が先にいう。瞳はにこっと笑い、「そう。違反者の名前はわかっているから、そこから誰がその切符を切ったのか調べてもらった。そうしたら雲川主任だった」

そして切った日付は、車を買うことが決まり、金を用意した時期と重なる。

「あのスピード取締りのとき、上手に色んな話を聞き出されるなぁと感心したのよ。あの晩、雲川主任は何人かの違反者を相手にしたけど、同居家族の少ない高齢者に対しては特に熱心だった気がした。そこにバインダーのことが浮かんで、ああもしかしたらと思った」

そこで三係が裏どりに動いた。雲川の前任署や前々任署で似たような空き巣事件はなかったか。そうすると出てきた。高齢者に限らず、定期的に家を留守にし、自宅に現金を置いていたパターンで未解決になっている窃盗案件が数件。どれも雲川が赴任している時期と重なった。

そこまで判明して、小堀課長は決断した。

放火事件が起きているあいだは、昼夜、街中に警察官が歩き回っている。やるのなら事件が終わって落ち着いた、これからだろう。

また、雲川が狙いを定めた相手が、アストンマーティンの運転者とは限らなかったが、最有力候補として一係の隼太らが受け持った。そして他の係の刑事は、雲川の行動確認を行った。

雲川の勤務予定表を確認した限り、放火事件で夜間勤務した代替休暇として午後から出勤する日があり、それが怪しいと睨《にら》んだ。案の定、雲川はその日の朝早く、自宅を出て狙った家に向かったのだ。

「金に困っていたんですかね」

敷島が年齢の近い三係の主任に尋ねる。裏どりでは特に借金があるとか賭け事にはまっているようなことは出なかった。

「たまたまうまくいったので味を占めたようだ。年金暮らしの高齢者宅は案外と戸締りがゆるい。金を持っていることもぺらぺら喋るし。まあ、警察官相手だから疑いはしなかっただろうが」

いとも簡単に五万、十万が手に入った。街頭に出て違反者を捕らえ、散々悪態を吐かれながら切符を切る。そんな毎日を送っても、もらう給料は大して多くない。

「奥さんと子ども二人のために使ったら、自分の小遣いもしれていたようだ。ぱあっと使いたいときがあったんだとさ。そのため、空き巣を止められなかったと供述している」

はあ、とやるせない声が聞こえてきそうだ。誰もがため息を呑み込み、目を瞬かせる。そんな動機で警察官が空き巣をしていたというのか。

簡単に盗めると知った雲川は、所轄が変わっても犯行を繰り返した。管内の住民を狙ったのは、単に防犯カメラや交番の位置、逃走経路など容易く把握できたからだ。切符を切る振りをして、複写できるバインダーで違反者の住所など個人情報を手に入れた。取締りに紛れて細かな番地を忘れてしまうことがあったので自分で作ったそうだ。あとでそこに留守になる時間帯や家族構成など細かなことも書き入れた。

通常、切符のあと処理などは交通課の部屋でみないっせいにする。だから密かに書き写すということはできなかったらしい。

これまでは空き巣ですんでいたが、いずれ強盗へと凶悪化しただろう、と三係長は強く断言した。特殊警棒を持ってきていたのだから、どういい逃れしようとも、家人がいればそれで襲撃するつもりだったということだ。実際、刑事に対して手向かった。

そうなる前に逮捕できて良かったという気持ちはあるが、被疑者が同僚であったことは手放しで喜べない。刑事らの顔に笑みはなく、瞳も自分の手柄なのに特別な感情の動きは見せず、説明を終えると静かに席に着いた。


山羊《やぎ》の黒目は横に細長い。人間や猫のように丸くない。しかも頭をうつむけても水平のまま保たれ、それによって外敵を見つけやすいよう視野が確保されるらしい。

瞳がトイレに立った隙を見て、隼太が『ヤギノメ』の意味を尋ねると、「昔いた同僚が、弓木主任の視野の広さを知って、ぽろっとこぼしたんだ。つまんないこと色々知っているやつでさ」と時任が教えてくれた。

「弓木だからヤギで、瞳だからメって、単なる語呂合わせじゃないっすか」と隼太は眉根を大きく寄せる。

スマホで検索すると黒目が水平に保たれる動物は山羊以外にもいる。たまたま弓木だったという以外にも、色白でほっそりしているところも想起させたのか。聞けばなんだという話で、斜め向かいでは敷島が新聞を広げたまま、にやにやしている。

「そういうがな、茂森。刑事には必須アイテムだぞ。大きく広く観察し、記憶にとどめる。お陰でうちは黒星がないんだから、課長や係長が弓木主任を手放さないのもわかるだろう」

前任の課長も係長もそうだったな、と遠い目をして敷島が呟くと、時任は、警部補試験を前にして運悪く病気になったことをあの二人は密かに喜んでいたみたいですしね、と苦笑いする。

「そんな酷《ひど》い」

敷島と時任は合わせたように、くくくと笑う。

「昇任しないまでも異動はあるでしょう」

「それがなぜかずっとない」

もうここにきて十年近いんじゃないですかと時任がいうと、どういう仕掛けになってんだか、と敷島が口をへの字に歪める。

「いやしかし、そんなの、ご主人とかが問題にされませんか」

「知らないのか。彼女、独り者だよ」時任がいう。敷島も時任も既婚者で子どももいる。

「あ、そうなんですか。四十くらいですよね」

これ以上いうとセクハラだから隼太は口を噤《つぐ》む。敷島が新聞を畳み、「まあ、それなりに話はあったようだが。なにせなんでも目に入ってしまうんだからなぁ。男は落ち着かないんじゃないか」と気の毒そうにいう。

「そんなことで？　バカバカしい、ちょっと人より気がつくってだけの話じゃないっすか」

　時任がふふん、という顔をする。なんですか、と問うと、「それなら訊くが、お前、例の夜間スピードのときにいた白バイのことどれだけ覚えている？」という。

「え。あ、ああ白バイですね。確か一人、応援にきていた」

　切符処理をしている瞳らの後ろで待機していた。ヘルメットにゴーグルだったから顔はよく覚えていないが、隼太よりは年長のような気がした。

「えっと、白バイだから青の上下の制服で白のマフラー」

　ちっちっちっちっと耳ざわりな音を立てて時任がバカにしたような目を向ける。「なにいってんだ。十二月の深夜だぞ。防寒着を着ているに決まっているじゃないか」

　あ、そうか。冬は黒の合皮の上下に変わるのだった。白バイといえばスカイブルーという強い思い込みがあった。

「弓木主任に同じこと訊いてみろよ」と含んだいい方をする。隼太はむっとしつつ、「そんなのずるいですよ。俺らはすぐにあそこを離れたけど、弓木主任はそのままいたんだから」と抵抗したがすぐにいい返される。

「いや、交通の若いのに訊いたら、あのあとすぐ交替がきたらしい。だから一緒にいた時間は大して変わらないぞ」

　そこに瞳が戻ってきて、三人の様子がおかしいのに気づいたのか首を傾げる。隼太がすかさず白バイのことを尋ねた。

「ああ、あの離婚したばかりの隊員？　どうかした？　なんか仕事にも身が入らない感じだったけど、もしかして事故ったの？　それとも私生活で問題でも？」

「……はあ？」

どうしてバツイチと？　と訊くと、「イチかどうかは知らないけど。後ろでぼうっと待機しているなと思っていたら、いきなりゴソゴソし出したりして。振り向くのもいけないと思ってじっとしていたけど、目に入ったのよ」と答える。

白バイ隊員が黒い手袋を外しては何度も指を掻いていたらしい。手荒れでもしていたのか。そして左の薬指の根元を執拗に撫ぜては、ため息をこぼしたそう。指輪らしきものは見えなかったから、以前は嵌《は》めていたのかもしれない。離婚して間がないのなら、自炊をするようになった可能性はあるし、それなら慣れていない水仕事で手荒れを起こしていることも考えられる。

「仕事に身が入っていないというのは」

「バイクが汚れていた。黒の長靴も磨かれていなかった」

白バイ隊員は全員、志願して入隊する。どれほど希望を出しても入隊できるのは僅かで、異動するのが難しい部署のひとつとされていた。当然、バイク好きで白バイ愛の深い人間が多い。自車の手入れを怠る人間はいないし、それは制服やヘルメット、長靴も同じ。暇を見つけては靴磨きしていると聞く。

「な、なるほど」とひとまず感心した風にいってみる。ちらりと視線を流すと、敷島と時任が笑いを堪えているのか肩を震わせていた。

そこにいきなりパトカーのサイレン音が鳴り響いた。隼太は思わず立ち上がる。

なんかあったのかな、と刑事課の面々がちらほら顔を上げる。事件なら無線機を通して一斉発報がなされる。事件ではないようだなと思っていると、部屋に戻ってきた係員が地域課で聞いたと教えてくれた。

「なんか白バイが事故を起こしたらしいぞ。うちの管内らしくてパトカーが救援に出動した」

声を潜めて、「よそ見でもしていたのか信号柱にぶつかったんだって」という。それなら自損事故だが、更に、「怪我はないようだが、なんだろうな。白バイらしくないな」と呟くのを聞いて隼太の全身から力が抜け、すとんと椅子のなかに尻を落とした。

まさか、といって隣を見やる。

瞳はゆっくり瞬きすると、机の上に書類を広げ、パソコンのキーを打ち始めた。

向かいの敷島と時任が揃って、亀が首を引っ込めるようにして目を伏せるのが見えた。

隼太はもう一度、そっと瞳を窺う。書類に視線を落とす瞳の細い目のなかで、黒目が水平に動くのを見た気がした。

三十年目の自首

大山誠一郎
Seiichiro Oyama

大山誠一郎（おおやま・せいいちろう）
一九七一年、埼玉県生まれ。京都大学在学中、推理小説研究会に所属。二〇〇二年、短編「彼女がペイシェンスを殺すはずがない」を発表。〇四年に『アルファベット・パズラーズ』で本格的にデビューする。一二年の短編集『密室蒐集家』で第一三回本格ミステリ大賞を受賞。二二年、「時計屋探偵と二律背反のアリバイ」で第七五回日本推理作家協会賞短編部門を受賞。他の著書に『仮面幻双曲』『アリバイ崩し承ります』『ワトソン力』『記憶の中の誘拐』『時計屋探偵の冒険』、訳書にエドマンド・クリスピン『永久の別れのために』、ニコラス・ブレイク『死の殻』がある。

1

藤木《ふじき》正也《まさや》は目の前にそびえる巨大な建物を見上げた。

地上十八階、地下四階の構造物は、青空を背にして、圧倒的な存在感をもって辺りを睥睨《へいげい》している。

これでいいのだろうか、と思った。自分が今からやろうとしていることは間違っていないだろうか。

間違っていない、と自分に言い聞かせた。これ以外に選択肢はないのだ。

藤木は深呼吸すると、ゆっくりと歩き出した。正面玄関を抜け、受付に近づく。

「すみません、過去の事件のことで情報提供をしたいのですが」

「どの事件でしょうか」受付係は事務的な口調で訊いてきた。

「一九八四年に練馬区石神井《しゃくじい》町で起きた古銭蒐集《しゅうしゅう》家の殺害事件です」

「どのような情報でしょう？」

「犯人についての情報です。私は、犯人が誰なのか知っているんです」

そう聞いても、受付係の表情は変わらなかった。同じようなことを言う人間をしょっちゅう相手にしているのかもしれない。

「ちょっとお待ちください」

受話器を取り上げると、どこかに連絡し始めた。やがて三十代前半の男が現れた。

「お待たせしました。一九八四年の事件のことで情報提供をしてくださるとのことですが……」

「捜査一課の方ですか」

「はい。犯人が誰なのかご存じだとか？」

「知っています。私です」

「――え？」

相手の顔に戸惑いの色が浮かんだ。藤木は言った。

「私が被害者の男性を殺したんです」

2

寺田聡《てらださとし》が助手室で証拠品を入れたビニール袋にQRコードを貼っていると、館長室との境のドアがいきなり開き、緋色冴子《ひいろさえこ》が入ってきた。

「捜査一課から連絡が入った。三十年前の殺人事件の犯人だと警視庁に自首してきた男性がいるそうだ。藤木正也と名乗っている」

緋色冴子は感情のこもらない声で言った。青ざめて見えるほど白い肌と白衣、肩にかかる長い髪のせいで雪女のように見える。

「――三十年前の殺人事件？　自首マニアじゃないんですか」

警察にはときどき、世間を騒がせている有名な事件の犯人は自分だと名乗る自首マニアがやって来る。有名な事件の犯人だと僭称《せんしょう》して注目を浴びようとする手合いや、捜査員に尋問されることに喜びを覚えるマゾヒストだ。

「捜査一課は、ひょっとしたら本物かもしれないと考えている。ＣＣＲＳの事件情報に載っているが公表はしていない事実を口にしたそうだ」

ＣＣＲＳとはCriminal Case Retrieval System――刑事事件検索システムの略で、戦後、警視庁管内で起きたすべての刑事事件が登録されたデータベースだ。問題の男性は、犯人しか知りえない「秘密の暴露」をしたというのか。

「藤木正也という男性の供述をさらに詳しく調べるために、捜査書類と照らし合わせたいという。それで、一時間後にこちらに引き取りに来るそうだ」

「どんな事件ですか」

「練馬区で古銭蒐集家が殺害された事件だ。発生は一九八四年五月二十日。被害者は大岩良治《おおいわりようじ》といって、会社を定年退職して、趣味で古銭蒐集のサークルを主宰している人物だった」

一九八四年というと、聡はまだ一歳だ。当然ながらこの事件はリアルタイムでは知らない。

「保管室から取ってきます」

警視庁に付属するこの犯罪資料館は、戦後、警視庁管内で起きたすべての刑事事件の遺留品や証拠品、捜査書類を保管し、刑事事件の調査・研究や捜査員の教育に役立てる施設だ。ロンドン警視庁の犯罪博物館に倣《なら》って、一九五六年に設立された。本家が〈黒い博物館《ブラック・ミュージアム》〉と綽名《あだな》されるのを真似て、〈赤い博物館〉と呼ばれることもある。赤煉瓦《あかれんが》造りの建物だからだ。

だが、刑事事件の調査・研究や捜査員の教育に役立てるとは名ばかりで、実態は大型の保管庫に過ぎない。はっきり言って閑職だった。捜査一課員だった聡は、昨年の一月、捜査書類を置き忘れるという大失態を犯し、ここに左遷されたのだった。

ここでの聡の主な仕事は遺留品や証拠品にQRコードを貼ることだった。館長の緋色冴子はCCRSをベースにした証拠品管理システムを構築した。保管されている遺留品や証拠品にQRコードを貼り、スキャナを当てると基本情報がパソコンに表示されるというものだ。聡は毎日、遺留品や証拠品にQRコードを貼り、館長の作成した基本情報のデータと紐付ける作業を続けている。

保管室は一階から三階まで計十四室ある。どの部屋にもスチールラックが並べられ、プラスチックの衣装ケースが何十と置かれている。ケースの中には事件の捜査書類、証拠品や遺留品が収められている。聡は問題の事件の証拠品が入ったケースを助手室に運び込んだ。

捜査一課が来るまでのあいだ、どんな事件か把握しておくことにする。膨大な捜査書類を読む時間はないので、CCRSに簡略にまとめられている概要を読むことにした。

助手室のパソコンからCCRSにアクセスする。

事件の名称は、「石神井町古銭蒐集家殺害事件」。

現場は練馬区石神井町の一軒家。被害者は大岩良治、六十四歳。

二十一日午前十時、通いの家政婦が大岩宅を訪れた。玄関のチャイムを鳴らしたが返事がないので不審に思って上がり込み、応接間に倒れている大岩の死体を発見した。

大岩は撲殺《ぼくさつ》されており、凶器はローテーブルに置かれていたガラス製の灰皿だった。古銭がローテーブルとソファの上に散らばっていた。灰皿は犯行後、布のようなもので指紋を拭き取られたようだった。犯行後とわかるのは、被害者の傷口から灰皿に付着した血が、布のようなもので拭かれたことにより灰皿のほぼ全体にうっすらと広がっていたからだ。大岩の死亡推定時刻は二十日の午後二時から四時のあいだだった。

大岩は古銭蒐集を趣味にしており、会社を定年退職したあと、古銭サークルを主宰していた。現場が応接間であること、古銭が散らばっていることから、殺害される直前、大岩は犯人にコレクションの古銭を見せていたと思われる。そこから、犯人は古銭サークルの一員である可能性が高いと考えられた。古銭をめぐって何らかのトラブルが生じ、犯人は衝動的に、その場にあったガラス製の灰皿で大岩を殴りつけたのだろう。

サークルには大岩のほか三十二人のメンバーがいた。捜査班はその一人一人を調べていったが、犯人の特定には至らなかった。

事件から半月後、メンバーの一人、下田《しもだ》義則《よしのり》が急性心不全で死亡した。遺族に頼まれて下田の古銭コレクションを整理していたサークルのメンバーたちは、コレクションの中から、大岩が大事にしていた古銭を見つけた。大岩が下田に与えたとはとうてい思えないから、下田が盗んだということになる。いつ盗んだのか。大岩を殺害して盗んだのではないか。大岩が殺害された時刻、下田にはアリバイがなかった。

直接的な証拠はなかったが、下田が犯人である可能性は極めて高かった。捜査班は下田を被疑者死亡のまま書類送検し、事件は終結した。

＊

捜査一課から電話がかかってきてから一時間後、守衛の大塚慶次郎《おおつかけいじろう》が内線で、捜査一課が到着したと知らせてきた。

聡は正面玄関に向かい、駐車場に停まっている捜査車両を見て驚いた。捜査一課長の専用車だったのだ。運転席から運転手が降り立つと、後部座席のドアを開けた。出てきたのは、彫りの深い顔立ちをした、五十代末の長身の男だった。背筋がまっすぐに伸びた姿は、剣の達人を思わせる。捜査一課長の山崎杜夫《やまざきもりお》警視正だ。聡が捜査一課員だった頃は仰《あお》ぎ見る存在だった。

捜査一課長自らがやってくるとはどういうことなのか。疑問が顔に出たのか、山崎が笑った。

「ほかの連中は事件に忙殺されていてね。一番手隙《てすき》なのが私なので、私が取りに来た」

捜査一課長が手隙であるわけがない。何か別の意図があるのだろう。

聡は山崎と運転手の若い巡査を伴って館長室に入った。過去の捜査書類を読んでいた緋色冴子は、捜査一課長を目にしても驚きの色をまったく見せなかった。おざなりに立ち上がって頭を下げる。

『秘密の暴露』があったそうですが」雪女は挨拶《あいさつ》の言葉もなしにいきなり言った。

「ああ。自首してきた男は、古銭がローテーブルとソファの上に散らばっていたと正確に口にした。また、犯行後、凶器の灰皿を拭いて指紋を消したとも言った。これはマスコミには公表していない情報だ。本物かもしれないと思ってね。さらに詳しく調べるために、犯罪資料館に保管されている捜査報告書と照らし合わせる必要があると判断した」

そこまで言って山崎は、緋色冴子と聡に等分に目を向けた。

「実は、捜査一課から犯罪資料館に頼みがある」

緋色冴子が無表情で黙っているので、仕方なく聡が「何でしょうか」と返す。

「今回、自首してきた人物を取り調べてほしいんだ」

「捜査一課は取り調べを行わないのですか」

殺人事件などの重大犯罪の場合、たとえ時効が成立していても、自首があった場合は捜査一課が捜査をする。当時はわからなかった別の犯罪が新たに見つかる可能性もあるからだ。

「残念ながら、どの係もほかの事件にかかりきりでね」

「事件が起きたのは石神井署の管内でしたね。石神井署の刑事課は？」

「一昨日、起きた強盗事件で忙殺されていて、対応できそうにないんだ。君たちに頼むしかない」

捜査一課も所轄も忙しくて、すでに時効が成立した優先順位の低い事件の自称犯人の取り調べに人手を割く余裕などない。だから、暇な犯罪資料館に任せることにする――悪く取れば、そう勘ぐることもできる。しかしこれは、山崎の好意の表れなのだと聡は解釈した。捜査書類、証拠品や遺留品を持っていかれるだけで、肝心の取り調べに関与できないのは気の毒だと山崎は考えたのだろう。去年の暮れの多摩川河川敷大学院生殺害死体遺棄事件で、山崎は犯罪資料館に借りがあると感じているようだ。その借りを、こういうかたちで返そうとしているのかもしれない。

「わかりました。お引き受けします」

緋色冴子は無表情にうなずいた。

「ただ、自分で言うのも何ですが、わたしは取り調べは得意ではありません。直接取り調べるのは寺田巡査部長にやってもらい、わたしはそれを隣室から見るというかたちでよいでしょうか」

「結構だ。寺田君なら捜査一課員だったのだから取り調べはお手のものだろう。緋色警視はマジックミラー越しにそれを見てくれればいい」

久しぶりに取り調べができると知って、聡は少し高揚した。緋色冴子が突発的に行う再捜査に同行することはこれまで何度もあったが、取り調べを行ったことはない。容疑者から真実を引き出すときの興奮は、何物にも代えがたいものがある。

緋色冴子と聡は捜査一課長専用車のトランクに、古銭蒐集家殺害事件の証拠品、遺留品が入ったケースを入れた。捜査書類は車の中で読むつもりなので、聡が抱えている。聡が助手席に、緋色冴子と山崎が後部座席に座り、警視庁に向かった。

車中で緋色冴子と聡は捜査書類に目を通した。雪女は異常な速さでページをめくっていく。どうやら彼女には、見たものをそのまま記憶に焼きつける特殊な能力があるようなのだ。緋色冴子が瞬く間に読み終えた捜査書類に聡も目を通した。

聡は途中に出てきた記述に目を疑った。これはどういうことなのだ……？

聡がそのことを言うと、山崎が驚きの声を上げた。緋色冴子が黙ってうなずく。

その事実から考えられる可能性を聡は口にした。

3

警視庁の取調室の一つを使うことになった。壁の一面が鏡になっているが、これはマジックミラーで、隣室から覗くことができる。聡が取り調べにあたり、緋色冴子が隣室からそれを見ることになっている。

聡が取調室に入ると、机を前にして座っていた男がはっとしたように顔を上げた。中肉中背で、彫りの深い顔立ちをしている。

聡は言った。

「私がお話をうかがいます。寺田といいます」

「藤木正也です。よろしくお願いします」首を傾けるようにして言った。

「まず、年齢と住所を聞かせてください」

「さっき、別の刑事さんに話しましたが」

「もう一度お願いします」

五十二歳ですと言い、埼玉県蕨《わらび》市錦町の住所を口にする。

「ご家族は」

「妻と二人暮らしです」

「お仕事は」

「二か月前まで証券会社に勤めていましたが、現在は無職です」

「どちらの証券会社ですか」

藤木が口にしたのは、そこそこ名の知れた社名だった。

「退職された理由をうかがってよろしいですか」

藤木はまた首を傾けるようにした。それが癖らしい。

「単に働くことに疲れただけのことです。大学を出て就職して、三十年間ずっと証券の仕事をしてきた。いい加減嫌になりましてね。もともと、入りたい会社でもなかったんです。本当は別の証券会社に行きたかったんですが、あの事件の二日後に追突事故に遭ってむち打ち症になって、望んでいた会社の一次試験に行けなくなってしまった。それで結局、第二希望だった今の会社に入ったわけです。そのせいか、仕事もどこか身が入らないままで、三十年過ごしてしまった」

「時効はとうの昔に成立していますね。なぜ今になって自首しようと思われたんですか」

「少しでも心の重荷を取り除きたかったんです。この三十年間、一度として心が休まるときはなかった。初めは、時効になるのを心待ちにしていた。時効になれば、心が休まるだろうと思っていた。だけどそうじゃなかった。十五年経って時効になっても、少しも変わらなかった。そのうち気がついたんです。罪を抱えている限り、心が休まるときはないのだと」

「それで、自首したわけですか」

「はい。時をさかのぼって三十年前の自分に会うことができれば……何度そう思ったことか。あのときの馬鹿な若造に、そんなことはやめろ、お前はこの先ずっと悔やみ続けることになるぞ、そう言ってやりたいと何度願ったことか。だけど、それはできない。私は三十年のあいだずっと、悔やみ続ける人生を送ってしまった」

　なかなかもっともらしいことを言う。

「事件当時、あなたは大学四年生でしたね」

「はい。明央大学の経済学部に通っていました」

「あなたと被害者の関係は？」

「私は、大岩さんの主宰していた古銭サークルに入っていたんです。大岩さんにはいろいろ可愛がってもらいました」

「被害者に可愛がってもらっていたならなぜ、殺したんです？」

「私が手に入れて、大岩さんに売った古銭のせいです。いつも大岩さんにお世話になっていたので、たまたま元禄一分判金《げんろくいちぶばんきん》という江戸時代の古銭を安く見つけて購入し、大岩さんに売ったんです。大岩さんを喜ばせたい一心でした。ところが、私は知らなかったんですが、それは偽物だったんです。大岩さんはあとでそのことに気がつき、私がわざと偽物を売ったのだと思い込んで、あの日、私を呼び出すと、さんざん責め立てた。いくら否定しても、こちらの言うことを信じてくれない。それどころか、私が素直に罪を認めないと言って、ますます腹を立てた。しまいには、古銭サークルから私を追放するとか、私が詐欺師だと告げてやるとか言い出す始末です。就職活動を控えているのに、そんなことをされたら大変だ。恐れと怒りで頭に血が上って、気がついたらローテーブルの上にあったガラス製の灰皿を大岩さんの頭に叩きつけていました。大岩さんは物も言わずに倒れて動かなくなった。しばらく茫然《ぼうぜん》としていましたが、脈を取ってみると、死んでいます。怖くなって、灰皿を拭いて指紋を消すとその場を逃げ出しました。ローテーブルやソファの上に古銭が散らばっていて、古銭サークルのメンバーが訪ねてきたことは一目瞭然でしたが、それを片付ける余裕もなかった。とにかくその場から逃げ出したい一心だった」

「確かに、あなたのおっしゃることは現場の状況と正確に一致していますね」

「私が犯人であることがわかっていただけたでしょう」

聡はしばらくのあいだ、相手をじっと見つめた。藤木は首を傾け、落ち着かなげにあちこちに目をやった。

「藤木さん、茶番はやめていただけませんか」聡は低い声で言った。

「茶番?」

「三十年前の事件で、あなたにはアリバイが成立しているんです。古銭サークルの一員としてあなたも取り調べを受けたが、アリバイがあることが確認されてすぐに容疑者から外されている。あなたが犯人であるはずがないんですよ」

聡が捜査報告書を読み進めて気がついたのがこの事実だった。CRSには、取り調べを受けて容疑が晴れた関係者については記載されていなかったので、捜査報告書を読むまで気づかなかったのだ。

「アリバイ？　私にどんなアリバイがあったというんですか」

藤木の声は興味深げだった。

「とぼけるのもいい加減にしてください。あなたはあの日の午後、原田《はらだ》弥生《やよい》という女性と会っていた」

「……そうでしたか」

「あなたと原田さんは事件当日の午前十時から午後五時まで、よみうりランドにいたのを目撃されている。原田さんの証言や、レストランや売店の店員の証言、園内の防犯カメラの映像によって裏付けが取れています」

藤木の顔から表情が消えた。

「あなたにはアリバイがあるんですよ。犯人ではありえない」

「でも、私は犯人しか知りえない事実を話しました。だから、私が自首したとき門前払いせずに、こうして話を聞いているんでしょう」

「あなたが犯人しか知りえない事実を話せたのは、犯人から直接聞いたからです」

「直接聞いた？」

「そうです。それを利用して、あなたは自分が犯人だと思わせようとしている」

「どうして私がそんなことをしなければならないんです」

「あなたは、誰かをかばおうとしているのではないですか」

捜査報告書を読んで藤木にアリバイがあるとわかったとき、たどり着いた結論がこれだった。藤木の取り調べは、むしろこの点を探るのが主眼だ。

「かばおうとしている？」

「そうとしか考えられない。そして、あなたの供述の中に犯人しか知りえない事実があった以上、あなたは犯人から犯行について詳しく話を聞いているはずだ」

机の向こう側の男は無表情のままだった。

「話してください。あなたは誰をかばっているんですか」

藤木が突然立ち上がった。

「私の話を信じてくれないのだったら、もう帰っていいでしょうか」

態度がいきなり変わったので、聡は内心慌てた。時効が成立している以上、藤木を引き留めることはできないが、誰かをかばっているという可能性をもう少し探っておきたい。

少し待っていてくださいと言うと、聡は取調室を出て隣室に入った。山崎捜査一課長と緋色冴子がパイプ椅子に腰かけている。今までの取り調べはマジックミラーとスピーカー越しに見聞きしているはずだ。

「藤木を尾行してみたいのですが、よろしいでしょうか。藤木が犯人をかばっているのなら、犯人と接触するかもしれません」

山崎がうなずいた。

「捜査一課としては助かる。現在、人手が足りなくてね。緋色警視はどうだね？」

「尾行してもらってかまいません」緋色冴子は低い声で答えた。

聡は取調室に戻ると、藤木に告げた。

「お帰りになって結構です。あなたを引き留めるものは何もありません」

4

藤木正也は警視庁の正面玄関を出ると、地下鉄桜田門駅への階段を降りていった。聡は二十メートルほどの間隔を置いてあとをつけた。

藤木は東京メトロ有楽町線の改札を通った。新木場行きの車両に乗り込み、有楽町で降り、ＪＲ山手線内回りに乗る。まっすぐ蕨の自宅に帰るようだ。

電車の中で、藤木は意気消沈した様子だった。肩を落とし、ぼんやりとどこかを見つめている。自首を受け付けてもらえなかったのがそれほどショックだったのだろうか。

上野で京浜東北線大宮行きに乗り換えると、予想通り蕨で降りた。駅の西口からバスに乗る。

聡は捜査一課員時代に戻ったような興奮を覚えていた。去年の初めに犯罪資料館に異動してから、誰かを尾行するのは初めてだ。

藤木は錦町二丁目で降りた。一分ほど歩いたところにある十階建てのマンションに入っていく。正面玄関はオートロックシステムになっている。藤木がオートロックシステムのドアを開け、エレベーターに消えるのを確認してから、聡は玄関ホールに入った。郵便ボックスを見ると、五〇五号室に「藤木」という名前があった。

二分ほどして、ほかの住民がエレベーターから降りてきた。その住民がオートロックのドアを開けて出てきた直後に、聡はさりげなく中に入った。エレベーターで五階に上がり、五〇五号室の前に行く。耳を澄ませたが、特に声や物音は聞こえてこなかった。

近隣住民に、藤木家について訊いてみることにした。あとで住民が藤木に告げるかもしれないが、別に問題はないだろう。

まずは五〇四号室のチャイムを鳴らす。「はい？」とインターフォンから声が流れ出たので、カメラに警察手帳を掲げ、「警察の者です」と告げた。

ドアが開き、四十代の女性が恐る恐る顔を出した。聡はにこやかに声をかけた。

「申し訳ありません、警視庁の者です。お隣の藤木さんについてちょっとうかがいたいと思いまして」

「……藤木さんが何かしたんですか」

「いえ、そういうわけではありません。実は、藤木さんの名前を騙《かた》って都内で詐欺を働いている人間がいましてね。調べてみたところ、藤木さんではないようですが、念のために確認したいと思いまして」

「そうですか……」

とっさに考えたでまかせだが、女性は信用したようだった。

「藤木さんは奥様と二人暮らしですか」

「ええ、そうです」

「奥様はおいくつぐらいですか」

「藤木さんより二、三歳、下じゃないかしら」

「藤木さんと奥様は仲がよさそうですか」

「ええ、あの年代にしてはとても仲がいいみたいですよ。いつも揃ってお出かけしているし」

「藤木さんには他にご家族は？」

「弟さんがいらっしゃったけど、亡くなったみたい」

「亡くなった？」

「一か月ほど前にね。奥さんとわたしがたまたま立ち話をしていたんです。そうしたらご主人が真っ青な顔でやってきて、弟が交通事故に遭って病院に運び込まれたんで、すぐに行こうって。あとでそれとなく聞いたら、結局、助からなかったみたい」

「とても仲のいい弟さんだったんですね」

「そうね、何といっても双子だったそうだから。自分の分身みたいなものじゃない？」

「双子ですか」

「奥さんがそう言ってた。小さい頃に別のおうちに養子に行ったらしいけどね。息を引き取る間際にも、昔の話をしたいからって、弟さんがご主人に何か話していたって」

藤木には弟がいたのか。捜査書類には弟のことは記載されていなかったので、そこまで調べが進む前に下田の容疑が深まったのだろう。

5

聡が犯罪資料館に戻ったのは午後四時過ぎだった。緋色冴子はすでに警視庁から戻っていた。大岩良治殺害事件の捜査書類は持ち帰ったという。山崎捜査一課長から、この件をもう少し調べるよう非公式に頼まれたということだった。聡はそれを聞いて、気分が高まるのを覚えた。

藤木正也の近隣の住民から聞いた内容を緋色冴子に報告する。雪女はしばらく考え込んでいたが、ぽつりと言った。

「三十年前の事件を担当した捜査員に会う必要がある。特に、藤木正也への訊き込みをした捜査員だ」

捜査報告書には作成者の名前が書かれていて、捜査一課第二強行犯捜査第四係主任・沢田《さわだ》祐介《ゆうすけ》とあった。警視庁捜査一課の場合、各係の係長は警部、その下の主任が警部補だ。三十年前に主任だったということは、今はもう退職しているだろう。警視庁の退職者名簿を調べると、二〇〇五年三月に退職していた。退職時の階級は警部。現在は川崎市宮前区に住んでいるようだ。

名簿に記載されている電話番号にかけ、用件を話すと、明日の午前十一時に来てほしいとのことだった。

＊

翌日の朝、聡は犯罪資料館のおんぼろワゴン車の助手席に緋色冴子を乗せて、沢田祐介の自宅へ向かった。

沢田の自宅はかなり古びた一戸建てだった。門柱のチャイムを鳴らすと、玄関ドアが開き、七十手前の男が現れた。小柄で、白い髪を短く刈っている。

「このたびは会っていただきありがとうございます。私は寺田聡といいます。こちらは緋色冴子警視」

雪女は無言のまま無表情に頭を下げた。沢田が珍しそうに彼女を見る。

「まあ、中に入ってくれ。妻が友達と旅行に行っているんで、ろくなもてなしもできんが……」

「どうぞおかまいなく」

こぢんまりとしたダイニングキッチンに通された。沢田がおぼつかない手でお茶を淹れてくれる。

「あんたたち、捜一かね？」

「いえ、犯罪資料館の者です」

「犯罪資料館？　あそこは捜査書類や証拠品、遺留品を保管するところじゃないか。最近は捜査もするのかね？」

「はい。館長の緋色の考えです」

「成果はあるのかね？」沢田はやや侮《あなど》るような口調で言った。

「ええ、まあ」

聡はこれまで再捜査で解決したいくつかの事件の名前を挙げたが、沢田は半信半疑の様子だった。何件かについてはそもそも事件自体を知らなかったようだ。警視庁管内で起きる事件の数の膨大さを思えばそれも無理はない。

「ところで、なぜあの事件を調べているんだ？　被疑者死亡で書類送検したはずだが」

「実は、昨日、自分がやったと自首してきた人物がいるんです」

「自首してきた？」沢田は驚いたように目を剝《む》いた。「誰だね？」

「藤木正也という人物です」

元刑事は記憶を探るように目を閉じた。

「藤木正也、藤木正也……ああ、ぼんやりと憶《おぼ》えているよ。二十二、三の若い男じゃなかったか。首を傾ける癖があったな」

「よく憶えておられますね。今でも傾ける癖がありますよ」

捜査員として何十年も働き、訊き込みで数多くの人間に接してきたことを思えば、驚くべき記憶力である。

「事件の三日後、わざわざ捜査本部にやってきて、自分にはアリバイがあるから容疑者から外してくれと言いおった。就職活動を控えているんで、殺人事件の容疑者のままだったら困るとな。いくら疑いを晴らしたいといっても、自分から捜査本部まで来るのは珍しいんで、記憶に残っていた。午前十時から午後五時まで、よみうりランドで原田弥生という女性と過ごしていたというんで、その女性や園内の施設スタッフの証言、防犯カメラの映像で裏付けを取って、アリバイがあることを確認した。その男が自首してきたというのかね」

「はい」

「アリバイがあるのに自首してきたのか。どう思った？」

「長年勤めた証券会社を二か月前に辞めているので、そのことで何かストレスが高じて、突発的に虚偽の自首をした可能性を考えました。あるいは」

「あるいは？」

「誰かをかばっているのかもしれません」

「だが、あの事件は、病死した男が被疑者死亡で書類送検された。真犯人をかばう必要はない。そもそも時効が成立している」

「書類送検された人物は犯人ではなかったのかもしれません」

緋色冴子がぼそりと口を挟んだ。沢田は雪女を睨《にら》みつけた。

「あんた、それを俺の前で言うことがどういうことかわかっているのか」

「あなたを含めた当時の捜査班が捜査を誤ったかもしれないということです」

緋色冴子が平然と言う。コミュニケーション能力の欠如《けつじょ》はあいかわらずのようだ。沢田の顔に赤みが差したので、聡は慌てて言った。

「実際に真犯人がいるわけではなく、藤木正也が誰かを勝手に真犯人だと思い込んで、その人物をかばおうとしたのかもしれません」

「……ふん、それで自首したというわけか。しかし、その説には二つ、問題があるぞ。第一に、藤木にはアリバイがある。アリバイがあったら犯行は無理なんだから、誰かをかばって自分がやりましたと言ってても信じてもらえないことぐらい、藤木にもわかるだろう。第二に、とうの昔に時効が成立しているんだから、真犯人がわかったところで当人は痛くも痒《かゆ》くもない。かばう必要もないだろう」

「第一の問題については、おっしゃるとおりだと思います。アリバイのある藤木は、真犯人をかばうにはもっとも不向きな人物です。しかし第二の問題については、社会的な地位のある人物の場合、真犯人だったとわかるだけで、致命的な打撃を受けます。藤木は、ある人物が真犯人で、その正体があばかれて社会的に抹殺されそうだと勝手に思い込み、かばおうと自首したのかもしれません」

「なるほど」

「それで、古銭サークルの中で、藤木がかばおうと考えるようなメンバーがいなかったか、うかがいたいのです。メンバーの事情聴取をされたと思いますが、まだ憶えておられますか」

「だいたいは」

「捜査報告書によると、古銭サークルのメンバーの中で、アリバイがなかった人物は、被疑者死亡で書類送検された下田義則のほかに二人います。吉川《よしかわ》美知留《みちる》と大井《おおい》弘嗣《ひろつぐ》です。

吉川美知留は二十歳で西ヶ原女子大学の文学部二年生、大井弘嗣は三十五歳で弁理士でした。二人とも犯行時刻には自宅にいてアリバイがない。二人のことは憶えておられますか」

「ああ。吉川美知留は可愛らしい女性で、サークルのマスコットのような存在だったようだ。大井弘嗣はとにかく真面目そうな人物だった」

「藤木が二人と親しかったかどうかはおわかりですか」

「年齢が近いということで、吉川美知留とは親しかったのではないかな。大井弘嗣とはどうかはわからん」

「彼らが現在、どうしているかはおわかりになりませんよね」

「当然だ。かつての事件関係者の現状などいちいち把握していない」

捜査報告書には三十年前の彼らの住所が記載されているが、現在、そこに住んでいる可能性はまずないだろう。そもそも、彼らが現在生きているか死んでいるかもわからない。

そのときだった。聡の脳裏にある可能性が閃《ひらめ》いた。

吉川美知留は現在の藤木の妻なのではないか？　藤木の隣人の話では、藤木の妻は二、三歳年下だという。事件当時藤木が二十二歳だったなら、藤木の妻は十九歳か二十歳。大学の二年生だったという吉川美知留に当てはまる。

藤木は、何らかの理由で妻が真犯人だと思い込み、しかもそのことがばれると思い込んで、妻をかばうために自分が犯人だと名乗り出たのではないか？

6

チャイムが鳴った。

インターフォンのディスプレイに映っていたのは、スーツ姿の男女だった。三十前後の長身の男と、ほっそりして眼鏡をかけた女だ。男の方は、藤木が自首したときに二番目に取り調べを担当した寺田という捜査員だった。女の方は年齢不詳だが、氷のように冷ややかな美貌は一度見たら忘れられそうにない。この女も捜査員なのだろうか。

――警視庁の者です。うかがいたいことがあって、お邪魔しました。

男の方が警察手帳を掲げて言った。

「私の自首のことですか？　あれは気の迷いだったんです。お詫びします。もうそちらの手はわずらわせませんから、ほうっておいてくれませんか」

――奥様は今、お留守ですね。奥様がお帰りになってからあらためてうかがってもいいですが。

警察は藤木の自首が藤木独りの判断によるものだと見抜き、妻にも知らせるぞと脅しをかけているのだ。

「わかりました。お入りください」

ドアを開け、二人をダイニングキッチンに通した。

「実は私たちは捜査一課ではなく、犯罪資料館という部署に所属しています」と寺田が言った。

「犯罪資料館？」

聞いたこともない部署だった。寺田が簡単に説明し、二人は名刺を出してきた。女の方は緋色冴子という名前で、館長だ。

「訊きたいことというのは何です？」

「藤木さんが自首した理由についてです」と寺田が言う。

「だから、気の迷いだって言っているでしょう。ストレスがたまって逃げ出したくなって、やってもいない犯行をやったなんて言ったんです」

「ストレスとは？」

「仕事のストレスです」

「あなたは二か月前に退職されている。お仕事のストレスはないのでは？」

「この先、どうやって暮らしていこうとか、いろいろ悩みがあるんです」

「あなたの自首には不可解な点がありました」

不意に緋色冴子が言った。何の感情もこもらない、低い声だった。

「あなたが言うように気の迷いだとはとうてい思えない。かといって、真犯人をかばうためとも思えない。事件は時効が成立しており、真犯人が刑事罰を受けることはないのに加え、事件から半月後に死亡した下田義則が犯人と目されており、ほかに真犯人がいるとは現在に至るまで思われていない。そもそも、アリバイがあるあなたが自分の犯行だと言っても門前払いされるのがおちなのだから、真犯人をかばうことはできない。動機がわからないのです。

　ほかにも不可解なことがある。あなたは警視庁に自首したとき、アリバイがあることを持ち出されると、あっさりとあきらめて帰った。しかも、そのあと警視庁をまったく訪れようとしていない。あまりにあっさりし過ぎている。わたしはそのことにも疑問を抱きました。

　なぜ、あなたはあっさりとあきらめたのか。それは、一度の訪問ですでに目的を達したからではないか」

「目的？　どんな目的ですか」藤木は問い返した。

「情報を得ることです」

「――情報？」

「取り調べる捜査員から得られる情報です」

「私がどんな情報を得たというんですか」

まさか、この女は見抜いているのか？

「取り調べを振り返ってみましょう。あなたは自分がやったと言った。すると、取り調べる捜査員は――ここにいる寺田は、三十年前の事件であなたにはアリバイが成立している、あなたが犯人であるはずがないと言った。あなたが『アリバイ？　私にどんなアリバイがあったというんですか』と言うと、寺田は、『あなたと原田さんは事件当日の午前十時から午後五時まで、よみうりランドにいたのを目撃されている。原田さんの証言や、レストランや売店の店員の証言、園内の防犯カメラの映像によって裏付けが取れています』と答えた。それを聞いた直後、あなたの顔から表情が消えた。そして帰りたがり始めた。寺田が口にした言葉が、あなたが得ようとしていた情報であることは間違いない」

「私が得ようとしていた情報と言いますが、自分のアリバイぐらい知っていますよ。なぜそんな情報を今さら得ようとするんです」

「あなたは、その情報を知らなかったからです」

「――知らなかった？　どういうことです」

「三十年前の事件で警察の取り調べを受けたのは、あなたではない。あなたのふりをした弟さんだからです」

「――私のふりをした弟？」藤木は啞然《あぜん》とした顔をしてみせた。「どうしてそんなことがわかるんです」

「首を傾けていたからです」

「――首を傾けていたから？」

「あなたの事情聴取をした元捜査員の話では、あなたは事件の三日後にアリバイを申告しに捜査本部へやってきたとき、首を傾げる仕草をしていたという」

「別におかしくはないでしょう。それが私の癖なんですから」

「このときだけはおかしかったのです。なぜなら、あなたは事件の二日後に追突事故に遭い、むち打ち症になっていたからです。むち打ち症になったら、痛くて首を傾けることはできない」

藤木は黙り込んだ。

「とすれば、アリバイを申告しに捜査本部へやってきたのはあなたではない。あなたと瓜二つの容姿を持つであろう、双子の弟さんです。弟さんはあなたらしく振舞おうとして、首を傾ける仕草を真似たのです」

何も言えなかった。

「三十年前の事件の犯人はあなただった。現場にあったガラス製の灰皿を凶器に使ったことから考えて、衝動的な犯行であったことは確かでしょう。犯行後、あなたは双子の弟さんを使ってアリバイ工作をすることを考えた。原田弥生という女性とよみうりランドで過ごしたのは、弟さんの方だったのです。あなたは弟さんにアリバイがあることを知ると、弟さんが自分であったように見せて、アリバイを確保することにした。別の家庭に養子に入っており、かつ被害者とは何の関係もない弟さんには、警察も着目しないだろうとあなたは考えた。弟さんはあなたの計画に同意し、あなたのふりをして捜査本部へ赴《おもむ》きアリバイを述べることまでした。あなたの計画はうまく行き、警察はあなたを容疑者から外した。あなたのアリバイ工作は初歩的なものです。事件が長引けば、警察も弟さんの存在に着目してアリバイ工作に気づいたでしょうが、半月後、サークルのメンバーの一人、下田義則が病死し、コレクションから被害者の古銭が見つかって、犯人と目され、事件は事実上終結した。そのためにあなたのアリバイ工作はばれることはなかった」

「……なるほど、もっともらしい説ですね。しかし、それならなぜ、私は自首しなければならなかったのです？　何の意味もない行動ではありませんか」

「あなたのアリバイ工作で気にかかるのは、弟さんがわざわざ捜査本部へアリバイの申告をしに行ったということです。犯行時刻の弟さんの行動をあなたの行動に見せかけて、あなたにアリバイを確保するのはよいとしても、弟さんがあなたのふりをして捜査本部へ行く必要はない。あなた自身が行けばいいはずです。それなのに、弟さんはあなたのふりをして捜査本部へ行った。あなたには弟さんを捜査本部へ行かせるメリットはない。とすれば、捜査本部へ行くのは弟さんの提案でしょう」

「なぜ、弟はそんな提案をしたんです？」

「弟さんが捜査本部で語ったアリバイは、弟さんがあなたに語ったアリバイとは違うものだったからです。そのことを知られないために、弟さん自身が捜査本部へアリバイの申告をしに行く必要があった」

「……どういうことですか」

「あなたは犯行後、弟さんの口から、犯行の時間帯、アリバイがあることを聞いた。しかしそれは、原田弥生という女性と一緒にいたというものではなかった。弟さんは別のアリバイを口にしたのです。あなたはそれを鵜呑みにして、弟さんにアリバイがあると思い、自分のアリバイ工作への協力を頼んだ。弟さんは了承したが、本当は原田弥生という女性と一緒にいたことをあなたに言うわけにはいかなかった。そこで、捜査本部には自分からアリバイを申告しに行き、原田弥生という女性と一緒にいたという事実を述べてアリバイを認めてもらったうえで、あなたには、別のアリバイが警察で認められたと嘘をついたのです」

　藤木は黙っていた。

「弟さんが申し立てたアリバイが成立したので、警察はそれ以上調べることはなく、弟さんがあなたが聞いていたのとは違うアリバイを申し立てたことに、あなたは気づかなかった。

そうして長い年月が過ぎ、あなたはつい最近になって、弟さんがあなたに伝えていたのとは違うアリバイを申し立てたことに気がついた。弟さんは事故で病院に運び込まれて息を引き取る間際、昔の話をしたいと言って、あなたに何か話しかけていたそうですね。弟さんはそのとき初めてあなたに、本当はどんなアリバイを申し立てたのか明かしたのでしょう。

あなたは弟さんが警察に本当にそのアリバイを申し立てたのか確かめたいと思った。だが、確かめるすべはない。やがてあなたは、警察の捜査報告書にならﾞ、弟さんの申し立てたアリバイが記載されていると気がついた。だが、捜査報告書を読むことなどできはしない。考えた末に思いついたのが、警察に自首することでした」

そこまでわかっているのか。藤木は畏怖の念で緋色冴子を見た。彼女は感情をうかがわせない目で藤木をじっと見つめている。

もう黙っている必要もないだろう、と肚《はら》を決めた。

「……三十年前のあの日、私は衝動的に大岩さんを殺害してしまいました。そのときの事情は、先日、警視庁でお話ししたとおりです。実際にあのとおりのことが起きたんです。

自宅に逃げ帰ったあと、ようやく、これからのことに頭を回す余裕ができました。古銭サークルのメンバーも容疑者に入れられることは間違いありません。このままでは、私に警察の手が及ぶでしょう。アリバイを作らなければならないと思いました。いったいどうしたらアリバイを作れるだろう……。そのとき、弟のことが浮かんだのです。弟と私は双子で瓜二つです。もし弟が犯行時刻、現場から遠く離れた場所にいるのを目撃されており、それを私だと思わせることができたら、私にはアリバイが成り立つことになります。

事件の日の晩、私はたまたま弟と会う機会があった。私が弟に、今日の午後は何をしていたかと聞くと、下北沢のライブハウスにいたという。自分がいたことを店員も憶えているといいます。それを聞いて、アリバイ工作に打ってつけだと思いました。服に隠れて見えませんが、私の右腕にはひどいやけどの痕《あと》がある。小さい頃、花火をしていたときに、弟が花火を私の方へうっかり向けてしまい、私は大やけどを負ったのです。弟はそのことで私に負い目を感じていました。私は卑怯にもそれにつけこんで、弟を自分の計画に同意させたのです。弟は私が人を殺してしまったと知って真っ青になりましたが、警察に知らせたりはせず、私にアリバイを与えることに同意しました。

弟は、一度同意したあとは、アリバイ工作に積極的になりました。警察の取り調べは、私のふりをした弟が受けることにしました。ライブハウスについてこまごましたことを警察に訊かれて答えられなかったら困るから、取り調べは自分が受けると言って、自分から警察に証言しにいったのです。

弟は私に、警察の取り調べでライブハウスにいたと話したら、警察が裏付けを取り、無事、アリバイが成立したと報告した。事実、以後、私の元を警察が訪れることはありませんでした。たぶんそれは、古銭サークルの会員の下田義則さんが病死し、そのコレクションから大岩さんの古銭が見つかったことで、下田さんが被疑者死亡で書類送検されたという事情もあったでしょう。

それから長い年月が過ぎた。ある事情で、弟は私とは没交渉になった。ところが一か月ほど前、弟が交通事故で瀕死の重傷を負ったのです。病院で意識を失う前に、弟は私に告白しました。自分は兄さんに嘘をついていた。三十年前、ライブハウスにいたと兄さんに言ったのは嘘だ。警察の取り調べでライブハウスにいたと話したら、警察が裏付けを取ってアリバイが成立した――と兄さんに言ったのは嘘だ。確かに、警察の裏付けで自分にはアリバイが成立したが、自分が警察に喋ったアリバイは、ライブハウスにいたというものじゃない。

じゃあ、お前が警察に喋ったアリバイはどんなものだったんだ、と私は言いました。すると弟は答えました――自分はそのとき弥生さんとよみうりランドにいた。警察は弥生さんや遊園地のスタッフに裏付けを取り、自分にアリバイが成立した。兄さんには嘘をついていた。自分が警察の取り調べを受けるといったのも、ライブハウスにいたというのは嘘だからだ。警察には弥生さんと会っていたと本当のことを言わなければならない。だから、警察の取り調べを受けるのは自分でなければならなかった……」

寺田が言った。

「あなたと弟さんはどちらも、その原田弥生という女性に惹かれていたのですか」

「そうです。私たちは二人とも、彼女に惹かれていた。どちらが彼女の心をとらえるか競っていた。もし弟の言ったことが本当なら、勝者は弟だったことになる。彼女の心をとらえたのは弟の方だったことになる。だが、弟が言ったことが真実かどうか、どうやって確かめたらよいのか」

「原田弥生さんに訊こうとは思わなかったのですか」と寺田が言う。

「訊いたとして、正直に答えてくれるとは限らない。彼女は本心を明かさない女性なのです。――私は考えた末に、警察に残っている捜査報告書を見ればいいのだと思いつきました。そこには、弟が本当に話したことが記録されている。だが、それをどうやって見たらよいのか。

悩んだ末に、とんでもない考えが浮かびました。警察に、三十年前の事件の犯人は自分だと自首する。そうすると警察は、あなたにはアリバイがあるといって追い払うだろう。そのときにどのようなアリバイがあるのかを語るに違いない。それを聞けば、弟が弥生に会っていたというのが本当かどうかがわかる……」

『あなたはあの日の午後、原田弥生という女性と会っていた』と寺田が告げたとき、予想していたとはいえ、大きな衝撃を受けた。やはり弥生の心をとらえたのは弟の方だったのだ。しかも弥生は、弟と会っていたのではなく、兄と会っていたと警察に嘘をついた。それは、弟に頼まれたからだろう。弟の頼みならそこまで応じるほど、弥生は弟を好きだったのだ。

藤木は自嘲の笑いを漏らした。警視庁から帰るときの自分の足取りは、さぞかし重く見えたことだろう。

「原田弥生という女性があなたと弟さんのどちらを好きだったか、それはあなたにとってそれほど大事なことだったのですか。三十年後、わざわざ自首してまで確かめたいほど大事なことだったのですか」

そうです、と藤木はうなずいた。

「彼女が三十年前、本当は私と弟のどちらを好きだったのか——それは今でも私にとっては大事なことなのです」

寺田が不可解そうな顔をする。すると、緋色冴子がぽつりと言った。

「弥生さんはあなたの奥さんだからですね」

嚙みついた沼

長岡弘樹
Hiroki Nagaoka

長岡弘樹（ながおか・ひろき）
一九六九年、山形県生まれ。筑波大学卒。二〇〇三年「真夏の車輪」で第二五回小説推理新人賞を受賞。〇八年「傍聞き」で第六一回日本推理作家協会賞短編部門を受賞。一三年に刊行の『教場』は、同年の『週刊文春ミステリーベスト10』国内部門第1位に輝き、一四年本屋大賞にもノミネートされた。著書に『風間教場』『緋色の残響』『幕間のモノローグ』『巨鳥の影』『教場X　刑事指導官・風間公親』など。

1

午後五時十五分の退庁時間に席を立ち、Ｆ警察署の建物を出た。

すると門のところで、ちょうど雄吾《ゆうご》とばったり顔を合わせた。わたしたち夫婦の帰りがこうして一緒になることは、それほど珍しくはない。

雄吾は今日もむすっとしていた。昨日よりも、さらに虫の居所が悪いらしい。

彼の顔から笑みが消えたのは一週間ぐらい前だった。以来、日に日に機嫌の悪さを蓄積している、といった感じだ。

職場で何か嫌なことがあったのは確かだろう。

留置《りゅうち》管理課の業務など、見張り台に腰をかけて被疑者を監視していればいいだけだと思っていたが、そこまで単純な話ではないらしい。そのあたりの事情については、正式な警察官ではなく広報課の臨時職員でしかないこの身には、よく分からない。

いったい何があったのか。気になるが、なかなか訊けないでいる。

互いに無言のまま十分間ほど歩いていると、急に目の前の景色が開けた。市街地ではあるが、この辺り一帯は田圃《たんぼ》が多い地域だ。

田圃の向こう側には、民家が何軒か並んでいるのが見える。そのうちの一軒、渋屋《しぶや》と表札が出ている木造の二階家が、わたしたち二人の住まいだ。

ここから我が家までは、田圃沿いの道を歩くことになる。

田圃と道路を隔てるガードレールに近づいて下を覗《のぞ》けば、そこには農業用の細い水路が走っていた。

わたしは見るともなしに、その用水路に視線を落としながら歩き続けた。九月中旬。すでに稲刈りのシーズンに入っているため、水の量はだいぶ少ない。

雄吾は仏頂面《ぶっちょうづら》を崩さず口を閉ざし続けている。そのせいで、チロチロと細く流れる水の音が、ずいぶんはっきりと耳に届くありさまだ。

わたしがぴたりと足を止めたのは、我が家まであと数メートルのところまで来たときだった。

「ちょっと待って」

夫に言い置き、三歩ほど戻る。いま、視界の端に妙な物体を捉えたように思ったからだ。それが何なのか確かめたかった。

ガードレールに手をかけて、上半身を乗り出すようにして下を覗き込んでみると、やはり用水路に異物が落ちていた。大きな岩石のようだ。

もっとよく目を凝《こ》らしてみて驚いた。その岩石が、のそっ、と動いたせいだ。

それは岩でも石でもなく、生き物だった。カメだ。かなり大きい。甲羅《こうら》の長径は三十センチをゆうに超えているだろう。

「ほら、あれ見て」

わたしは雄吾を近くに呼び寄せ、用水路を指さした。

その方向へじっと目を向けていた雄吾は、やがてぼそりと言った。

「カミツキガメだな」

「ああ、あれが例の」

カミツキガメ。その名称については、たまにニュースで聴くことがあった。たしか元々は外国にいたカメで、ペットとして輸入されたが、飼い切れなくなって川や湖に捨てる人が相次ぎ、日本国内の各所で繁殖してしまったらしい。この市内でも以前から目撃例がちらほらと報告されていた。

それにしても大きい。用水路を完全に塞《ふさ》いでしまっている。小学生の時分に住んでいた山間部ならいざしらず、町中にもこんな生き物が本当に出没するとは意外だった。

「潤子《じゅんこ》、市役所に連絡してくれ。担当は環境生活課だ」

カメに視線を向けたまま雄吾が言う。

わたしはスマホをバッグから取り出し、すでに登録してあった市役所の番号を呼び出した。ところが応答したのは守衛で、彼の口から出てきたのは、

《もう時間外ですので、係の人がいません。明朝にまた連絡してください》

とのつれない返事だった。

「しょうがないな」

雄吾は通勤に持ち歩いているバッグを地面に置くや、ガードレールをひょいと乗り越えて向こう側に降り立った。

何をするのかと思いつつ見守っていると、用水路を跨《また》ぎ、腰を屈《かが》め、両手をカメに向かって伸ばし始める。

「もしかして、自分で捕まえるつもり？」

「ああ」

「そんなことして大丈夫？　法律違反にならないの？」

たしか、カミツキガメを見つけても勝手に捕まえてはいけない、とニュース番組で聞いた気がする。

「なるよ。だけど、こうして見つけた以上は放っておけないだろ。明日まで待っていた

ら、このカメ、用水路のどっか別の場所へ姿をくらましちまうかもしれないし」

「どっかへ姿をくらましても、しょうがないでしょ」

「いや、駄目だ。子供が嚙まれたらどうする」

雄吾の言い分には一理あった。近所に小学校があるため、この田圃の周囲では児童の姿をよく見かける。学校帰りに用水路沿いの畦道《あぜみち》をぶらぶら歩いている子も少なくない。

「じゃあ、せめて網でも使ったら？」

雄吾は以前、釣りを趣味にしていた。家には丈夫なタモ網があったはずだ。

「タモ網ならトランクルームの方に預けちまったよ。家にはない」

自宅の庭に物置があるが、それに入り切らない分の所有物は、家から少し離れた場所のレンタル倉庫に放り込んである。普段は雄吾だけが利用し、わたしは近づかない場所だ。

「そもそも網なんて使っても無駄だよ。どう考えても手を使った方が早い」

なるほど、タモ網で捕まえるにはこのカメは大きすぎて、かえって手間取りそうだ。

雄吾はもう一段腰を低くすると、カメの背後から甲羅に指をかけ、持ち上げようとした。ところが、すぐに手を離して姿勢を戻してしまった。

「重すぎて一人じゃ無理だ。潤子、片方を持ってくれ」

「ええ。やだよ」

こんな怪物のような爬虫類《はちゅうるい》に触るのは、さすがに気が進まない。

「大丈夫だ。できるだけ尻尾《しっぽ》の方を持てば、嚙みつかれたりはしないから」

「でも……」

「きみだって警察の一員だろ。子供たちの安全がかかってるんだぞ」

そう言われては、じっとしているわけにはいかなかった。

わたしもガードレールを乗り越え、着ている服の袖を捲《まく》った。雄吾と呼吸を合わせて身を屈め、おそるおそる甲羅の縁《へり》に手をかける。

そうして左右から持ち上げ、カメを用水路から出した。

雄吾が言ったとおり、かなりの重量がある。十キロ入りの米袋二つを二人がかりで持てば、ちょうどこのぐらいの重さに感じるかもしれない。

それまでじっとしていたカメだが、ここで一度、尻尾をぶるんと左右に振ったため、わたしは短く悲鳴を上げてしまった。

こんなふうに、往来で大きな声を出してやりあっているのだから、付近の民家から誰かが出てくるかとも思った。しかし、この時間帯だと留守にしている世帯が多いらしく、顔を覗かせた者はいなかった。

二人でカメを家の敷地内に運んだ。

雄吾が一人で甲羅を押さえつけているあいだ、わたしは庭の物置を開け、そこから盥《たらい》を引っ張り出してきた。アルマイト製で、直径は六十センチぐらい、深さは二十センチほどある。

それを玄関の横に置き、カメにはとりあえずその中に入ってもらうことにした。

試しに、風呂場にあった体重計を玄関まで持ってきてカメを載せてみたところ、十八キロもあった。

スマホを使い、ネットでこのカメについて検索してみる。

【特定外来生物のカミツキガメは水棲《すいせい》で、雑食性です。魚やカエル、ヘビなどを捕食するほか、水底にある動物の死骸も好んで食べます。顎《あご》の力が桁外《けたはず》れに強く、一度何かに嚙みついたら最後、なかなか放そうとしません】

最初にヒットしたサイトには、そんな記事が載っていた。

水棲というからには、体が水に漬かっている方がいいのだろう。そう考え、庭の水道からホースを使って盥の中に水を入れてやったところ、案の定、カメも安心したように目を細めた。

逃げられないように、物置にあった板切れを二枚使って盥の上に蓋《ふた》をする。その上に、束ねておいた新聞紙を重石《おもし》代わりに載せてから、ようやく二人で家に入った。

雄吾が洗濯機を回したり風呂の準備をしているあいだ、わたしは夕食を作り始めた。今日はカレーにする。

そろそろできあがるというころになると、雄吾が鍋に近寄ってきて、スプーンで一匙《さじ》すくい取り、味見をした。

「もっと甘くしてほしいな。あと、トロみも少し強くしてくれないか」

雄吾はカレーにうるさい。鍋から漂ってくる匂いを嗅ぎつけると、自分で味や食感のチェックをしないと気が済まないのだ。

好物を腹に入れて満足したか、夕食後は雄吾も気持ちが落ち着いたようだったので、わたしは思い切って切り出してみた。

「最近、なにか嫌なことがあったみたいね。よかったら話してみて」

雄吾は深い溜め息を一つついてから、

「……実はな」

と俯《うつむ》いたまま口を開いた。

「きみも知っているかもしれないけど、留置場に入ってきたやつらを見張っていると、よく連中の寝言を耳にするんだよ」

雄吾は留置管理課二年目の巡査長で、ゆくゆくは刑事を志望している。以前は警備課にいたが、犯罪者の扱いに慣れておこうと考え、自分から異動願いを出して留管《りゅうかん》へ移った。

「その寝言には、たまに重要な情報が含まれている。だから、それを聞き逃さずに書き留めておくのも、留置場の看守にとって重要な仕事の一つなんだ」

「うん、それで?」

「いまうちのハコに、殺人容疑で留置されている武部《たけべ》ってやつがいる」

その男のことはわたしも知っていた。金銭のトラブルから、勤務先の同僚を殺した疑いで逮捕され、送検されているはずだ。だが肝心の死体をどこに遺棄したのかについては頑として吐かず、取り調べは難航しているらしい。

被害者の名字は、長谷島《はせじま》だったと記憶している。

「一週間ぐらい前の晩、その武部がぽろりと寝言を口にした」

「へえ」

「それは、ある地名だった。死体の遺棄場所に違いないと思って、おれは刑事課にその地名を伝えた。ところがいつまで経ってもそこを捜索したという話を聞かない。おれの報告は、はなっから無視されちまったんだよ。ブタ箱の見張り番風情《ふぜい》に何が分かる、ってわけだ」

「そんな」

「あいつら、昔からおれたちを見下してるからな。被疑者を取調室に連れてくる便利屋ぐらいにしか思っていないのさ」

なるほど。この一週間、夫の機嫌が悪かったのは、刑事課の対応に日々不満を募らせてきたからか。それが分かって、わたしはとりあえずほっとした。

——その地名ってどこ？

ついでにそう訊こうとして、すんでのところで口を閉じた。公務員には守秘義務がある。職務上で知った秘密は、相手が妻であっても漏らすわけにはいかない。

その代わりといってはおかしいが、話題を変えてこう質問してみた。

「来年度はどうするの？　いまの部署に居続けるつもり？」

もう上半期も終わりの時期だ。そろそろ来年四月の新たな人事に向けて、「異動を願い出たい者は、希望先を書いて提出しろ」と上から言われているはずだった。

「考え中だよ」

そう答えてしばらく間を置いたあと、雄吾は、

「なあ、潤子」

ようやくわたしの方へ顔を向けてきた。

「どうしたの？　改まって」

「もしもな、おれが『出世をあきらめて、のんびり釣りでもして過ごしたくなった』なんて言い出したら、きみはどうする？」

「いいよ、反対はしない」

わたしはそう応じたが、本心では嫌だった。

夫には、できることなら留置管理課からほかに移ってほしい。本音を言うと、わたしは彼に刑事畑など歩んでほしくない。

国立のそれなりに名前のある大学を出ている雄吾は、警務か総務のような署の中枢部にいる方がふさわしいし、その方が本人には向いている。そして妻である自分も鼻が高い。

そういうわたしも、来年三月で雇用期間が切れることになっていた。蓄えはあるので、退職して専業主婦になるつもりだった。そろそろ子供も欲しいし……。

そんなことを考えながら、寝る前にカミツキガメの様子をもう一度確認しておこうと、わたしは玄関へと向かった。

ドアを開け、盥の方へ顔を向けて驚いた。

蓋として載せておいた二枚の板切れ。それが両方ともいつの間にか八の字を描くように斜めになっていて、三十センチほどの隙間ができていたからだ。

慌ててサンダルを履き、盥のそばまで行った。

板を取り去って盥の中を覗いてみると、案の定、カミツキガメの姿は消えていた。

2

広報課の自席で昼の弁当を食べながら、わたしは窓に目を向けた。

外では小雪がちらついている。

三月十日――。今日は内々示の出る日だ。広報課内でも、来年度に異動が予想される人たちは、今度はどこへ配属されるのかと、みんなそわそわしていた。

この時期になると、どうしても警察官だった父の姿を思い出す。

わたしがまだ小学生で、三年生から四年生に上がろうとしていたころだ。

その晩、仕事を終えて帰宅した父の顔は暗かった。

夕食の席で、彼はわたしに言った。

――転校してみたくないか。

いきなりどうしてそんなことを言うのだろう。娘をからかうつもりなのか。何にしても、そのとき通っていた小学校には仲のいい友人がたくさんいたから、転校なんてしたいはずがなかった。

――でも、しなきゃいけないんだ。ごめんな。

父の口調は真剣だったので、からかっているのではないと分かった。

どうしてなの、とわたしは半分泣きながら父に訊ねた。

——四月から滝場《たきば》駐在所という場所で勤務することになったんだ。駐在所で仕事をする警察官は、家族と一緒に移り住まなければならないんだよ。駐在所のある滝場という地区は、ここから何キロも離れた山の中にあるから、潤子はいままでの学校に、どうしても通えなくなってしまうんだ……。

そのときは、駐在所とはどういう場所なのか、まだよく理解できなかった。ただ、それが大事な友達をわたしから引き離す憎たらしい存在だということだけは、はっきりと認識できた。

引っ越してみると、滝場地区は予想以上の僻地《へきち》だった。葉書一つ投函するにも、ポストのある場所まで二キロも歩く必要があったほどだ。

駐在所のすぐ近くには滝場沼という小さな沼があった。楽しい思い出といえば、夏にそこで泳いだことぐらいだ。

後年知ったことだが、滝場駐在所は、ここ何年も異動希望者がゼロという、嫌われ度の高さではF警察署の中でも屈指の勤務先だった。そんなところへ飛ばされたのだから、父はよっぽど仕事ができなかったのだろう。あるいは何かミスをして懲罰的に左遷《させん》されたのかもしれなかった……。

昼の休憩時間が終わって午後一時になった。

わたしは、広報課のほとんどの職員たちと一緒に、署の五階にある道場へ向かった。

道場には、県警の警察犬訓練所から来た女性の訓練士と、ジャーマンシェパードが一頭待っていた。

見たところ訓練士は三十歳ぐらいで、わたしと同じ年頃だった。

シェパードの方は、顔に黒いマスクを被っていた。目隠しをされているのだ。

「では、リハーサルを始めたいと思います」

そう切り出した訓練士は、布切れを一枚手にしていた。そして同性で同年配の気安さからか、わたしの前まで歩み寄ってきて、何かの臭気を染み込ませてあるらしいその布を差し出してきた。

「すみませんが、これを後ろ手に持っていてもらえますか」

言われたとおりにし、わたしは広報課の職員たちと横一列に並んだ。

訓練士がジャーマンシェパードの顔から目隠しを取り去ると、警察犬は一直線にわたしの前へやってきた。

いまから一時間後に、この道場で、警察犬を近所の幼稚園児たちに見せるというささやかなイベントが予定されている。そこで本番前の予行演習として、イベントの関係部署である広報課の職員がこうして駆り出された、というわけだった。

犬の嗅覚がいかに鋭いかを目の当たりにして、わたしは半年前の出来事をふいに思い出した。

自宅そばの用水路で、夫と一緒にカミツキガメを見つけた日のことだ。目を離した隙に盥からカメの姿が消えていたため、かなり焦った。とはいえ相手は図体が大きいこともあり、探し出すのに手間はかからなかった。

庭に置いた物置はコンクリートブロックの上に載っていて、床と地面との間に隙間があった。カミツキガメはそこに入り込んでいた。

カメを盥に戻したあとでその隙間を調べてみたら、干からびた鼠《ねずみ》の死骸が一つ出てきた。あんなものが転がっていたとは、それまでまったく気がつかなかった。

リハーサルの合間に、わたしは訓練士に訊いてみた。

「こういうお仕事をなさっていると、生き物の嗅覚についていろいろ学ばれる機会も多いんでしょうね」

「はい。少しは勉強しています」

「嗅覚の鋭い動物といえば、犬のほかにどんな生き物がいますか」

「象や牛、馬もすごく鼻がいいようです。生き物全般で言うなら、昆虫なんかもそうですね」

「爬虫類はどうでしょう」

妙な質問をする人だな、というように訓練士はわずかに眉を寄せたが、

「爬虫類だと、特にカメの嗅覚が鋭い、という話をよく耳にしますよ」

そう丁寧に答えてくれた。

たぶん、あのカミツキガメが盥から脱走したのは、鼠のミイラが放つわずかな異臭を敏感に嗅ぎつけたからだろう。

捕獲した翌日、雄吾は「カメを置いてくる」と言い、盥ごと車に乗せて家を出ていった。

これは後から確かめたことだが、思ったとおり、カミツキガメのような特定外来生物は、法律によって原則的に飼育も、保管も、運搬も禁止されていた。だから見つけた場合は、不用意に捕まえたりせず、市役所の担当者が来るのを待たないといけなかったのだ。

雄吾にははっきり訊かなかったが、たぶん彼は環境生活課で油を絞られてきたのではないかと思う……。

リハーサルは滞《とどこお》りなく終わった。

仕事が溜まっていたので、わたしはいち早く道場を出た。

階段を小走りに下りている途中でふと気になった。雄吾に異動の内々示は出たのだろうか……。

広報課に戻ると、室内は無人だった。留守番として課長と次長は残っていたはずだが、いまは二人とも席を外している。

この隙に、わたしは自席から一番近い受話器を取り上げた。留置管理課に内線電話をかけ、雄吾を呼び出してもらう。

「どうだった？」

《何が》

「異動だよ。内々示。出たの？」

《その話か。ああ、動くことになった》

「今度はどこに？」

警務課か総務課。どちらかの答えを期待しながら勢い込んで訊ねたところ、夫はまるで変わらない口調で答えた。

《駐在所だよ。――滝場駐在所だ》

3

耳元で低い羽音がして、わたしはカレーを作る手を止めた。ゴールデンウィークが終わったとたん、蚊《か》の数が急に増えたような気がする。

まったく、これだから沼の近くになど住むのは嫌なのだ。

台所では殺虫剤が使えない。蚊取り線香の臭いは体質的に苦手だ。だからシンクや食卓の周辺にこうしてハーブの鉢をあれこれ並べているが、あまり虫除けの効果はなかった。

手で潰すのも嫌だから、なるべく刺されないようにするには、ひたすら耳を澄まし、常に羽音に対して警戒を怠らないようにしなければならない。

そのとき、台所のドアが開いて、雄吾が顔を覗かせた。

「出掛けてくる」

麦わら帽子を被って大型のクーラーボックスを肩に担いでいるところを見ると、今日も釣りに行くようだ。

「まあ、あなたの休日だから何をしても自由だけど、魚だけじゃなくて若い人も釣らないといけないいんじゃないの？」

こんな山間部の駐在所員にも、警察官募集のノルマはある。そしてこんな田舎にも若者は少しだけいる。雄吾には彼らのうち体力のありそうな者に声をかけ、警察の採用試験を受けるように勧める仕事も課せられていた。

「そっちの方の釣果《ちょうか》はあったの？」

「いいや、ゼロだ」

「じゃあ、看板はできた？」

夏が近づいているため、水難事故の起こりそうな場所に「危ない」の札を立てて歩く仕事もあった。予算がないため、F署の地域課からは業者に頼まず駐在員が自作するようにと命じられている。

「そっちもまだだ。明日やるよ」

交通事故の処理、住民同士のもめごと仲裁、遺失届や拾得届の受理、地区や小学校の行事へのお呼ばれ。やるべきことは、けっこうあった。

だというのに……。

駐在所に赴任した直後から釣り熱が再燃したらしく、雄吾は、休みのときはいつも滝場沼にゴムボートで繰り出していた。仕事そっちのけで趣味に熱中しているのだ。わたしの目には、そう見えてならない。

「じゃ、行ってくる」

雄吾は玄関の方へ体を向けた。

「ちょっと待って」

呼び止めて、わたしは雄吾に近づいた。

夫の体からは、強くメンソールの匂いがした。見ると、首筋が一個所、蚊に刺されて赤くなっている。そこに軟膏《なんこう》を塗ったらしい。

「あなた、何か忘れていることない？」

いでしょ」

「さあ」

「ライフジャケットだよ。つけてないと危ないじゃないの」

腹立ちまぎれにきつい声でそう注意した。こんな僻地に異動となった雄吾のふがいなさを、わたしはまだ許す気になれないでいる。

「ああいう小さなゴムボートは、転覆しやすいし、揺れやすいし、浸水だって受けやすいでしょ」

雄吾はかなりの筋肉質だ。つまり体が水に浮かない。だから泳ぎは下手もいいところだった。万が一落水したら、きっと大きな事故になる。

夫の釣り歴は長いが、行く場所は流れの緩い川ばかりだった。そういう場所ではライフジャケットの必要はなかった。だが、いま夢中になっているのは沼でのボート釣りなのだ。救命胴衣は絶対に欠かせないはずだ。

「分かったよ。次の休みのとき、店に行って買ってくるから」

そのとき雄吾の担いでいるクーラーボックスが、中に瓶ビールでも入っているのか、ゴトッとやけに重い音を立てた。

「悠長なこと言ってないで、さっさとネットで注文すればいいじゃないの」

「ああいうのはな、事前に自分で実際に着てみて、サイズを確認してから買わないと駄目なんだって」

「しかたないわね」

そもそも、あんな小さな沼で釣りなんかして、どこが楽しいのか。地元の人の話では、鯉《こい》やブラックバスなどはおらず、フナやタナゴなどのごく小さな魚しか棲《す》んでいない、というではないか。

「それにね、今日のお昼ご飯はあれだよ」

わたしはコンロの方を振り返り、カレーの鍋を指差した。

「味も食感も、こっちにおまかせでいいわけ？」

言われて初めて、雄吾はようやく好物の存在に気づいたらしく、

「いや、駄目だ。おれがチェックする」

ガスコンロの前へ近づくと、鍋からスプーンでカレーをすくい、ひと舐《な》めした。

「もうちょっとガラムマサラを足しておいてくれ。正午までには戻ってくる。事務室の留守番も頼むぞ。おれが不在のときは、きみが滝場地区の駐在員だからな」

そう言い置いて夫は出ていった。

わたしは自分でもカレーの味見をしてみた。とたんに、鼻の下あたりに薄く汗が滲《にじ》むのを感じた。ガラムマサラは辛みを強くするためのスパイスだ。これ以上必要だとはとうてい思えない。

雄吾は甘口に飽きたのだろうか。何はともあれ、夫の注文など無視し、カレーはこの

ままの味で出すことにした。

昼食の準備を終えると、わたしは事務室に行った。

約二十年ぶりに訪れた滝場地区の様子は、記憶にあるそれとほとんど変わっていなかった。昔と大きく違うのは、いまのわたしはのんびりしていられない、ということだ。夫が不在だったり休みを取ったりしている場合、住民への対応は妻の仕事になる。そのための講習会もあって、先月、F署まで出向き、丸一日かけて受けてきた。

今日は電話番のほかに、雄吾から任せられている仕事があった。交番新聞という名のミニ広報紙、「滝場駐在所だより」を作ることだ。事務室内にある参考書を見ながら、防犯のワンポイントアドバイスを考えて書いてくれ、というのが雄吾の指示だった。

優れた交番新聞は本部から表彰される。ささやかな名誉が欲しければ、手を抜くわけにはいかない。

F署の広報課で臨時職員をしていたときにやったのは、事務の補助、資料の整理、データ入力といった、誰がやっても同じ結果が出る業務ばかりだった。だから独創性を求められる仕事ができるのはちょっと嬉しい。しかし、それをうまくこなせるかとなると話は別だ。

慣れていないため、ほんの数行の文章を書くのに一時間近くもかかってしまった。

ようやく記事を書き上げ、大きく伸びをしながら窓に顔を向けた。

滝場沼の水面《みなも》に、雄吾の黄色いゴムボートが小さく見えている。ここからの距離は百メートルほどか。

彼が釣りに出て、わたしが駐在所の留守番をしているときは、こうして窓から夫の様子をちょくちょく眺めるのが常だった。

雄吾は毎回、釣りのポイントを少しずつ変えているようだ。今日ボートを停めている地点は、沼のほぼ中央だ。

滝場沼は、周囲が約三百メートルしかないミニサイズの湿地だ。深さも平均して四、五メートル程度らしい。ただ、底には厚く泥が溜まっているそうだ。

雄吾はいま、こちらに背中を向け、両手を交互に動かしている。

わりと高価な竿とリールを持っているはずだが、この駐在所に赴任《ふにん》して以来、沼ではそれらを使うことなく、いつも手釣りをしているようだった。

と、次の瞬間、雄吾はあたかも何かから逃げようとするかのように、いきなり体を後ろにのけ反らせた。

そのせいでゴムボートが大きく揺れ、バランスを崩した彼の体は船縁《ふなべり》から転げ落ちるようにして水中に没した。

一連の出来事はあっという間で、わたしには椅子から腰を浮かせる暇もなかった。

4

市街地の病院に雄吾を見舞ったあと、わたしは駐在所に戻った。

事務室のドアを開けたところ、見慣れない初老の女が、いつも雄吾が使っている事務机についていた。

暇をもてあましている高齢者のなかには、話し相手を求めてぶらりと駐在所へやってくる者もいる。そんな輩《やから》に押しかけられた日には面倒なことになる。むげに追い返すわけにもいかないため、茶の一杯ぐらいは出してやったあと、仕事の手に加えて口も動かさなければならないのだから厄介《やっかい》だ。

それにしても……。

近隣住民の顔はだいたい覚えたと思っていたが、この女は初めて見る顔だった。

「失礼ですが、どちらさまですか」

わたしが訊くと、六十代半ばと見えるその女性は一礼して答えた。

「百目《どうめ》鬼巴《きともえ》と申します」

「ああ、あなたが」

一昨日、ゴムボートから落水した雄吾を見たわたしは、すぐ近隣の住民に助けを求めた。

引き揚げられた夫は、水を大量に飲んで意識を失っていた。

病院に向かう救急車に同乗している間、彼がこのまま永久に目を覚まさないのではないかと不安でしょうがなかった。

もちろん、すぐにF署の地域課に事故の報告をした。

折り返しの連絡があったのは、その日の夕方だった。

――《正式な交代要員が決まるまで、「ドウメキ」という女性の交番相談員を派遣します。明後日の昼に着任する予定です。それまでは、奥さんお一人での勤務をお願いします》

明るい屋外から、急に薄暗い事務室に入ったから気づかなかったが、目が慣れてきてようやく、百目鬼が女性警察官の制服を着ていることに気がついた。

わたしが向かい側の机につくと、

「いかがですか、ここでの生活は」

警察OGは、そんな問いかけと一緒に茶を差し出してきた。

「思っていたより暇ではありません。前任者が言うには、『滝場駐在所の抱える事案は、月平均で、軽犯罪が約二件と交通事故が約四件』とのことでしたので、のんびりした毎日を想像していたんですけど、やることがけっこうあって、ちょっと驚いています」

「そうですか。駐在所でうまくやっていくには、地域に溶け込むことが最も肝心です。そのための具体的なコツをご存じでしょうか。交通違反の取締りを積極的にやらない。これに尽きますね。つまり住民の恨みを買わないことです」

「はあ」

この百目鬼という人物、駐在所の実態についても詳しいようだ。県警では、いったいどんな経歴を歩んできたのだろうか。

「先ほどまでは、雄吾さんのお見舞いで病院に行かれていたんですよね。容体はどうですか」

「命だけは無事のようですが、まだ意識が戻りません」

「それはお気の毒です」

「いいえ、全部本人のせいなんですよ。ライフジャケットを早く買うように言っておいたのに、ぐずぐずしているからこんな目に遭ってしまったんです」

「事故の前にどんなことがあったのか、よかったら教えてもらえますか」

わたしも心のどこかで話し相手を欲していたようだ。雄吾との出会いまで遡り、二人が歩んできた生活について、あれこれと百目鬼に教えてやった。話し始めると口が止まらなくなり、実に細々《こまごま》としたことまで喋ってしまっていた。

長い話を終えると、百目鬼は冷えた茶を一口啜《すす》ってから言った。「いまのお話に関して、少し質問してもいいですか」

「はあ、どうぞ」

「竿とリールをお持ちなのに、どうして雄吾さんは手釣りという面倒な方法で魚を釣ろうと思ったんでしょう？」

「高い道具でせかせか釣るのではなしに、魚の手応えを一匹ずつ、じっくりと感じたかったんだと思います」

総じてこういう田舎は、人をスローな気分にさせるものだ。

「なるほど。では、もう一つお訊きします。落水したとき雄吾さんの体が後ろにのけ反ったとおっしゃいましたね。何かから逃げるような動きだった、と。いったい彼は何から逃げようとしたとお考えですか」

「それはやっぱり、釣り上げた魚から、でしょうね。わたしの目にはそう見えました」

「どんな魚を釣ったと思います？」

「のけ反るほどびっくりしたわけですから、例えば予想以上に大きな魚だったんじゃないでしょうか」

「滝場沼には、そういう大物がいるんですか」

わたしは首を軽く横に振った。

「長年ここに住んでいる人たちは『小さな魚しかいない』と言っています。ですが、彼らもまだ知らないお化けみたいな怪魚がいる可能性は、誰にも否定できないはずです」

「たしかにそうですね」

ここで百目鬼の目が鋭く光ったような気がした。

「もう一つ気になったことがあります。事故のあった日、潤子さんが作っていた昼食についてですが、あなたに言われるまで、それがカレーであることに雄吾さんが気づかなかったのはなぜでしょう」

この百目鬼とかいうおばさん、ずいぶん妙な点に注意を向けるものだな、とわたしは訝《いぶか》った。そんなつまらないことを気にして、どうしようというのか。

「あのとき夫は、蚊に刺されたらしく、痒《かゆ》み止めとしてメンソールの軟膏を首筋に塗っていました。その匂いが鼻を邪魔して気づかなかっただけですよ」

なるほど、というように百目鬼は二、三度深く頷いた。

そのとき、開けっ放しにしてある事務室の入り口に人の気配があった。

「駐在さん、すみません」

入り口からそう声を掛けてきたのは、この建物のそばに住んでいる農家の男性だった。

「ちょっとこっちへ来てもらえませんか」

言うなり、男性は沼の方へと去っていく。

わたしは百目鬼と一緒に彼の背中を追った。

沼のほとりには六、七人ほどの住民が集まっていて、ちょっとした人垣ができていた。彼らはまだ百目鬼の顔を知らないはずだが、警察官の制服姿であることから、雄吾の代わりに赴任した駐在員だとすぐに理解したようだった。

わたしたちが近づいていくと、その人垣がざっと割れた。

そうして現れた地面を見やったところ、そこにはくすんだ色をした物体がでんと鎮座していた。

一見すると岩石のようだが、そうではなく生き物だ。見覚えのある形状をしているそれは、カミツキガメに違いなかった。

周囲を威嚇《いかく》しているつもりか、太い四肢を踏ん張るようにして立ち上がり、首を上に向け、口をぱっくりと開けている。

目測したところ、甲羅の長径は三十センチを超えていた。昨年の秋に自宅そばの水路で捕まえた個体と、ほぼ同じ大きさと言っていいだろう。

その甲羅には長い荒縄《あらなわ》がしっかりと結びつけられていた。言い方を変えれば、十メートルほどもありそうな荒縄の端っこに、カメの甲羅が結わえつけてあるのだった。

「水辺でじっとしているのを見つけたんですよ」先ほど通報に来た男性が言った。「まさかこんなやつが沼にいたなんて、思いもしませんでした」

ほかの住民たちも皆、驚きを隠せない様子だ。百目鬼も目を丸くしていた。

「捕まえておくなら、どうぞこれを使ってください」

準備のいいことに、住民の一人が桶《おけ》を用意していてくれた。水張り桶というのか、把手《はしゅ》のついた木製の桶で、底が適度に深い。盥と違って、周囲の壁がこれだけ高いのなら、いくらカメが大きくても逃げられる心配はなさそうだ。

「ありがとうございます」

百目鬼を差し置き、礼を言ったのはわたしだった。

――おれが不在のときは、きみが滝場地区の駐在員だからな。

夫の言葉を思い出し、つい気負ってしまったようだ。

もっとも、県警のベテランOGとはいえ、百目鬼は先ほど着任したばかりなのだ。客観的に判断しても、ここはわたしが主導権を握ってもいい場面だろう。

そう思って、カメの横に回り込みながら百目鬼に言った。

「カミツキガメを捕まえるときは、尻尾を掴んでぶら下げるようにして持つのが最も安全だそうです。でも、このカメの大きさだとそのやり方では重すぎて無理ですから、甲羅を持つしかありません。ちょっと手伝ってもらえますか」

百目鬼の手を借り、嚙まれないように甲羅の尻尾寄りの部分を両脇から二人で持ち、木桶の中にそっと入れる。

それを駐在所に持ち帰ろうとして、ちょっと待てよと思った。

「外来生物法という決まりがあって、カミツキガメを見つけた場合、その場所から許可なく移動させただけでも違反になるらしいんです。どうしましょうか」

そのように相談を持ちかけると、百目鬼はにやっと頰を吊り上げた。

「そのとおりですけど、別にかまいませんよ。駐在所へ持ち帰りましょう。そこで見つけたことにすればいいだけですから」

百目鬼巴――名前こそやたら厳《いか》めしいものの、性格はだいぶ大らかなようだ。付き合うのはほんの短い期間に過ぎないのだろうが、この人となら上手くやっていけそうな気がした。

木桶を駐在所に運んでから、わたしが市役所の環境生活課に電話したところ、

《ほかにも案件が立て込んでいるため、そちらへ行くまで時間がかかります。カメが逃げないように、頑丈な箱を被せるなどしておいてください》

との返事だった。

事務室の隅に置いた木桶に目をやり、わたしは百目鬼に訊いてみた。

「このカメ、市役所に引き取られた後はどうなるんでしょう？」

考えてみると、そこまで調べたことはまだなかった。

「たしか」百目鬼は顎に指を当てた。「業務用の冷凍庫に数日間入れられて、凍死したら埋め立てゴミとして処分されるはずです」

「本当ですか。いくらなんでも可哀そうですね」

「まったくです。無駄に死なせるぐらいなら、料理して食べてしまう方がずっとましですよ。スッポンなんかと同じで、カミツキガメはすごく美味《おい》しいそうですから」

百目鬼の言葉に笑っていいものかどうか分からず、わたしは曖昧《あいまい》に頷きながらまた木桶に近づいて中を覗《のぞ》き込んでみた。

桶の底は狭い。対して荒縄はかなり長いため、カミツキガメは縄の底に埋まった形になっている。

「甲羅に縄が結ばれていますけど、これは犬につけた首輪やリードと同じで、誰かが密かにこのカメをペットとして飼っていた、と解釈していいんでしょうか」

「たぶん、そういうことだと思います」

だとしたら当面、百目鬼がするべき仕事は、その誰かを捜し出して外来生物法違反の容疑で捕まえる、ということになりそうだ。

「でも潤子さん、わたしはさっき驚きました」

「何にです？」

「あなたにですよ。カメの扱いがずいぶん手馴《てな》れていましたので。普通の人だったら怖くて逃げる場面でしたよね」

「まあ、触るのは初めてではありませんでしたので」

そう前置きをしてから、去年の秋にもカミツキガメを見つけたことがあるのだと教えてやった。百目鬼に対しては、先ほど長々と身の上話を打ち明けたが、カメの一件については まだ触れていなかった。

「そうでしたか。とんだ偶然があったものですね。約八か月の間に、カミツキガメに二度も出会うなんて」

言われてみればたしかに、新聞のベタ記事になってもいいくらいの珍事ではありそうだ。

この駐在所兼住宅には、まだ使っていない部屋があった。百目鬼はそこで寝起きすることになった。

二人で夕食を終えたあと、わたしはＦ署にいる知り合いにこっそり電話してみた。

「百目鬼巴さんて人、知ってる？」

《もちろん。彼女はね――》

今度はわたしが驚く番だった。その知り合いが言うには、百目鬼はかなり推理の能力に長けた逸材で、本部の刑事部長ですら頭の上がらない存在、とのことだった。

それほどの人物なら、Ｆ署の事情にも通じているのではないか。そう思って、翌朝、わたしは百目鬼に訊いてみた。

「いったい夫は、どんなミスをやらかしたんでしょうか」

「ミス？　それはどういう意味ですか」

「仕事上の失敗のことです。だって、何か大きなヘマをしないかぎり、こんな駐在所に飛ばされるなんてことはありませんよね」

「ちょっと待ってください。潤子さんはご存じなかったんですか」

「何をです？」

「雄吾さんは、ご自分でこの駐在所へ異動を希望したんですよ。わたしはそのようにF署の人事担当者から聞いていますが」

口を半開きにしたまま、わたしは言葉を失った。

――「出世をあきらめて、のんびり釣りでもして過ごしたくなった」

いつか雄吾が冗談めかして口にしたあの言葉は、本心だったのか。

それならそうと、事前に妻にひとこと相談してくれてもよかったろうに……。

これまでの心労が祟ったせいか、ひどく眩暈《めまい》がして、わたしの意識は急に遠くなった。

5

駐在所の二階で目が覚めた。壁に掛かった時計の針は午前十時を指している。

昨日は、朝に倒れてから一日中起き上がることができなかった。

いま横になったまま耳を澄ましてみると、外の様子がどうも騒がしい。沼のある方角で、わいわいと大勢の声がするのだ。

窓から外を見ようと思ったが、体が重すぎて無理だった。

そうするうちに、百目鬼が階段を上ってやってきた。

「起きられそうですか」

「いいえ」

「ではもっと休んでいてください。食事の準備もわたしがやりますから心配は要りません」

「助かります。――あの、外で何かやっているんですか？」

「ええ。何をやっているかは、いずれお知らせします」

「あのカミツキガメはどうなりましたか」

「それが、市役所は昨日も引き取りに来なかったんです」百目鬼は苦笑いをした。「さっき電話があって、《明日の夕方には行けそうです》なんて言ってきましたけど。ですから、まだ事務室で木桶に入っています。お腹を空かせているみたいだったので、さっき冷蔵庫にあったソーセージを食べさせました」

百目鬼がいなくなってしばらくしたころ、どこからか、猛烈な悪臭が漂ってきた。吐き気を催すほどだったが、ほどなくして、その嫌な臭いは自然と消えてくれた。

やっと体を起こすことができたのは、次の日の朝になってからだった。

ほどなくして二階に上がってきた制服姿の百目鬼が、わたしの首筋に目を近づけながら言った。

「潤子さんも蚊に刺されているみたいですよ。よかったら、わたしが痒み止めを塗ってあげましょうか」

「すみません。お願いします」

鎖骨のちょっと上あたりに、百目鬼が軟膏をつけてくれた。メンソールの匂いが鼻をつく。

「昨日はほとんど何も食べていませんから、きっとお腹が空いているでしょうね」

「はい」

「では朝食にしましょうか」

どうにか立ち上がって二階の寝室から出ると、台所の方からカレーのいい匂いが漂ってきた。

百目鬼の作ったチキンカレーの味に申し分はなかった。

わたしが食べ終えると同時に、百目鬼もスプーンを置き、

「潤子さん」

テーブルの向かい側からそう呼びかけてきた。

「先ほどあなたが起きて部屋から出たとき、わたしが台所でどんな朝食を作ったか分かりましたか」

「ええ。カレーだって、すぐに匂いでピンときました」

「メンソールの軟膏を塗っていたのに、それでも分かったんですか」

そう指摘されて、わたしはハッとした。

百目鬼はコップの水を一口飲んでから続けた。「首筋に軟膏をつけた程度なら、カレーの匂いを嗅ぎつけることは可能なんです」

「では、どうして夫はあのときそれが分からなかったんでしょうか」

「首筋のほかに、別の部分にも塗っていたからだと思います。たっぷりと」

「別の部分……て、どこですか？」

「ここですよ」

そう言って百目鬼が指差したのは、自分の鼻の穴だった。

わたしは彼女の顔をじっと見据えた。目は笑っていない。反対に、眼差しには真剣味が宿っている。冗談を言ってわたしを担ごうとしているわけではなさそうだ。

「雄吾さんは、ただでさえ十分辛いカレーにガラムマサラを足すように言ったそうですね。鼻が利かなくなっていたのなら、そういう奇妙な要求も頷けます。嗅覚が満足に機能していなければ、味覚もおかしくなりますから」

「ですけど……どうしてそんな馬鹿げた真似をしなくちゃいけないんですか」

「もちろん嫌な臭いをかがないようにするためです。司法解剖のとき、法医学者が鼻の下にメンソールの軟膏を塗るのを見たことがありませんか。雄吾さんは、それと同じことをしていたんです」

「だから、それはどうしてなんですか。夫は死体の解剖なんかではなく、ただ釣りをしようとしていただけなんですよ」

わたしの言葉には取り合わず、百目鬼は立ち上がって窓の外へ目をやった。

「いい天気ですね。お日様がもったいないから、外で気分転換でもしませんか」

そう言うなり、台所から出ていく。

わたしも彼女の背中を追った。

【御用のある方は次の番号まで電話してください。＊＊－＊＊＊＊－＊＊＊＊】

百目鬼個人の携帯電話番号を書いたプレートを駐在所のカウンターに置くと、彼女は今日の朝刊を小脇に挟んだ。そしてカミツキガメの入った木桶の把手に片手をかけて言った。

「この子にも運動をさせてやりましょう」

カメも外に連れ出すつもりでいるらしい。百目鬼の考えはよく分からないが、とりあえずわたしも木桶の把手を持ち、二人で協力してそれを事務室から外に出した。

「こっちです」

百目鬼が向かった先は沼のほとりだった。そこに繋留《けいりゅう》してあるゴムボートに乗り込む。わたしもあたふたと同乗した。

ボート内には二人分のライフジャケットもあった。百目鬼が昨日までに購入し、今朝のうちにボートに積み込んでおいたものらしい。

互いにそれを着用し終えると、百目鬼がオールを器用に使ってボートを前進させ始めた。二人用ではあるが、重いカミツキガメ入りの木桶まで積んでいるため、正直なところ沈みはしないかと不安でならない。

百目鬼がボートを停めたのは、沼の中央部に来たときだった。ちょうど雄吾が落水した地点だ。

百目鬼は、オールから離した手を胸の前でぴたりと合わせ、目を閉じた。それはどこからどう見ても合掌のポーズにほかならなかった。

わたしは胸がざわつくのを感じた。重症とはいえ、雄吾はまだ病院のベッドの上で生きているのだ。縁起でもない真似はやめてほしい。

「潤子さん」合掌したまま、百目鬼は目を開き、顔をわたしの方へ向けてきた。「昨日の午前中、沼の方が騒がしかったのを覚えていますよね」

「……はい」

「それに、悪臭も漂ってきたのではありませんか」

「そのとおりです。かなり強烈な臭いでした」

「あれは、県警とF署がここで沼の底を浚《さら》っていたからです」

「ということは、何かを引き揚げたんですね」

「ええ」

「何をですか？」

「遺体です。麻袋に包まれていて、かなり腐乱していました。悪臭はその遺体が放っていたものです」

そう言って合掌から直ると、百目鬼は持参した朝刊を広げてみせた。

たしかに社会面には【県警とF署が滝場沼から遺体を引き揚げ】との見出しが大きく出ている。

してみると、いまの合掌は、雄吾ではなくその遺体に対してのものだったわけか。

「でも、いったい誰の遺体だったんですか」

新聞の記事には、その身元までは書かれていない。

「まだ司法解剖の結果が出ていませんので未確定ですが、ほぼ間違いなく長谷島さんという人のです」

長谷島……。その名前にはぼんやりと聞き覚えがあった。そう、たしか金銭トラブルから武部なる男に殺された被害者だ。

「でしたら、被疑者の武部がやっと遺棄場所を自白したんですね。滝場沼の中心部に捨てた、と」

「いいえ」

「ではどうやって県警は、長谷島さんの遺体がこの地点に沈められていたことを知ったんですか」

「わたしが知らせたからです」

百目鬼には本部の刑事部長ですら頭が上がらないらしい。だから彼女の進言で県警やF署が動いたというのは本当なのだろう。だが——。

「どうして百目鬼さんには、それが分かったんですか」

「この沼のこの地点で、雄吾さんが溺《おぼ》れたからです」

わたしは口をつぐんだ。百目鬼の言葉には飛躍があって、ちょっとついていけない。加えてこっちは病み上がりの状態だ。話していると頭が混乱するばかりだ。

するとと百目鬼は木桶からカミツキガメを重そうに取り出した。長い荒縄はいまも甲羅に結ばれたままだ。

「いいですか、潤子さん。もう一度よく考えてみてください。昨秋にカミツキガメを見つけて、先日にもまた見つけたというのは、偶然にしては出来すぎていると思いませんか」

「でも、実際にそれが起こったんですから、しょうがないでしょう」

「もし偶然ではなかったとしたら？」

「……それはどういう意味ですか」

「では言い換えましょう。このカミツキガメが、昨秋あなたたちが見つけたカミツキガメと同一の個体だったとしたら？」

「ですからそれは、どういうことなんですか」

「ではさらに言い換えましょう。昨秋見つけたカミツキガメを、雄吾さんは市役所に届けず、どこかでこっそり飼っていたとしたら？　そして甲羅に荒縄を結びつけて、この沼に持ち込んでいたとしたら？」

わたしは固まったまま百目鬼の顔だけをじっと見据え、自分の口から次の言葉が出てくるのを待った。

「……何の、ために」

「もちろん、こうするために」

百目鬼はゴムボートの縁に向かって上半身を傾け、持っていたカミツキガメをそっと水中に入れた。

そうしてしばらく泳がせたあと、今度は荒縄をゆっくりと手繰り寄せ始める。

「もうお分かりですよね」

「つまり、カミツキガメを手釣りの道具として使うために、ということですか。生きた釣り針として」

「正解です」

「でも、待ってください。カメに咥《くわ》えさせて魚を釣るなんて、あまりにもふざけています。魚を釣りたければ、そんな酔狂な真似をしないで、普通にテグスやルアーを使えばいいでしょう」

「おっしゃるとおりですが、雄吾さんが釣りたかったのは魚ではありません」

「じゃあ何なんですか」

声を荒げて百目鬼に嚙みついた直後、わたしはようやく気がついた。

そうか。

そういうことだったのか。

ことの始まりは武部という被疑者だ。昨年の秋、留置場にいたその男が、寝言で「ある場所」の名前を漏らしたという。

それは「滝場沼」ではなかったのか。

雄吾はそれを耳にし、そこが長谷島の死体が遺棄された場所だと確信したが、刑事課に伝えても一笑に付されただけで、まるで取り合ってもらえなかった。

そんな矢先にカミツキガメを見つけ、ほどなくして脳裏に一つの考えが浮かんだのだと思う。

――この生き物を使えば、沼の底から遺体を引き揚げられるかもしれない。

カミツキガメは水棲で、嗅覚が非常に優れている。鳥や動物の死体を餌にする習性もある。ならば、水中にある人間の遺体にも、餌だと思って食らいつくのではないか。顎の力も桁外れに強い。一度嚙みついたものを簡単に放しはしないから、甲羅に荒縄を結んで引っ張れば、人ひとりの死体ぐらいは釣り上げられるはずだ。

そこで、見つけたカメを市役所には持っていかず、こっそりトランクルームで飼育し続けた。そして滝場駐在所への異動願いを出し、暇を見つけてはクーラーボックスにそのカメを入れ、ゴムボートで沼に繰り出していた――。

「絵空事《えそらごと》のように聞こえますよね。でも外国の文献には、実際にカミツキガメを使って水中の遺体を探し当てたという話が記録されているんです。もしかしたら雄吾さんは、それをご存じだったのかもしれません」

百目鬼は荒縄を手繰り寄せ、カミツキガメをボートの上に引き揚げた。どこで見つけてきたのか、カメは薄黒い水草を一本口に咥えていた。

「あの日、雄吾さんの放ったこのカメは、ついに水中で遺体の腐敗臭を嗅ぎつけ、それを包んだ麻袋に嚙みついたのでしょう」

「……そうして、夫は引き揚げに成功した」

「ええ。ですが、腐乱死体の放つ臭いというものは想像を絶しています。とてもメンソールの軟膏を鼻の穴に塗っただけでは防ぐことはできません。だからたまらず」

百目鬼はゆっくりと上半身を後ろにのけぞらせてみせた。

「こうなってしまった」

つまり雄吾は、激烈な腐敗臭から逃げようとして落水した、ということだ。

「それが、このたび起きた事故の真相だと思います」

そう言って、百目鬼は大事そうにカミツキガメを木桶に戻した。

わたしはしばらく茫然《ぼうぜん》としていた。

「長谷島さんの遺体を見つけたあと、夫は……」

やっと口を開くことができたのは、何分か経ってからだった。

「夫は、そのカメをどうするつもりだったんでしょう」

「こっそり飼い続けるつもりだったと思います」

たぶんそうだろう。やり方こそ外来生物法に違反していたが、遺体の発見は、雄吾にしてみればそれを帳消しにして余りあるほどの大手柄だ。その成果に多大な貢献をした相棒を、用済みになったからといって殺処分に回してしまうなど、心情的にできるはずがない。

「カミツキガメの飼育許可を、新規に得るのは難しいんですよね」

わたしの言葉に、百目鬼も顔を曇らせた。

「難しいどころか基本的には不可能のようです。——でも」

一転、ここで彼女はにやりと歯を見せた。

「学術研究のためならOKが出る場合もあるんです。わたし、あちこちの大学に知り合いを何人も持っていますよ。その中には爬虫類の研究をしている人もいます。うまくいけば、その人に引き取ってもらえるかもしれません」

「本当ですか」

頷いて百目鬼はライフジャケットの裾を持ち上げた。そうして制服のポケットに手を入れ、取り出したスマホを少しのあいだ操作し、こちらへ渡してくる。

「市役所の番号なら、はい、出しておきました」

百目鬼に目で礼を言い、その端末を借り受けると、環境生活課の担当者に向かってわたしは言った。

「三日前連絡した者ですが、すみません、捕まえたカメに逃げられてしまいました」

ルームシェア警視の事件簿

櫛木理宇

Riu Kushiki

櫛木理宇（くしき・りう）
一九七二年、新潟県生まれ。二〇一二年、『ホーンテッド・キャンパス』で第一九回日本ホラー小説大賞読者賞を受賞。同年、『赤と白』で第二五回小説すばる新人賞を受賞。著書に『死刑にいたる病』『鵜頭川村事件』『老い蜂』『氷の致死量』『少年籠城』など。

1

新たな歩を踏みだしかけ、彼女はぎくりとした。

――後ろに、人がいる。

足音がする。

気配からして男性だった。しかも若い。空気感と歩幅でわかる。

彼女が歩みを遅くすると、気配も遅くなる。速めると、合わせて速くなる。

――間違いない。尾けてきている。

彼女は唇を噛んだ。

アパートまでは、まだまだ遠い。足音ははっきりとスニーカーだ。ヒールの彼女に勝ち目はない。走ったとて、追いつかれるのは目に見えている。

男に気づかれぬよう、彼女はバッグの中に手を入れた。

2

「ごちそうさまでした」

小声で言い、一海《ひとみ》は右手に持っていた箸を置いた。

だが左手はいまだスマートフォンをフリックし、目は画面を追っている。

「うーん、悩むなあ……」

スマートフォンの液晶に映るのは、大手家電量販店のウェブサイト。そして彼がいるのは、職場《カイシャ》から徒歩八分の蕎麦屋であった。

勘定を済ませ、一海は店を出た。

さっき来た道をそのまま戻る。横断歩道を渡り、和菓子屋の角を左に曲がる。

空は澄んで晴れわたっていた。民家の生垣から覗く牡丹《ぼたん》の赤が、目にやさしい。

——あれ。

一海は目をすがめた。

二十メートルほど先に、制服の警察官がいる。スマートフォン片手に、なにやら捜索中の様子だ。それはいいが、この一帯だけを行きつ戻りつしている。

――どうしようかな。

一海は迷った。しかし素通りするのもおかしい気がする。意を決して、彼は警察官の背中に声をかけた。

「あのう、すみません」

反応はなかった。聞こえなかったかと、声のトーンを上げてみる。

「すみません。ぼく、お手伝いしましょうか」

ようやく警察官が振りかえった。

いかにも億劫そうな動作だ。眉根《まゆね》を寄せたその顔が「なんだよ。これ以上仕事を増やすなよ？」とはっきり心情を物語っていた。胸の階級章からして、巡査長だ。

「はぁ？　なに？」

「お手伝いしましょうか」

「いやいや、いいよ。お気持ちだけもらっとくね、はいはい」

「でも、なにかできることがあるかと」

「しつこいな」

さすがに「しっしっ」と手で追い払いはしない。だがそうしたがっているのは、十二分に伝わった。警〝察〟官がこんなに感情をあらわにしていいのかなあ――。首をかしげつつ、一海は言葉を継いだ。

「あのですね、ぼく、向こうの『蕎麦よし』さんに入る前、えーと、二十五分くらい前にこの道を通ったんです」

「ああそう。だからなに？」

つれなく一海に背を向け、巡査長が歩きだす。「っかしいな。このへんなのに……」

スマートフォンを眺めては舌打ちを洩らす。

一海は早足で彼を追った。

「ぼくの記憶が確かなら、黒板塀の家のカーテンは二十五分前には開いてました。でもいまは閉まってます。電柱の横に路駐されてた警備会社の車も消えてますね。その陰に半分隠れてた家は……ええと、鉢植えの位置が変わってる。あとはエアコンの室外機にかぶせてあった段ボールが、壁に立てかけてあります」

「そりゃ、カーテンくらい開け閉めするさ」

巡査長はうるさそうに言った。

「車がいつまでも路駐してたら、喜んで切符を切るよ。段ボールは風に飛ばされたのを、誰かが立てかけてやったんだろ」

「そうかもしれません」

一海は首肯してから、

「でも今日は風がないし、一応——」

と巡査長の横をすり抜けた。

二十五分前は、きれいに並んでいた鉢植えに歩み寄る。やはり九個のうち、二個がずれていた。あきらかに誰かがどかした跡だ。

次いで家の門扉《もんぴ》に手をかけた。予想どおり、施錠されていない。

「あ、おい」

巡査長を無視し、一海は門扉を開けて敷地に入った。

「おい、おいって！　あんた、なにしてんの！」

背に聞こえる怒号を、なおもスルーする。手を伸ばす。壁に立てかけられた段ボールを、ひょいとどける。

「こんにちは」

細い声が聞こえた。

一海はにっこりと挨拶を返した。

「こんにちは」

そこにはご老人が――巡査長が『高齢者見守りGPSアプリ』で捜していただろう老爺《ろうや》が、ちょこんと体育座りしていた。

年齢は七十代後半から八十代か、表情が弛緩《しかん》してあどけない。対照的に体軀はがっしりして、足腰も頑健そうだった。これなら家人が目を離した隙に、平気で何キロでも歩いていってしまうだろう。

「見つかりました」

ご老人に肩を貸して立ちあがらせる一海に、

「み、見つかりましたじゃないよ！」

巡査長が指を突きつける。

「あんたね、いま自分がなにやったかわかってんの？　よりにもよって警察官の目の前で、堂々と不法侵入……」

だが彼が言い終える前に、新たな警察官が走ってきた。今度は警部補の階級章だ。

「あ、ハコ長《ちょう》。たったいまですね……」

巡査長が振りかえり、一海を指さす。「ん？」と警部補がその方向を覗きこむ。

警部補は一瞬、ぽかんとした。

だがそれはゼロコンマ数秒の間に過ぎなかった。ただちに直立不動の姿勢を取り、警部補は叫んだ。

「おおお、お疲れさまでございます！」

頭のてっぺんから爪さきまで、しゃちほこばっていた。いまにも挙手敬礼しかねない勢いだ。頬は血の気が引き、真っ青だった。

今度は巡査長が呆気にとられる番だった。その顔つきで悟ったか、警部補が小声で叱責する。

「馬鹿、署長だ！」

「は？」

「こないだの朝礼で見ただろ。新しい署長だ！」

巡査長の顎がかくんと落ちた。

一海は片手で老爺を支えたまま、頭を掻いた。

「すみません。貫禄なくて……」

まだ若輩者でして、と付けくわえる。巡査長の顔が、一気に青くなった。

3

署長公舎でないほうの一海の〝自宅〟は、アパートでもマンションでもない。二階建ての木造一軒家である。

「ただいまあ」

ネクタイをはずしながら、リビングダイニングに入る。

「言われたとおり、いろいろサイト見たけどさ。やっぱりレンジは、いままでどおりのシンプルなやつでいいんじゃないかな」

「ほら、コトミも言ってるじゃない。多機能すぎるやつはいらないって」

キッチンカウンターの向こうで、那青《なお》が同意する。

「あ、おかえりが遅れたね。おかえりコトミ。——だからダカ兄《にい》、何度も言うけど、電子レンジなんてあったためと解凍だけで充分だってば」

「なんだと。料理しないやつらは、これだからな……」

と、壊れたレンジの前でため息をつくのは穂高《ほだか》だ。彼は秀麗《しゅうれい》な眉をひそめ、片手にタブレットをかまえていた。

「おれはこの『石窯で焼いたようにピザが仕上がる』という、最新式遠赤外線タイプのがほしいんだ。言っとくが、どのレシピサイトでも絶賛の嵐なんだぞ。おまけに油を落とすヘルシーモードもあるし、電気代も節約できるし」

「いらないって言ってんじゃん」

那青が一蹴した。

「ピザなんて注文しようよ。スマホひとつで三十分以内に届くでしょ。それに節約どうこう言うなら、ダカ兄が煮込み料理でアホほど使うガス代はいいわけ？」

「まあまあ」

一海は急いで割って入った。

「ダカ兄は凝り性だからしょうがないよ。ナオはナオで、合理主義者だしさ。どっちの言うことも間違ってない。うん。二人とも正しいよ」

那青は昔から、穂高に対して遠慮がない。「種違いの兄妹なんだから、当然」と彼女は言う。

だがそれを言うなら、穂高と一海だって腹違いの兄弟である。遠慮のあるなしは性格の差、と言うのが正しいだろう。

「ところでダカ兄」

一海は掃き出し窓の向こうを指した。

「あれは……というか、今晩のコンセプトはなに？」

「〝おうち居酒屋〟だ」

穂高が胸を張った。

掃き出し窓を一枚隔《へだ》てた庭に、赤提灯が洗濯紐でずらりと吊るされている。

窓ガラスには毛筆のお品書きが何枚も貼られ、ウッドデッキにはビールケースで作ったテーブルと椅子が、すでにセッティング済であった。

笑えるほど大がかりだ。しかし近所迷惑うんぬんの心配はない。

なぜならこの一軒家は、田んぼのど真ん中に建っていた。しかも半径五キロ圏内の田んぼは、九割が親類縁者の所有地ときている。

「コトミ、早く手洗いうがいしてこい」

穂高が洗面所を指す。

「今夜の当店の突きだしは、雷こんにゃくとポテサラだぞ。先に飲み物、頼んでいかれますかー？」

「じゃあ、とりあえず生《ナマ》」

「はいよろこんでー‼ 生一丁入りましたあ」

那青が復唱して冷蔵庫を開ける。

ほんとうちの家族はテンション高いなあ――。つぶやきつつ、一海はジャケットを脱ぐと洗面所へ向かった。

佐桐《さぎり》一海《ひとみ》、二十八歳。

東大出の、俗に言うキャリアだ。すなわち警察官僚である。

二十二歳で警察庁に入庁し、警部補を拝命。警察大学校の初任幹部科で規定の教養課程をこなした。ほかのキャリアと同じく二十三歳で警部になり、本庁で見習いののち、二十八歳で警視に昇進した。

そうして新任警視として、中小規模県である新岡《にいおか》県警の火和《ひにぎ》署長に着任――したのが、今春のことだ。

署長だと知ったときは、当の一海も驚いた。いまどき〝殿様修行〟かよ、と啞然とした。

故郷の新岡県への赴任であるし、てっきり公安課長か捜査第二課長あたりだろうと決めこんでいた。

昔は入庁四年目、つまり二十五歳のキャリアに地方署長をやらせるのは普通だったらしい。しかしたび重なる非違《ひい》事案と、世論の反発であらためたと聞いている。

――二十五歳は駄目でも、二十八歳ならいいのか。欺瞞《ぎまん》だ。

そう悩みもした。ちなみに那青いわく、

「あそこの署は過去にいろいろあって、署長のポストが、その……ね」

だそうだ。

「なに、そのいろいろって」青い顔で一海が訊いても、「そのうちわかるんじゃない」と濁されて終わった。

これはただのお飾り署長だろうな、と覚悟の上で一海は赴任した。

だが結果は、予想以上にお飾りだった。

とにかく暇なのだ。することがない。くる日もくる日も会議とお役所がらみのパフォーマンスと、決済書類の判子押しだけだ。これでは唯一の取り得の、記憶力を発揮することもかなわない。

――ぼくの官僚人生、早くも終わったか。

そう遠い目をしつつ、あき時間に署長室を掃除する毎日であった。最近は「倉庫の書類整理をしようか」「給湯室のカビ取りもしたい」などと考えている。

——まあ出世はともかく、ナオとダカ兄と暮らせるのはラッキーだよな。

うがいを終えて、一海は思う。

国家公務員は、ひとつところにはとどまれない。数年おきに異動になる。だがそれまでは、気の置けない三人暮らしを楽しめそうだ。

濡れた手を振りながら、一海はリビングダイニングに戻った。

掃き出し窓のサッシは全開だった。そして那青と穂高は、早くもウッドデッキに腰かけていた。

ビールケースに布をかけたテーブルには、中ジョッキと突きだしの小鉢が並ぶ。ジョッキはきんきんに冷やされ、仄白く曇っていた。

「いらっしゃーい。ご注文は？」

差しだされたお品書きに、一海は真顔で見入った。

「えー、オイキムチと、出汁巻き玉子……。いやその前に、今日のおすすめは？」

「春キャベツの餃子です」

「じゃあそれ」

よろこんでー、と穂高が立ちあがり、キッチンに向かう。

新崗県警察本部、科学捜査研究所の主任研究員である西野《にしの》穂高《ほだか》、二十九歳。

同県警察本部、捜査一課強行犯係の八島那青《やしまなお》巡査部長、二十七歳。

この中古の二世帯住宅で、一海は彼らと同居していた。

平日の寝泊まりは、むろん署長公舎である。しかし週末はここへ帰ってくる。月曜朝に自転車で出勤、退勤後はまた署長公舎へ……といった具合だ。

——てか官舎や独身寮より、この家のほうが火和署に全然近いもんな。

官舎が遠いってことは、緊急事案すくないんだなあ、と思う。一応火和区だって県庁所在地のうちなのに、とも思う。

二世帯住宅は一階が4LDK、二階が2Kの造りだ。一階が一海と穂高の住まいで、二階は那青のスペースである。

バス、トイレは各階に一式ずつ。水回りは完全に別で、玄関のみ共有の二世帯——のはずだったが、実際は全員がこのリビングに入りびたりだ。

夕飯のあとも三人でサブスクの映画を観たり、それぞれスマホをいじったり、昇任試験の勉強をしたりと、誰一人ここから動かない。

那青にいたっては「いい加減、風呂入って寝ろ！」と穂高に叱られ、渋しぶ二階へ引きあげていくのがお決まりだ。

「一階のお風呂入って、一階で寝ちゃ駄目？　きょうだいなんだからいいじゃん」

と那青は言う。

「いや、ぼくはナオと血が繋がってないけど?」

と一海は思う。

いろいろと突っ込みたいし、注意したい。しかしできない。男として意識されないのは寂しいが、那青に他人だとも思われたくない。

微妙かつ繊細かつ、複雑な男心であった。

4

その事件は、一海が「緊急事案すくないんだなあ」と述懐した数日後に起こった。

殺人事件だった。新崗市火和区の繁華街で、男性の刺殺体が発見されたのだ。

遺体はキャバクラとショットバーに挟まれた、ごく狭い小路に倒れていた。足首から下だけが通りにはみ出ており、あたりは薄暗かった。道行く人はみな、「酔っぱらいだろう」と通り過ぎたという。

だが深夜二時二十分ごろ、一人の男子大学生が遺体の足につまずいた。

大学生は酔っていた。「こんなとこで寝んじゃねえ」と遺体に詰めよった。まわりを浸す黒い液体が汚水でなく、おびただしい血液だと彼が悟ったのは数秒後のことだ。

一連の報せを、一海はその朝に署長室で聞いた。

「うちの管内で殺人ですか？　遺体の身元は？」

「所持品から、すぐに割れました」

答えたのは刑事課長だった。

「国枝徹《くにえだとおる》、四十六歳。勤務先は市内の総合病院。心療内科の心理カウンセラーだそうです。細君に遺体を確認させましたが、間違いないとのことでした」

捜査本部がただちに開設された。

捜査本部長は、火和署長である一海。捜査主任官には、県警本部の課長補佐が就いた。

副主任官は火和署の刑事課長と決まった。

そして本部の捜査一課からは、強行犯係第四班が出張《でば》ることになった。那青のいる班である。捜査の中心を担う、熟練の一個小隊だ。

――ナオが来るのか、よかった。

ひそかに一海はほっとした。

赴任して、初の殺人事件である。見慣れた顔がそばにいてくれるのは心強い。

第一回目の捜査会議は、午後一時からはじまった。

「えー、検視官によれば、国枝徹の死因は刺創による失血死です。凶器はまだ発見されておりません。しかし創口からして長さ十二センチ、刃幅は二から二・五センチの切り出しナイフと思われ……」

火和署の刑事課長が淡々と司会をする。

捜査本部が設営されたのは、一階の講堂だ。プロジェクタスクリーンに、遺体の写真が大写しになっている。

幹部である一海は、いわゆる雛壇席《ひなだんせき》からそれを眺めた。

角度的に見づらい。しかたなく椅子ごと動かし、スクリーンを見上げた。近すぎてやっぱり見づらい。

「左頸部に、刺創一箇所。左下腹部に、刺創三箇所。右下腹部に、刺創二箇所。左大腿部に、切創一箇所……」

刑事課長が無表情に読みあげていく。

要するに滅多刺しだ。直接の死因は左頸部の創と思われる。だが被害者が抵抗できなくなったあとも、執拗に刺していた。

「財布は遺体の内ポケットに入っており、現金約三万七千円とカード類は無事でした。ただし被害者名義のスマホを、現場周辺から発見できておりません。おそらく犯人が持ち去ったものと思われます」

目撃者、なし。有力な微物や下足痕の検出なし。

現場は昔ながらのごみごみした繁華街で、防犯カメラを設置している店は、半径二キロ以内にはなかった。

——どう考えても怨恨だよな。

口の中で一海はつぶやく。金は盗らずに、滅多刺し。小学生でも「恨みがあったのね」とわかる犯行だ。

「なにかご質問は？」

「はい」

刑事課長の問いに、那青が手を挙げた。

「被害者は心療内科に勤務する心理カウンセラーだそうですね。寡聞《かぶん》にして存じあげませんが、カウンセラーと心療内科医とはどう違うんでしょうか？　患者との接しかたなどに、差異があるんでしょうか」

刑事課長が一瞬まごつくのがわかった。

一海は「よかったら、ぼくがお答えします」と挙手した。

刑事課長からマイクが渡る。

「えー、心療内科医は医師ですから、あくまで主眼は治療です。症状に合わせて抗鬱剤や睡眠薬を処方したり、経過観察したりですね。心理カウンセラーのほうは、俗に言う〝癒し〟がメインでしょうか。クライアントの話を聞き、問題をともに考え、悩みを解きほぐしていくのが仕事です。相手を患者でなく、クライアントと呼ぶのも大きな特徴でしょう。患者と医者でなく、あくまで顧客と提供者の関係なんです」

捜査員の間から「ほう」「なるほど」とざわめきが湧く。場に広がる納得の空気に、一海は胸を撫でおろした。那青のやつ、ぼくに花を持たせたな、と内頰を嚙む。

とりあえず、火和署員の前で恥をかかなくてよかった。講堂には刑事課だけでなく、地域課や生安課からかき集めた署員が六十人ほど集まっている。

「あのう、火和署に捜査本部《チョウバ》が立つのって、何年ぶりです?」

一海は隣の副署長にささやいた。

副署長が首をひねる。

「えーと……六年? いや、七年ぶりですかね……」

「殺人でしたか?」

「いえ、そのときは連続強盗事件でした」

——では平和な町に、ひさびさの殺人事件か。

着任早々これって、ぼくが事件を呼びこんだような気分、と一海は思った。疫病神と思われなきゃいいけど、とも懸念した。

どうにも人の目が気になる、小心者であった。

三日後の週末、一海は穂高の待つ二世帯住宅に帰った。那青もひとまず帰宅した。署に連日泊まりこむほど、まだ進展がないためだ。

「遺体から毒物や薬物の検出はなかったぞ。アルコールはあり」

ミトンの鍋つかみを着けた穂高が言う。

「ちなみにアルコールの血中濃度は〇・一三。そこそこ酩酊期だな。よけいなことを言って、相手をかっとさせてもおかしくない濃度だ」

彼がオーブントースターから取りだしたのは、ぐつぐつとチーズが泡立つグラタンだった。春らしく、具は新じゃがと菜の花と鶏肉である。副菜はきんぴら蓮根と、アスパラの甘酢和えが小鉢で出された。

「なあ、早くオーブンレンジ買おうぜ。あの遠赤外線タイプでいいだろ？」

「いくらするの、それ」と那青。

「十三万二千円」

「却下。全員で負担するんだよ？　公務員の安月給に見合わない。グラタンだって、このトースターで充分焼けるじゃん」

「いやいや、最新式ならグラタン皿が一気に三つ入るんだぞ？　見ろ、出来あがり時間がまちまちだから、コトミが食いづらそうにしてる」

「えっ、ぼくはべつに」

一海は手を振った。ついでに、あらためて眼前の二人を眺める。

――ナオもダカ兄も、ほんとおばさんそっくりだなあ。

おばさんとは、美女の誉《ほま》れ高い二人の実母である。目もとは涼しく、鼻梁《びりょう》が高い。しかも長身でスタイルまでいい。冴えない一海とは似ても似つかない。

「まあ出来あがりが揃わなくても、取り分けながら食べればいいじゃない。はい、かんぱーい」

那青がビールのグラスを掲げた。

グラタンは舌が焼けるほど熱く、とろとろだった。ほろ苦い菜の花が、鶏とチーズの脂をうまく中和する。さらにアスパラの甘酢和えが、熱でだるくなった舌をさっぱりさせてくれる。

「……で、話を戻すが」

グラスを置き、穂高が言った。

「朗報もあるぞ。遺体から、マル害以外の血液を検出できた。分析はこれからだが、今後犯人を捕まえた際、DNA型その他を決め手にできるだろう」

「血か。ナイフをふるったとき、手を傷つけたね」と那青。

「あんだけ滅多刺しにすりゃあ、当然だ。血で滑って、自分の掌まで刃で傷つける。よくあることだ」

「Y染色体の有無も調べてくれるよね？」

一海が尋ねた。

「犯人の性別がわかれば、容疑者もある程度絞りこめる。もちろん一両日中には無理だろうけど、なるべく早く……」

言いかけた声を、かん高い着信音がかき消した。

那青のスマートフォンだ。

「はい八島です」

瞬時に顔を引きしめ、那青が応答する。

「コト――佐桐署長でしたら、隣にいます。伝えます」

第四班の班長だな、と一海は察した。この三人の同居を知るのは一部の幹部と、那青の直属の上司だけである。

しばらし上司とやりとりしたのち、那青は電話を切った。

「コトミ、知久《ちく》亮真《りょうま》の情報が入った」

「誰だそれ？」

問いかえしたのは穂高だ。

那青が兄を見て答える。

「今日の敷鑑二班の報告から、捜査線上に浮かんできた男。マル害の現行クライアントの中に、連絡の取れない男性がいるってことでね。調べてみたら弁当持ちだったの。それが知久亮真」

弁当持ちとは、執行猶予中の意味だ。那青はつづけた。

「知久は去年まで関東在住の、電気工事士。満三十二歳。ただし素行に問題があって、直近十年の間に、三人の女性にストーカー行為をはたらいた。一人目と二人目は示談で済んだけど、三人目で裁判沙汰になったの。なんとか執行猶予が付いたものの、会社に居づらくなった知久は退職。親戚を頼るかたちでこの火和区に越してきて、マル害のクライアントになったってわけ」

「ストーカーか」

穂高が唸った。

「じゃあ知久は、自分のストーキング衝動を制御するため、カウンセリングに通いはじめた、ってことでいいのか?」

「たぶんね。でも病院側は守秘義務を理由に、カルテの開示を拒んでる」

那青はテーブルにスマートフォンを置いた。

「画像も送ってもらえたよ。見て、これが知久亮真」

一海は液晶を覗きこんだ。

ごく普通に見える男性であった。バーベキュー中に撮ったのか、スタンドタイプのコンロの横に立っている。コンロとの比率からして、体格は中肉中背だろう。顔に貼りつけた笑みが、いかにも気弱そうだ。

「いかにもヤカラな男より、こういうDV男のほうがじつはヤバいんだよな」

穂高が言った。

「チャラ男系のヤバさとは、ヤバさの種類が違うというか」

「ダカ兄の言いたいことは、わかる」

那青がうなずいて、

「まさに知久は、そういう系のヤバい男だったみたい。ホモソ全開の〝うえーい系〟じゃなく、自分の中に暗い衝動を抱えたタイプね。ちなみに被害者は三人とも既婚女性で、知久の勤め先の顧客だった」

「で、その知久とは、いまだ連絡は付かない？」

「付かないし、現在進行形で行方不明。会社はここ四日無断欠勤で、スマホの電源を切ってるのか、GPSもたどれない。アパートに帰った形跡もなし」

嘆息する那青の横で、オーブントースターがチンと鳴った。


翌朝の捜査会議では、さらに詳しい知久の情報が知れた。

知久がストーキングした三人の女性は、下が三十八歳、上が四十二歳。全員がきりりとシャープな顔立ちで、ストレートロングの黒髪だった。

「公判記録によれば、知久は法廷で『我慢できなかった』という言葉を何度も使っています」

司会の刑事課長が言う。

「『彼女を見ると、我慢できませんでした。はじめて会ったときからです。でも目をそらすこともできなかった。すこしでも空き時間ができると、見に行かずにいられませんでした』……というふうにです」

機材を置くスペースを確保すべく、早くも雛壇は講堂から撤去済みだ。

というわけで、一海は最前列に着いていた。

通常ならば捜査本部長は第一回会議にだけ顔を出し、あとは主任官に全権を任せるものだ。それくらい一海とて知っている。刑事課長と主任官がやりづらそうなことも、煙たがられていることも承知である。

だが、あえて一海は居座った。

——いたっていいはずだ。だって捜査本部の〝長〟なんだから。

そして若輩者ながら警視の一海に、物申せる者はこの場にいない。主任官と刑事課長の階級は、ともに警部だ。日本の警察組織は完全なる縦割り社会で、すべてにおいて序列がものを言う。

——ぼくも捜査に参加したい。

一海は心から思った。

――だって署長室に、もう掃除できる箇所はない。

そして決済の書類は、午後から判押しをはじめても余裕で間に合う。というわけで、その日の一海は敷鑑一班――つまり那青たちについて行こうと決めた。

「ぼくも行っていい？」

まず那青に尋ねる。

「そうですね。……魚住《うおずみ》部長さえよろしいなら」

那青は敷鑑一班の相棒を見上げた。

「え、おれか⁉」

いきなり話を振られ、ベテランの魚住巡査部長がうろたえる。しかし「駄目です」とは言わなかった。当然だ。火和署員の彼が拒めるはずもない。

呆れ顔の副署長に、一海は「逐一報告します」と約束し、火和署を離れた。

三人がまず会いに行ったのは、知久の伯母であった。

知久が帰郷後、〝頼るかたち〟で身を寄せたという当の親戚である。亡父の実姉だそうで、郊外の一軒家に夫と二人暮らしであった。

「……亮真に問題があることは、前からわかってました」

眉を曇らせ、伯母は語った。

「あの子は、わずか四歳で母を亡くしましてね。その後はわたしができるだけ世話をしました。でも亮真が九歳のとき、弟が再婚しまして」

その後は新婚夫婦の邪魔にならぬよう、彼女は知久家から一歩も二歩も距離を取ったという。

「亮真と後妻さんの仲は、一見問題ないように見えました。でも家庭というのは、密室ですからね。中でなにが起こっているか、当事者以外にはわからないものです。いまも亮真は話したがりませんが、まあ、なにがしかの軋轢《あつれき》はあったようです」

「それは継子いじめとか、虐待といったことですか？」

訊いたのは那青だった。

伯母が首を横に振る。

「虐待というほどのことは、なかったはずです。たとえば体に痣《あざ》があったとか、不自然に痩せてきたとか、そんなことがあったら周囲が気づきますもの。亮真は服も髪も清潔で、肌もきれいでした。わたしが世話をしていた頃より、見栄えしたくらいです。でも、なんというか……亮真の彼女に対する態度が、ね。よそよそしいというか、心の壁があるというか」

「でもまあ、そのくらいは普通ですよね」と一海。

「言いかたはあれですが、なさぬ仲なのはほんとうですし」

「そうなんです。完全に打ちとけられなくて当たりまえ、と思っていました。うちの子たちの受験とも重なって、わたしは亮真に目配りしてあげられなかった。いまとなれば、申しわけないです」

知久の父と後妻が離婚したのは、彼が高二のときだ。

「離婚の理由は、教えてもらっていません。訊かれるのを弟がいやがりましてね。でも雰囲気からして、後妻さんの男性関係のようでした」

知久は高校卒業後、関東で就職した。

働きながら電気工事士の資格を取り、いたって順調に見えたという。伯母のもとへはひんぱんに電話やメールを寄越した。一方、父親とは疎遠にしていた。

しかし知久がおかしくなったのは、皮肉にもその父親が亡くなって以後だった。

訃報を、知久は二十一歳の冬に聞いた。交通事故であった。

その告別式から半年後、知久ははじめての問題を起こす。

女性に一方的に付きまとい、通報されたのである。

相手は三十代後半の既婚女性だった。知久がエアコンの設置工事で赴いたのをきっかけに、付きまといがはじまったという。

「いわゆるストーカーというんでしょう。あとを尾けたり、庭に入って家の中を覗いたり、ポストに脅迫状を入れたりしたようです」

伯母は洟を啜った。

「わたし、慌てて駆けつけました。向こうさまに誠心誠意謝り、弁護士も雇いました。なんとか示談で済みまして、『二度と近づかない』と念書を書いて解決したんです。なのに……」

六年後の秋、彼はふたたび問題を起こした。

「やはりストーカー騒ぎでした。相手は同じく、修理工事に訪れた家の奥さんです。わたしはそのときも駆けつけて……。前回は目をそむけた事実に、さすがに向き合わざるを得ませんでした」

「その事実とは?」一海は尋ねた。

苦しそうに、伯母は答えた。

「被害者がお二人とも——例の後妻さんに似ている、という事実です」

後妻が離婚で知久家を去ってから、すでに十年以上が経っていた。いまだに彼の心は癒えていないことを、痛感させられたと伯母は言う。

ともあれ二度目も、弁護士の尽力で示談が成立した。念書とわずかな慰謝料で、片を付けることができた。

だが、二度あることは三度あるだ。

四年後に、知久はまたもストーカー行為で通報された。しかも相手方が示談を呑まず、裁判にもつれこんだ。

判決は懲役一年、執行猶予三年。

ただちに刑務所行きでなくとも、司法に「有罪」と断じられたわけだ。その余波と、ダメージは大きかった。

「それで亮真は会社を辞め、こちらに戻ったんです。さいわい働き口がすぐ見つかりまして、うちの近くにアパートを借りて……。そこまでは、よかったんですが」

伯母は眉根を寄せた。

「どうしたんです？」一海がうながす。

伯母は、絞りだすように言った。

「……あの子……。自分で自分の両目を、つぶそうとしたんです」

しかし、やりとげることはできなかった。血を流しながら部屋から這い出た知久を、発見した隣人が一一九番通報したのだ。

救急搬送された知久は、病院でこう語った。

――なにも見えなくなれば、衝動を殺せると思った。

――刑務所には行きたくない。でもまた〝出会って〟しまったら、ストーキングせずにいられる自信もない。

——おれは、自分が怖い。

さいわい失明はまぬがれた。傷がある程度癒えた頃、知久は同病院の心療内科を紹介された。そして彼を担当したカウンセラーが、殺された国枝徹であった。

「亮真は『カウンセリングの先生が、すごくいい人なんだ』と言ってました」

伯母はうつむいた。

「あの子が先生に、なにかしたとは思えません。でも三日以上連絡が取れないなんて、いままでになかったことです。だから……いやな予感が、ぬぐえなくて」

語尾が、涙でせつなくかすれた。

伯母の家を出て、一行はしばし歩いた。自動販売機の前で一海が立ちどまる。

「あの、なにか飲みません？　ついてくるのを許してくださったお礼——にしては安すぎますが、一本奢ります」

「コトミ。そんな気を遣わな……」

遣わないで、と言いかけた那青が、はっと息を呑む。

「コトミ？」隣の魚住が首をかしげた。

「あーっと、じつはぼくら、親戚なんです」

一海は慌てて口を挟んだ。

「ぼくは子どもの頃、チビだったものでね。『小《ち》っちゃなヒトミちゃん』の略で、みんなにコトミと呼ばれてたんです」

　魚住が無言で二人を見比べた。微妙な間が流れる。

「わかってます」那青が首を縮めた。

「親戚とはいえ、署長に対してあまりに不敬ですよね、今後はこのようなことのないよう、心してあらため……」

「あーいやいや、いいんだ。ナオはそのままでいいの」

　一海は両手を高速で振った。魚住に向きなおり、両掌を合わせる。

「あの、そういうわけなんで、さっきのは聞かなかったことにしてもらえませんか。プライベートの延長でお聞き苦しかったとは思います。ですが、なにとぞご勘弁を」

　一海はひたすら平身低頭した。

　ぽかんとしていた魚住が、

「……いやあ、意外です」

　とついに笑いだす。

「新署長が東大出のおキャリアさまと知って、どんな偉ぶったエリートかと戦々恐々だったんですよ。まさか、こんなに腰の低い人だとは」

「二十八年生きてきて、ぼくは他人に偉ぶれたことは一度もないです」

そして今後もないと思います――。一海は半目で言った。本心であった。もっとも自分に縁遠い言葉だ、とさえ思う。

「それより、なにを飲まれますか？　ぼくと同じので、とは言わないでください。ほんとうに本心から飲みたいやつをお願いします」

「では無糖のコーヒーを」と魚住。

「わたしは緑茶」那青が言った。

「無糖のコーヒーと緑茶ね。じゃあぼくは、恥ずかしながら炭酸のオレンジを……」

千円札を投入口に入れ、一海はボタンを押した。

缶コーヒーが転げ出るのと同時に、那青のスマートフォンが鳴る。

「捜一、八島です。……了解です。向かいます」

通話を切って、彼女が二人を見やる。

「捜本からでした。地取り二班が隣人から『マル害夫婦は不仲だった。離婚寸前だった』との証言を引きだしたそうです。位置情報からして、わが班が一番国枝家に近いので向かいましょう」

十分と経たず、一行は国枝家に着いた。

国枝徹の妻、理香子とは玄関前ではち合わせた。ちょうど出かけるところだったらしく、よそ行きのいでたちだ。

「あら、また警察の方《かた》？　明日じゃあ駄目ですか？」

理香子を見た瞬間、一海は思わず那青と顔を見合わせた。

きつね顔というのだろうか、切れ長の目が特徴的なクールビューティだ。ストレートの黒髪が背中のなかばまで届いている。タイトなパンツスーツに身を包み、四十四歳のはずだが三十代後半に見えた。

――知久亮真の〝好みのタイプ〟ど真ん中じゃないか。

しかも彼女は、右手の掌に大きな絆創膏《ばんそうこう》を貼っていた。美しい装いの中で、肉色の絆創膏が野暮ったく浮いている。

「その手、どうなさったんです？」

一海は直球で訊いた。

「ああ、これ？」

理香子が右手を上げ、顔をしかめる。

「不注意で切っちゃったんです。馬鹿みたいですよね。自分じゃ精いっぱい冷静なつもりでも、やっぱり動揺してるんでしょう」

「では、手短に済ませますね。五分だけお時間いただけますか」

那青が慇懃《いんぎん》に言う。

「ちなみに、どちらへ行かれるんです？」

「病院へ御挨拶にです。今回のことで、各所へご迷惑をおかけしましたから。遺体も返していただけないことですし、せめて告別式の前に、誠意をお見せしないと」

言葉の端に皮肉が滲んだ。

聞こえなかったふりで、那青がスマートフォンを取りだす。

「こちらの男性に見覚えはありますか？」

画面には、知久亮真の画像が映しだされていた。

目をすがめ、理香子がうなずく。

「ああ、床暖房の点検に来てくださった人ね。その後もご親切に、何度も来てくださいました。いまどきの会社は、アフターサービスがしっかりしてますね」

「なにか彼と、お話などされました？」

「話？　さあ、天気のお話ならしたかしら。暑い日に、ジュースくらいは渡したと思いますが？」

表情にも口調にも怯えはない。ストーキングされていなかったのか、それとも彼女が気づかなかっただけか……と一海はいぶかった。

「なるほど。ありがとうございます」

魚住は穏やかに首肯して、

「――ところで、国枝さんと離婚のお話が出ていらしたとか？」

ずばりと切り込んだ。

虚を衝かれ、理香子が息を呑む。目に見えて顔いろが変わる。

「誰がそんなことを」

「ま、そこはいいじゃないですか」

魚住がいなす。理香子の赤い唇が、一瞬大きく歪んだ。

だがそれもつかの間だった。

諦めたように、彼女はふっと息を吐いた。

「そりゃあ……十年以上も結婚していれば、いろいろあります。お互いのいやな部分だって見えてきて当然でしょう。確かに離婚話が出たことはあります。でも言っておきますが、あくまで夫婦喧嘩の域を出ませんでした。弁護士を頼むだとか、そういった具体的なことは、いっさいなかったんです」

「ちなみに、旦那さんのどういったところが〝いやな部分〟だったんです？」

「それは、まあ、あれですよ」

理香子は言葉を濁してから、

「若い頃は、引っぱっていってくれる彼が男らしく見えました。でも結婚してみて、独善的なだけとわかったんです。彼、カウンセラーになんか向いてませんでした。相手に共感するんじゃなく、口先で丸めこむタイプでしたもの」

一転してあけすけに言う。後ろ暗い点がないからなのか、ひらきなおっているだけかは、まだわからなかった。

「事件当夜は、どこでなにをしておられました？」

「何度も言ったように、家にいました」

「お一人で？」

「もちろん一人です。子どもはいませんし、夫はあの日帰らなかったんですから。というか夫婦二人だけの家に、誰かいるほうがおかしいのでは？」

憤然と理香子が言いかえしたとき、門扉の前に車が停まった。

横づけされたのは、黒のセダンだった。有名なエンブレムからしてベンツだ。だが運転席から降りてきたのは、ベンツマークに不似合いな若い女性であった。

「奥さま。お迎えに上がりました」

「ああ、ありがとう。いま行くわ」

彼女に応えてから、理香子は一海たちに向きなおった。

「夫の秘書の石塚《いしづか》です。——石塚さん、こちら、警察の方たち」

「お疲れさまでございます」

深ぶかと頭を下げた石塚は、二十代なかばに見えた。

切り揃えた厚めの前髪に、色のついていない唇とまぶた。体形を隠す、かっちりした紺のスーツ。すべてにおいて理香子と好対照だ。

だが一海が注目したのは、彼女の初々しい顔ではなかった。右手に巻かれた、白い包帯のほうだった。

「その手、どうされました？」

尋ねると、石塚は苦笑いした。

「うっかりして、包丁で……。でも見かけほどたいした傷じゃないんです」

「あなたも、夫の事件がこたえているのよね」

理香子がしんみりと言う。

「しばらくは気を付けなさいな」

セダンに乗って去る二人を見送ってから、一海たちは顔を見合わせた。

「妻と秘書、二人ともが手に怪我、か……」

「偶然でしょうか。まさか共犯関係？」

「遺体から検出された血液は、マル害ともう一人のぶんだけでした。片方は、ほんとうにただの怪我じゃないかな」と一海。

「それにしても、理香子さんにはびっくりしましたね。知久の好みそのまんまだ」

一海の言葉に、魚住が目もとをゆがめた。

「お恥ずかしいことに、知久の被害者たちと理香子の相似に、いまはじめて気づきましたよ。……遺体を確認しに来た日の理香子は、ノーメイクに黒縁の眼鏡でした。髪も、後ろでひとつに結んだだけだった」

「知久の存在が浮上する前に会われたんだし、そこはしょうがないですよ」

一海が取りなす。

だが、魚住はがしがしと頭を掻いた。

「三班と会ったときの理香子も、ノーメイクだったんじゃないですかね。よそ行きの姿は今日が初お目見えか。しっかし化けますな、たいした厚化粧だ。女ってのは、だから信用できな……」

「魚住さん」

一海は急いで制した。

視界の隅で、那青が口を引き結ぶのが見えたからだ。あきらかに、反論しかけてやめた顔つきだった。

「ああいや、失礼」

魚住も失言に気づいたらしく、咳払いする。ごまかすように早口でつづける。

「ともかく、理香子のもろもろは気になりますが、知久が無関係とも思えません。不倫関係になった二人が、共謀して国枝を殺したという線は充分にあり得ます」

「ぼくも知久は臭いと思います。ひきつづき、並行して追うべきでしょう」

一海は同意した。

「ですよね」


次いで三人は、非番の心療内科医に会いに行った。

四十一歳の女医は、生前の国枝ともっとも近い同僚だった。名を金城《かねしろ》という。優雅な独身で、高級分譲マンションの最上階に住んでいた。

驚いたことに、彼女もまた手を怪我していた。ただし左手である。

「本棚を組み立てようとして、金づちでやってしまったんです」

と金城は語った。

――だが利き手じゃないからといって、除外はできない。

非力な女性なら、刺すときは両手を使う。刃が血で滑った場合、どちらの手を傷つけてもおかしくなかった。

非番ゆえか金城はノーメイクだった。しかし化粧の有無にかかわらず、彼女は知久の好みからはっきりとはずれていた。

まず髪が短い。少年のようなベリーショートである。そして知久の被害者たちはスリムだったが、金城はぽっちゃり気味であった。

「おまわりさん、犯人の目星は付いたんですか？」

金城はのっけから刺々《とげとげ》しかった。

「一刻も早く捕まえてください。よりによって国枝先生が、あんな……。わたし、恐ろしくて夜も眠れません。これ以上、凶悪犯を野放しにしないで」

「落ちついてください」

魚住は彼女をなだめた。那青がスマートフォンで知久の画像を見せる。

「ああ、知久さんね」

金城は涙目でうなずいた。

「外科からの紹介で、こちらにまわされてきた方です。最初はわたしが診る予定でした。でも本人の希望で、国枝先生の担当になりました。……守秘義務がありますので、詳細はお話しできませんが」

「わかっています。ですが、今回の事件に関する質問にはお答えください。知久に、ストーカー行為での前科があることはご存じでしたか？」

那青が問う。金城は言いづらそうに答えた。

「はい。それは、まあ」

「失礼ですが、彼があなたに付きまとい行為をしたことは？」

「わたしに？　まさか。あり得ませんよ」

「ではあなた以外ならどうです？　彼は最近も、誰かにストーキングしましたか？　もしくはストーキングしたいとの衝動を抱いていましたか？」

「それは……、お話しできません」

守秘義務がありますから、と金城は繰りかえした。次いで顔を上げる。

「警察は、知久さんを疑ってるんですか？」

「その問いにはお答えできません。理由はおわかりでしょう」

那青がきっぱり言う。

言いかえされたかたちの金城は唇を噛み、

「彼より、奥さんを調べたほうがいいですよ」と吐き捨てた。

「奥さんとは、国枝理香子さんのことですね？」

「もちろんです。知久さんには国枝先生を殺す動機なんて、ありませんもの。彼は先生を信頼しきっていました。でも奥さんは違います」

「理香子さんには動機があった、とおっしゃりたい？」

「ええ。ご夫婦仲は冷えきっていました」

金城は断言した。

「国枝先生は一人っ子ですし、子どももいない。ご両親だってとうに鬼籍です。先生が亡くなれば、不動産も預金もすべて奥さんが相続するんです。これで愛が消えたとなれば、動機は十二分じゃないですか？」

「ではあなたは、同居の奥さんがわざわざ繁華街の路地裏まで国枝さんを呼びだし、ナイフで滅多刺しにした、とお考えで？」

わざと意地悪く魚住が問う。金城はふんと鼻を鳴らした。

「自分が疑われづらい状況を、あえて作ったのかもしれません」

「ま、邪推すればきりがないですな」

挑発的に、魚住が口の端を上げる。

金城はまんまと声を荒らげた。

「国枝先生の総資産が、どれほどあるかご存じないんですか？　あれだけのお金が手に入るなら、ちょっとくらい面倒な計画だって喜んで立てますよ。稼ぎのない専業主婦なら、なおさらでしょ！」

「理香子さんがお嫌いのようですね」

「とんでもない」

金城が鼻から息を噴く。

「ただ国枝先生は、デリケートで複雑な方でしたからね。あの奥さんには、とうてい理解しきれなかったでしょう。そこから夫婦の齟齬《そご》が生まれるのは、ごく自然なことと思います」

自分なら国枝を理解できた、と言わんばかりの語調だ。

「理香子さんとは、よく会われました？」

「よく、と言うほどじゃありません。でも医局のイベントなどでは顔を合わせましたね。家族ぐるみで参加するのが、お決まりのイベントです」

「慰安旅行のようなものですか？　それとも立食パーティとか？」

「そんな堅苦しい行事じゃありません。たとえば去年の秋には、紅葉を見ながら河原でキャンプでした」

金城がスマートフォンを手に取り、操作してから画面を掲げる。

液晶には、山を背景に撮った団体写真が表示されていた。

フリックするたび、画像が切り替わる。国枝徹の笑顔、理香子と石塚秘書、国枝と金城のツーショット等々だ。

「素敵な写真ですね」

一海はひょいと割って入った。

「とくに紅葉がよく撮れてる。ああ、テントはコールマンじゃないですか。これって高いんですよね。いいなあ、ぼくも秋にキャンプ行きたかったな。このデータ、いただいていいですか？」

「え？　あ、ええと」

突然割りこんだ学生じみた男に、金城が目をしばたたく。

彼女が毒気を抜かれているうちに、「いただいていいですか?」駄目押しのように那青が迫った。その後はなかばごり押しで、LINEに画像を送付させた。

「ところで」

場を仕切りなおし、魚住が尋ねた。

「金城先生。あなたは事件当夜どこにおられました?」

「退勤後は……、ええと、行きつけの中華料理屋で食事をしました」

咳払いして金城が言う。

「店を出たのは九時ごろだったと思います。支払いはクレカでしたから、どうぞ照会してください。その後は帰宅して、部屋に一人です。カード履歴と同じく、マンションの防犯カメラの録画を確認してくださいい。わたしはいっこうにかまいませんよ」

すらすらとよどみない答えだ。

あきらかに、事前に用意された返答であった。

その三十分後、一海は那青たちと暮らす一軒家へ自転車で向かっていた。着替えが足りなくなったのだ。

署長公舎には最小限の私物しか置いていない。どうせ一軒家と署は、距離にして一キ口強だ。舗装された農道をまっすぐ走っていけば、五分で着く。

ペダルを漕ぎながら一海は思った。

——なんか、もやもやするんだよな。

署を離れたのは、気分転換のためでもある。着替えがほしいのはほんとうだが、それ以上に頭を切り替えたかった。

——なにか、うまく思いだせていない。そんな気がする。

海馬の隅で、記憶の抽斗《ひきだし》が疼いている。気配でわかる。だがその抽斗の把手《とって》に、ぎりぎりで手が届かない。

——なぜ思いだせないいんだろう。記憶力だけが取り柄のぼくが。

自転車を門扉の前に停め、一海はわが家に入った。

玄関の三和土に、同じく科捜研に詰めているはずの穂高の靴があった。

「ダカ兄、どうかした？」

声をかけながらリビングに入る。穂高が振りむいた。

「おうコトミ。遅い昼休みだな」

「いや、ぼくは着替えを取りに」

「おれは包丁セットを取りに来た。火和署の捜本で炊き出しをやると聞いて、立候補したんだ。六十人ぶんの飯となりゃ、使い慣れた道具でないとな」

「炊き出しかぁ。外まわり中は立ち食い蕎麦か、牛丼ばっかりだもんね」

「ああ。ビタミン不足で脚気《かっけ》になられちゃまずい。おれがみんなに美味い豚汁と、春野菜カレーを食わしてやろう。……あ、そうだ」

穂高が手を叩いた。

「科捜研から朗報が二つあるぞ。まずは一昨日の夕方、知久が西区のコンビニの防カメに映っていた。そこを拠点に周囲の防カメとドラレコ映像を突き合わせ、やつの後足を追えそうだ」

「よかった」

一海は胸を撫でおろした。

「知久の居場所がわかれば、捜査はかなり進展するよ」

「二つめの朗報。情報分析係が知久のSNSアカウントを突きとめた」

穂高が指を二本立てて言う。

「フォロワーゼロの壁打ちアカだったがな。内容はほとんど独り言というか、心情の吐露《とろ》だ。それによれば、知久のストーキングのターゲットは二人いた」

「二人？　並行して同時にってこと？」

「ああ。だがさすがに実名じゃなく、AとBで表記されていた。ディテールからして、Aは国枝理香子で確定だ。ただしBのほうは〝病院勤務で、K先生の身近な存在〟としか情報がない」

「K先生……。国枝徹先生か」

「だろうな。ちなみに知久は、すでに一回Bを襲っている」

「は⁉」

一海はぎょっと目を剝いた。

「襲ったって、それどういうこと？」

「まんまの意味だ。SNSにそう書いてあるんだよ」

穂高が肩をすくめる。

「さいわい逃げられて、未遂に終わったようだ。知久は諦めるどころか〝次こそ仕留める〟と意気込んでいた。どうやらAよりも、Bに対する執着心のほうがはるかに強い」

「K先生を殺した、という自白は？」

「そういった投稿はなかった。というか、最後の更新が六日前なんだ。国枝徹の死亡よりも前だから、やつの犯行かは未確定のままだな」

「そっか……」

一海は声を落とした。

「ひとまず国枝家の警護を増やすか。でも、肝心のBが誰かわからないんじゃ……」

できることなら知久のアパートを捜索したい。しかし令状が取れるほどの物的証拠は皆無であった。

眉根を寄せ、己のこめかみを爪でこつこつ叩く一海に、

「どうした？」

穂高が尋ねた。

「それ、思いだせないときのコトミの癖だな。なにかあったか？」

「あった、と思う。でもそれがなんなのか、わからないんだ」

一海は今日見聞きしたことを早口で説明した。

持ち前の記憶力で、彼は他人の言葉をほぼ完璧に再現できる。多少は端折ったものの、かなり詳細に話した。

ひとくさり聞き終えた穂高が、「ふうん」と唸って顎を撫でる。

「金城からもらった画像、おれにも見せてくれるか？」

一海はスマートフォンを兄に差しだした。

画像をすべて視認したのち、穂高はずばりと言った。

「国枝は、秘書の石塚と不倫してたな」

「え？」

「距離でわかる。こいつは、なにもない男女の距離感じゃない」

「そ、そうかな。でも言われてみればそうかも……」

彼女いない歴二十八年の一海は、精いっぱい画面に目を凝らした。

「でもほら、国枝は金城さんとも距離が近いよ？　こっちはどうなの？」

「これはアルコールが入ってるのと、やましいことがないからこそ近寄れるパターンだ。石塚に対する態度とははっきり違う。石塚といるときの国枝は、細君もいる場で愛人といちゃつく背徳感を楽しんでる。表情と目でわかる」

「そ、そっかあ……」

正直、まったくわからない。だがわかったふりで一海は首肯した。

「じゃあ心療内科医の金城さんは、ただの片思い？」

「だな。理香子への敵意といい、言葉の端々に匂う感情といい、彼女が国枝に恋していたのは間違いない。だが国枝のほうは眼中になかったようだ」

穂高は指で画像を示した。

「ほら、国枝の目線はつねに妻をうかがうか、石塚を見ているかだ。奥さんが『カウンセラーに向いてない』と言ったのは、案外憎まれ口でもなかったな。心の動きが、だだ洩れだ」

「……ダカ兄」

一海は観念し、「じつはもうひとつ、知恵を貸してほしい」と頭を下げた。

「なんだ？」

「理香子さんと会った直後のことだ。魚住さんは『よそ行きの姿は今日が初お目見えか。しっかし化けますな、たいした厚化粧だ』と言った。そのときナオは、なにか言おうとしてやめた。ぼくはてっきり、女性差別的な発言に抗議しかけたのかと思ったんだ。でもいま思えば、そういうことならナオは堂々と反論したはずだ。言いたかったのは、もっとほかのことだったんじゃないかと」

「あー、それか」

穂高が腕組みする。

「おれが思うに、たぶんこういうことだろうな……」

たっぷり一分半、一海は兄の説明を聞いた。そして聞き終えたときは、呆然としていた。

「……ダカ兄、なんでそんな知識持ってんの？」

「なんでってそりゃ、それなりに女性を見てきたからな」

一海の胸に「さすがダカ兄」という讃嘆と、「モテ自慢かよ！　訊かなきゃよかった」なる後悔が同時に押し寄せた。兄のことはもちろん好きだ。だがモテ男の経験談ほどつまらなく、しんどく、忌々しいものはこの世にない。しかし――。

――しかし待て。今日だけは違うぞ。

一海は己に言い聞かせた。

この情報はきっとためになる。うまくいけば、記憶の抽斗に手が届く。

穂高に向きなおり、一海は言った。

「ごめんダカ兄。いますぐ科捜研に戻って、やってほしいことがある。炊き出しに意気込んでるとこ、ほんとごめんだけど――……」


新崗市火和区の地名は、三十年ほど前までは〝火和町〟であった。

そして城下町だった名残りで、いまも細い道が多い。掘割《ほりわり》と門構えを残すばかりの城跡を、入りくんだ小路がくねくねと取りかこむ。その昔、敵が城まで容易にたどり着けぬよう、迷路のごとく張りめぐらせた道だ。

その小道の一本を、彼女は歩いていた。

甘やかな春の夜闇が、あたり一帯を包んでいる。

東京ではとうに満開の桜も、こちらは三分咲きといったところだ。昨日まで温かだったのに、今日はぐっと冷えこんだ。いわゆる花冷えというやつだろう。

時刻は午後九時近かった。

規定の業務時間を終えたあとも、こまかい雑用を片づけたり、看護師の雑談に付き合ったりをこなすだけで、瞬く間に時は過ぎる。病院の近くでかるく食事を済ませ、外に出れば、たいていいつもこの時刻だ。

――そろそろだと、思うんだけど。

ひとりごちながら彼女は歩く。

――昨日も一昨日もなにもなかった。でも、そろそろだと思う。

道の右側は、城跡の掘割が数メートル先までつづいている。左側には古い個人医院や、とうに閉店した個人商店の跡地などが立ち並ぶ。

人気《ひとけ》はない。この時間帯にこの道を歩く者は滅多にいない。

コンビニは遠く、国道も遠い。田舎は車社会ということもあって、徒歩通勤する女性は珍しい。そして彼女が住むアパートまでは、まだ七百メートル以上あった。あたりを照らすのは、頼りない街灯だけだ。

新たな歩を踏みだしかけ、彼女はぎくりとした。

――後ろに、人がいる。

足音がする。

気配からして男性だった。しかも若い。空気感と歩幅でわかる。

彼女が歩みを遅くすると、気配も遅くなる。速めると、合わせて速くなる。

――間違いない。尾けてきている。

彼女は唇を嚙んだ。

アパートまでは、まだまだ遠い。足音ははっきりとスニーカーだ。ヒールの彼女に勝ち目はない。走ったとて、追いつかれるのは目に見えている。

男に気づかれぬよう、彼女はバッグの中に手を入れた。

冷たい金属の感触が指に当たる。安心できる感触だった。なによりも頼もしく、心強い。ある意味、スマートフォンより信頼できた。

――スタンガン。

大丈夫、と彼女は己に言い聞かせる。大丈夫。やれる。わたしならできる。

数日前だってそうだ。うまくいった。あいつに襲われたけれど、このスタンガンで撃退できた。だから、今日だってうまくやれるはずだ。

頭の中で彼女はシミュレーションする。

まず歩みを遅らせ、わざと追いつかせる。このスタンガンを、男の首すじか胸に当てる。そして倒れたところを、馬乗りになってナイフで刺す。

スタンガンだけでなく、彼女はバッグの中にナイフを用意していた。警察への証言も、もう決めてある。

「襲われたから、咄嗟にスタンガンで反撃しました。相手は刃物を持っていたんです。怖くて、無我夢中でもぎとって、刺してしまいました」と。

よしんば過剰防衛に問われても、執行猶予が付くはずだ。大丈夫。前のときだって実刑にならなかった。だから今回も、きっと大丈夫。

足音が近づいている。迫ってくる。

彼女はスタンガンを握りしめた。意図的に歩みを遅らせる。胸の内で、カウントダウンする。五、四、三、二、一――。

――ゼロ。

手が伸びてくるのがわかった。

彼女は振りかえり、スタンガンを思いきり男に当てた。

ぐっ、と男が呻く。黒いシルエットが、その場でたたらを踏む。持ちこたえられず、崩れるように男は片膝を突いた。

いまだ。彼女は思った。いましかない。

バッグからナイフを抜く。両手で握って、前に突きだす。

だがその手首を、男に摑まれた。

しまった。彼女は青ざめる。スタンガンの当てかたが甘かったらしい。男が、彼女の手からナイフを奪い取る。

たやすく男は彼女を押し倒し、馬乗りになった。

彼女の頰が、かっと熱くなる。平手で張られたのだ、と一拍遅れて悟る。二発、三発と叩かれる。

「母さん」

しわがれた声が降ってきた。

「あんたは、いつもそうだ、……母さん」

違う、と叫びたかった。わたしは、あんたの継母なんかじゃない。わたしはわたしだ。ほかの誰でもない。いい加減にして。

ああ、でも、声が出ない。声帯が恐怖で凍っている。喉が、舌が、うまく悲鳴を発してくれない。手足が動かない。

「母さん……」

刃が振りおろされる、その刹那。

ふっと彼女の上から、男の重みが消えた。

「八時五十八分、暴行罪で現行犯逮捕！」

女性の声だった。

「魚住部長、手錠ください！」早口の指示が、夜闇に凛と響く。

彼女は目の前の光景を、呆然《ぼうぜん》と眺めた。男が――知久亮真が、地面に押し伏せられている。

知久の腕を背中側にねじりあげるのは、パンツスーツの若い女性だった。彼の両手首に、きびきびと手錠を嵌めていく。

かたわらに、誰かがかがみこむのがわかった。彼女は顔を上げた。

若い男だ。たぶん二十代だろうが、童顔で年齢がわかりづらい。どこかで見たような

――といぶかる彼女に、男は尋ねた。

「大丈夫ですか？」

「あ……ええ、はい」

「それはよかった。では石塚秘書さん。八時五十九分、国枝徹さんの殺害および死体遺棄の容疑で逮捕しますね」

5

新しい電子レンジは、予定どおり金曜日に二世帯住宅に届いた。

「見ろ！　これがニューレンジの公式サイトお勧めレシピ、『ラムチョップの香草焼き』と『季節野菜のラタトゥイユ』だ！」

穂高が胸を張って料理の皿を押しだす。

「明日はピザを焼くぞ。モッツァレラとトマトソースのマルゲリータだ。弟よ妹よ。このオーブンレンジにしてよかったと、せいぜい随喜《ずいき》の涙を流せ」

「大げさな」

呆れ顔で、那青がラタトゥイユをつまむ。

「ん、でも味はさすが。十三万二千円割る三は痛いけど、それだけの価値はあるね」

「ぼくにもちょうだい」

一海は取り皿を突きだした。バジルとローズマリーをまとったラムチョップはてりてりと脂で輝き、ガーリックのたまらない芳香をはなっていた。

「よーしよし、お兄ちゃんに感謝しながらたんと食え」

ご機嫌顔で穂高が言い、「ところで」と揉み手する。

「今回の最大の功労者は、解決のヒントをくれた上、知久を手ずから逮捕したナオかな。それともナオの意図を読みとって、コトミに説明できたこのおれか？」

「ダカ兄でいいよ」

那青が即答した。

「はい賞品。一番大きい肉ね」

と穂高の皿に、ラムチョップを取り分けてやる。

穂高の言う〝解決のヒント〟。それは那青が言いかけてやめた言葉であった。

あのとき那青は、魚住にこう言おうとしたのだ。

「確かに奥さんは薄化粧じゃありません。でも厚化粧でもないですよ。秘書さんみたいなヌードカラーのナチュラルメイクのほうが、よっぽど……」

しかし無用な講義かと思い、直前でやめたらしい。

「世に言うナチュラルメイクって、薄化粧って意味じゃないからね。〝一見ナチュラルに見えるほど、手間暇かけて塗ってます〟の意味だから」

と那青が一海に説明する。

「メイクに縁のない男性が思う厚化粧って、たいてい〝顔の上に色があるかどうか〟なのよね。あ、これはべつに責めてるわけじゃないよ？ そうじゃないけど、リップが赤いとか、アイシャドウがブルーやカーキだとか、もしくはゴールドでラメラメだったりすると、厚化粧に見えるんでしょ？」

「そうだね……」

面目ない、と一海はうつむいた。

あの日、一海は穂高に頼んで、石塚秘書の顔をノーメイクに加工してもらった。そして数パターン作成された画像のひとつを見て叫んだ。

「これだ！」と。

彼が思いだせずにいた記憶——それは、七年前に見たニュース記事であった。

二十歳の女性が養父を刺した、という無残な記事だ。彼らの間には男女関係があり、養父がもっと若い女に心を移したため「かっとなった」のだという。

これは児童虐待に当たらないのか？ と当時の一海は首をかしげた。いまが二十歳でも、数年前から養女と性的関係を結んでいたなら虐待では？ と。

しかしニュースはそこまで突っこむことなく、事実だけを報道した。成人ゆえ加害者は実名報道された上、顔写真までも公開された。

——その女性が、石塚だった。

と言っても、報道されたときは別の姓だった。事件後に遠い親戚の養子になり、故意に姓を変えたらしい。

「なるほど。この顔写真ならはっきりわかるな」

当時の記事のキャッシュをタブレットで確認し、穂高がうなずく。

「彼女も〝知久の好みのタイプ〟だ」

「本来はきつね顔だったのね。けどアイラインとマスカラとアイシャドウと付け睫毛で、たれ目メイクのたぬき顔に仕上げてた。面長の輪郭は長めの前髪とチークで補正して、丸顔に見せていた」と那青。

「ダカ兄に見せられたYouTubeのメイク動画、驚嘆ものだったよ」

一海はため息をついた。

「あそこまでいくとメイクじゃなく、絵画だ。顔の上に新たな顔を描いている……」

「そういうこと言わないの」

那青がぴしゃりと言う。

「あれはひとつの卓越した技術よ。日々の研鑽の賜物《たまもの》と認めるべき。犯罪にかかわってない限りは、他人さまの努力を貶めるものじゃありません」

「はい。ごめんなさい」

一海は再度うなだれた。

穂高がラタトゥイユの大皿を引き寄せ、

「で、もともと殺人を計画してたのは、じつはマル害の国枝だったのか？」

と一海に訊いた。

「そう。国枝は石塚秘書と不倫中で、理香子さんとの仲は冷えきっていた。そんな折に彼は知久を担当し、『過去のストーカー被害者たちと、自分の妻はよく似ている』と気づいた。そしてカウンセリングを通し、知久の執着は恋情ではなく、継母への復讐心ゆえだとも悟った」

国枝は好意を装い、知久を本業の電気工事士として雇った。そして点検工事を通し、彼と理香子を引き合わせた。

国枝の計画では、知久は理香子に付きまとうはずだった。

知久のストーキングの証拠をたっぷり溜めこんだところで、理香子を殺害する。疑いは当然、知久のほうへ向くだろう。なんなら知久も自殺に見せかけて殺せばいい——と企んでいたようだ。

「だが案に相違して、知久は石塚秘書にまで付きまといはじめた。理香子さんへのストーキングの過程で、知久は石塚の素顔を偶然見てしまったんだろう。もしくは目が節穴なぼくと違って、メイクの下の顔を早々に見抜いたのかもね。ともかく知久は理香子さんよりも、石塚のほうへ執着を強めた」

そんな日々の果て、知久は夜道で石塚を襲った。

ただし襲われたとき、石塚は一人ではなかった。恋人の国枝とともに歩いていたところを、襲われたのだ。

だが国枝は、逃げた。彼女をかばうことなく自分だけ逃げだした。石塚は常備のスタンガンで知久を撃退したものの、恋人に激しく幻滅した。

激昂した彼女に問いつめられ、国枝は白状した。「こんなはずじゃなかった、妻を狙わせるつもりだった」と計画のすべてを。

「だとしても、クライアントの知久さんはあなたを信頼してるんでしょう？　だったらなぜ、よりによってあなたといるときにわたしを襲うの」

なじる彼女に、国枝は答えた。

「知久さんに寄り添いすぎた」と。

「きみを襲っても、ぼくが理解して許すと彼は思っている。ぼくに甘えきってるんだ。ごめんよ。寄り添うのがぼくの仕事だが、やりすぎた」

理香子と穂高が言ったとおり、カウンセラーとしての国枝は三流であった。二重三重の幻滅だ。

だが理香子を殺すはずだった刃を、石塚が奪いとってふるった理由は、またべつのところにあった。

「――わたし、そのときはじめて、自分が奥さんに似てると知ったんです」

取調室で、石塚はそう語った。

誰しも自分の顔は客観視できないものだ。己だけは特別に見える。親と似ていることさえ、他人に指摘されぬ限りはなかなか気づけない。

「がっかりしました。彼がわたしを置いて逃げたことも……。わたし個人を、見てくれなかったことにも」

女房と畳は新しいほうがいい、なんて諺《ことわざ》がある。わたしはあれだったんだ。彼にとって、女性は畳や家電と同じだ。彼は妻を〝新品の同型〟に替えたかった。それだけのことなんだ。

――しょせんこの男も、養父と同じだ。

そう思ったら我慢できませんでした、と石塚は取調室で肩を落とした。

同じく逮捕された知久は、別の取調室でこう語ったという。

「なぜ奥さんじゃなく、秘書さんに執着したかって？　そりゃ彼女のほうが、より継母に似ていたからです。……顔だけじゃなく、中身まで継母そっくりな人に、ぼくははじめて会いました」

ちなみに知久は、過去に継母から悪質な性的虐待を受けていたという。

「——悲しいことに〝虐待は連鎖する〟と言われるよね」

一海は嘆息した。

「自覚していたかはともかく、石塚秘書が養父からされたこともまた虐待だった。石塚は連鎖を断ち切れず、知久の継母と同じく攻撃的な人間に育ってしまった。もっともカウンセリングを受けるべき人間は、じつは石塚だったんだ。対話と理解による癒しは、彼女にこそ必要だった」

「だな。しかも彼女がすがった国枝は、最悪の相手だった。『妻を〝新品の同型〟に取り替えたかっただけ』……か。いろんな意味で悲劇だ」

穂高がかぶりを振ってから、

「だからやっぱり、これを買って正解だったろ？」

と電子レンジを指す。

「惰性の選択はよくない。たかが家電とあなどるなかれ。すべてにおいて、意識のアップデートは必要なんだ」

「はいはい」那青が苦笑する。

一海は杯を上げた。

「じゃあ事件解決と、新しいレンジに乾杯」

乾杯、と三人でグラスを打ちあわせる。

かくして二世帯住宅の週末の夜は、なごやかに更けていく。

ケースオフィサー

今野 敏
Bin Konno

今野 敏（こんの・びん）

一九五五年、北海道生まれ。上智大学在学中の七八年に「怪物が街にやってくる」で問題小説新人賞を受賞。レコード会社勤務を経て、執筆に専念。二〇〇六年、『隠蔽捜査』で吉川英治文学新人賞を、二〇〇八年、『果断 隠蔽捜査2』で山本周五郎賞と日本推理作家協会賞を、二〇一七年、「隠蔽捜査」シリーズで吉川英治文庫賞を受賞。二〇二三年、ミステリー文学の発展に著しく寄与したとして日本ミステリー文学大賞を受賞。著書に『トランパー 横浜みなとみらい署暴対係』『脈動』『遠火 警視庁強行犯係・樋口顕』など。

1

倉島《くらしま》は、佐久良《さくら》公安総務課長に呼ばれた。外事一課第五係に所属しているのだが、係長の上田《うえだ》から声がかかることはあまりない。

たいていは課長から直接呼ばれるのだが、それも外事一課長ではなく、佐久良公総課長から声がかかる。

倉島が「作業班」を兼ねているからだ。

「ロシア大使館に、新たに駐在武官が赴任してきました」

佐久良課長が言った。

キャリア警視正の彼はまだ四十歳だ。倉島と三歳しか違わない。色白で眼鏡をかけ、いかにも育ちがよさそうに見える。

「この時期に赴任とは珍しいですね」

ロシア大使館の職員の多くが帰国してしまった。帰国した職員が担当していたポストは空席のままだから、残された職員はさぞたいへんだろうと思ったが、実はそうでもないらしい。

彼らは、人が少なくなったからといって、その分を自分が補おうなどとは決して思わないのだ。

自分は与えられた仕事しかしない。それが、社会主義時代からの伝統らしい。窓口の前に行列ができていても、仕事終わりの時間になったら平気で閉めてしまう。それがロシア流だ。

大使館の機能が低下しようがしまいが、知ったことではないのだ。

そして、人員の補充はなかなか行われなかった。日本は現在、ロシアの「非友好国」だ。外交上マイルドな言い方をされているが、事実上は「敵国」扱いだ。

なにせ、経済制裁に加え、日本はロシアの外交官を国外追放にしたのだ。

「名前はコンスタンチン・ミハイロヴィッチ・ゴーゴリ大佐。年齢は四十七歳で、身分は大使付きの武官です」

「……で、その駐在武官が何か……？」

「行確《こうかく》をしてください」

行動確認のことだ。

「怪しいところがあるのですか?」

「いいえ。書類上は何の問題もありません。行確は通常の手続きです」

倉島は外事一課でロシアを担当している。佐久良課長が言うとおり、新しい大使館員がやってきたら、いちおうチェックするのが倉島たちの通常の手続きだ。

「了解しました」

「誰を使いますか?」

「白崎《しらさき》さんと西本《にしもと》でしょうか……」

佐久良課長はうなずいてから言った。

「白崎はどうしています?」

この質問に、倉島は一瞬戸惑った。

「変わりありませんが……」

「そうですか」

佐久良課長はパソコンを開いた。話は終わりだということだ。「作業」ではないので、金の話もなかった。

公安では「作業」というのが特別な意味を持つ。工作員や情報源を確保して、敵対勢力と戦う作戦行動を意味するのだ。

その費用として領収書が必要のない金を渡されるのだ。だが今回は、行確だけなので費用の提供はなしだ。

倉島は礼をしてから、公総課長室を退出した。

十四階から十三階に階段で降り、自分の席に戻るまで、倉島は公総課長の言葉について考えていた。

「白崎はどうしています?」

課長が何を聞きたかったか、だいたい想像がつく。

白崎は、四十八歳の警部補だ。本部にいてこの年齢だとたいてい警部以上だが、なぜ白崎が警部補のままなのか、倉島は知らない。

さらに白崎は、年齢の割には公安マンとしての経験が浅い。長いこと捜査畑にいたからだ。

三十五歳の西本巡査部長と組むことが多いが、西本はすでにゼロの研修を終了している。ゼロというのは、警察庁警備局警備企画課にある指導係で、全国の公安の元締めだ。

かつてはチヨダと呼ばれていた。サクラ、四係などと呼ばれていたこともあったらしいが、倉島はその時代を知らない。

ゼロの研修は、全国の公安マンの憧れの的だ。これを受けることで、道府県警警察本部の警備部にある直轄部隊である「作業班」のメンバーになれるのだ。

ちなみに、東京都の警察本部である警視庁だけは警備部ではなく公安部だ。倉島も、もちろんゼロの研修を受けている。ゼロの卒業生たちは独特の連帯感がある。そして公安を背負って立つというプライドを持っている。

白崎は公安マンとして、年下である倉島や西本に追い抜かれたことになる。彼は孤立していると感じているのではないか。捜査畑が長かっただけに、公安になかなか馴染《なじ》めずにいるのかもしれない。

佐久良公総課長は、それを気にしていたのかもしれない。それで倉島に、あんなことを尋ねたのではないだろうか。

実は倉島も気になっていた。

作業が始まると、倉島が指揮を執る。年上であり、警察官の経験も自分より長い白崎に指示を出すこともある。

白崎は嫌な顔一つしたことがない。いつも飄々と任務をこなす。倉島はそれをありがたいと思いつつ、先輩に対して申し訳ないと感じているのだ。

とにかく、今回の行確も、白崎と西本に協力を頼むことにしよう。倉島は、そう思いつつ席に着いた。

行動確認は、ひたすら対象者に張りつくのが原則だ。車を使って尾行し、写真を撮りまくる。

対象者がどこを訪ね、誰に会うかを記録することが重要なのだ。逆に言うと、やることはそれだけということになる。

相手がスパイや工作員だとしたら、行確をすればすぐに気づかれる。気づかれてもいいのだ。行確をしているということを対象者に知らしめてプレッシャーをかける。日本国内で好き勝手はさせないというメッセージを送ることになる。

倉島は車を一台用意していた。覆面パトカーなどではない。地味なメタリックグレーのセダンだった。

無線も赤色灯もサイレンもついていない。捜査や取り締まりをするわけではないので、それらは必要ない。

西本が運転していた。助手席にいるのは白崎だった。後部座席の倉島と三人交代で、望遠レンズを装着したカメラを構えた。

西本が言った。

「コンスタンチンですか。愛称はコースチャですね」

倉島はこたえた。

「そうだな」

白崎が言う。

「ロシア人の愛称って、わかりにくいものがあるね」

倉島は言った。

「だいたい短くしてシャとかチャとかを付ければ愛称になるんですが……」

「アレクセイがリョーシャになるのはどういうわけだい？」

「まずアリョーシャになり、頭のアが発音されなくなってリョーシャになるわけです」

「アナスタシアがナースチャなのも、アナースチャのアが発音されなくなったってことかい？」

「そうですね。あと、語尾にAをつける愛称もあります。ドミトリがジーマになったり、ワレリィがワレーラになったり……」

「やっぱりわかりにくい」

「こういうのは、ネイティブにしかわからない感覚ですよね」

西本が言った。

「コースチャは、あまり軍人らしくありませんね。なんだか、インテリっぽいです」

それに応じたのは白崎だった。

「そりゃあ、軍人にもいろいろなのがいるだろうよ」

今カメラを構えているのは、その白崎だ。彼は、西本や倉島と普通に会話を交わしている。

落ち込んだり腐ったりする様子を見せたことがない。

本音はわからないが、表面上は倉島や西本が公安捜査官として一歩先んじていることを気にしている様子はまったくなかった。

白崎は、コースチャの姿が見えると、立て続けにシャッターを切った。彼はこういう地味な仕事にも決して手を抜かない。

西本が言う。

「買い物をしたみたいですね」

コースチャは今、パン屋の店先にいた。手に紙袋を持っている。中身はサンドイッチらしい。昼食用だろうか。

ロシア風の酸っぱい黒パンではないようだ。もっとも、本格的なロシア風黒パンは日本ではなかなか手に入らない。

黒塗りの車に戻ったコースチャは、そのままロシア大使館に向かった。尾行して車を大使館の近くに停めた。

このあたりは駐車しているとすぐに警察官がやってくる。運転席の西本は、三度も警察手帳を提示しなければならなかった。

「あ、公安ですか？」

警備部の制服を着た係員は、慌てた様子で去っていく。公安の仕事を尊重してくれているわけではなさそうだ。面倒事に巻き込まれたくないだけなのだ。

ただコースチャが出てくるのを待つだけの時間が長く続く。退屈なので他愛のない話をするが、白崎はそれにもちゃんと付き合ってくれる。

午後六時頃、コースチャが再び黒塗りの公用車に乗り込んだ。そして、そのまま自宅に帰った。

自宅は、五反田にある小さな一戸建てだった。小さいが、おそらくコースチャはたいへん満足しているだろう。

モスクワなどロシアの都市部では、住民は皆集合住宅に住んでいる。戸建てに住むことは許されないのだ。

だから人々は週末になると必ず郊外の別荘に出かける。金曜日のモスクワはいつも大渋滞だ。都会で一戸建てに住めるとあって、コースチャは喜んでいるに違いないと、倉島は思ったわけだ。

コースチャが自宅に戻った後も、しばらく監視を続けた。午後九時を過ぎると、倉島は言った。

「今日はここまでにしよう」

白崎が言った。

「夜にどこかへ出かけるかもしれないよ」

「行確は事件の張り込みとは違いますよ。二十四時間態勢でやるわけじゃないんです」

言ってしまってから、これを皮肉に取らなければいいがと、倉島は思った。

白崎はうなずいた。

「そうだな。明日も出勤前から張り付かなければならないからな」

西本が言った。

「では、警視庁本部に戻りますよ」

倉島は言った。

「そうしてくれ」


そんな日が数日続いた。撮った写真は膨大な数にのぼる。

倉島たち三人はすっかりコースチャの日常を把握していた。……というのも、彼の行動はまさに「判で押した」ようだったからだ。

決まった時刻に家を出て黒塗りの車に乗る。途中いつも同じパン屋に寄って買い物をする。

そして、大使館に着くと終業までそこから出ることはない。ほぼ同じ時間に帰宅する。

その繰り返しだった。

そのパターンからはみ出したのは、金曜の夕刻だった。

終業後、コースチャを乗せた黒塗りの車は、自宅へは向かわなかった。西本は尾行した。コースチャを乗せたロシア大使館の車は、外苑《がいえん》東通りを六本木方面に向かった。

西本が言った。

「金曜日だから、お楽しみでしょうかね？」

白崎がこたえる。

「それを尾行する私らは野暮だね」

コースチャの車は、六本木交差点を過ぎたところで停まった。西本も、距離を置いて車を停める。もう少し行くとミッドタウンだ。

車を下りたコースチャは車道を渡った。

倉島は言った。

「『スタカン』か……」

白崎が聞き返した。

「『スタカン』？」

「カフェです」

「茶でも飲むのかね……」

「ロシア風のカフェは、酒や料理も出します。『スタカン』は都内のロシア人が集まるので有名です」

「ロシア大使館が近いからかね？」

すると西本が言った。

「大使館員が来るような店は、ロシア人は敬遠するんじゃないですか？」

倉島はこたえた。

「大使館員の多くが諜報機関の人間だからな。だが、気にしないロシア人もいる。何より『スタカン』はロシア人が料理を作っているので本物が味わえる」

白崎が言った。

「行確はどうする？　切り上げるかい？　さもなきゃ、俺たちも店に入ることになるが……」

「白崎さんはどう思います？」

「事件の捜査なら迷いなく店に行くね」

「じゃあ、行きましょう」

倉島たち三人は車を下りて『スタカン』に向かった。

中は特に変わったこともないカフェだ。カウンターがあり、その向かい側の壁際にテーブルが並んでいる。

コースチャはカウンターにいた。

倉島たちはテーブルに陣取った。すぐにロシア人らしい中年女性が注文を取りにきた。

倉島はクワスを注文する。白崎も同じものをと言った。

西本が「じゃあ、自分も」と言ったので、「やめておけ」と倉島は言った。

「クワスは微量だがアルコールが入っている」

「じゃあ、ノンアルコールビールにします」

女性従業員がうなずいて歩き去ると、白崎が言った。

「ところでクワスというのは何だ？　酒なのか？」

「黒パンを発酵させて作った飲み物です。ロシア人は酒とは思っていません」

コースチャはビールを飲んでいる。しばらくすると、隣に日本人女性が座った。

倉島たち三人は、なるべくそちらに視線を向けないようにしていた。

西本が言った。

「デートですかね？」

白崎がこたえる。

「いや、そんな雰囲気じゃないね。知り合って間もない感じだ」

倉島は言った。

「同感だな。コースチャは赴任して間もないから、二人は知り合ったばかりだろう」

飲み物がきて白崎が言った。

「ほう……。このクワスってのは、なかなかいけるじゃないか」

倉島は白崎に尋ねた。

「コースチャが何か企んでいるように見えますか？」

白崎はもう一口クワスを味わってから言った。

「少なくとも、犯罪者の顔じゃないな」

「ここ数日の行確で、俺もそう感じていました」

「コースチャは真面目そうな男じゃないか。だからこそ、このややこしい時期に日本に赴任してきたんだろう」

西本が言った。

「じゃあ、あの二人はただいっしょに酒を飲んでいるだけですね」

白崎が言った。

「今はそうだが、この先どうなるかわからんね。コースチャは単身赴任のようだしね」

西本が白崎の顔を見た。

「それ、冗談ですか？」

「本気だよ。男と女は何が起きるかわからない。それにね……」

「それに……？」

「調べるとしたら、コースチャじゃなくて、あの女のほうだという気がするがね……」

倉島は驚いた。

「あの女を調べる……？　じゃあ、二手に分かれてあの女も尾行しますか」

白崎はかぶりを振った。

「必要ないよ。今日の行確は、お終いでいいだろう」

それを決めるのは倉島の役目だ。だが、白崎に逆らう気になれなかった。倉島は、しばらく考えた後に言った。

「わかりました。では、店を出ることにしましょう」

西本が言った。

「え……。いいんですか？　あの二人は放っておいて」

「だからさ」

白崎が言った。「これ以上見張るのは野暮ってもんだって」

その日は本当に解散した。

翌日は土曜日で、コースチャは休みのようだ。いつもの黒塗りの公用車らしい車が見当たらない。

昼まで張り込んだが、家から出てくる様子がなかった。

倉島は白崎に言った。

「もう充分に写真を撮りました。行確は終了でいいでしょう」

「ああ、そいつはありがたいねえ」

「メモは俺が作っておきます」

西本が言った。

「もうしばらく張り込んでいたら、昨夜の女がコースチャの家から出てきたりしませんかね」

倉島は白崎に尋ねた。

「どう思います？」

「俺たちは週刊誌の記者じゃないよ。二人が一晩いっしょに過ごしたからといって、それが何だというんだ」

「いやあ、問題だと思いますよ」

西本が言う。「ロシアの駐在武官が日本人女性に手を出したんですよ」

「恋愛は自由だよ。さあ、行確が終わりだというのなら、さっさと引きあげよう」

倉島はうなずいた。

「わかりました。そうしましょう」

2

月曜日の朝、倉島はコースチャの行確についてのメモを作り、佐久良公総課長に面会を申し込んだ。

庶務係の係員は、すぐに訪ねるように言った。「作業班」は常に最優先だ。

「何か変わったことはありましたか？」

佐久良課長に尋ねられて、倉島はこたえた。

「ウイークデイは規則正しい生活を送っています。同じ時刻に出勤し、同じ時刻に帰宅。メモに詳しく書いてあります」

「写真は、ゼロのデータベースに加えておいてください」

「はい」

これも、通常の措置《そち》だ。

佐久良課長は、倉島が手渡したメモに、その場で眼を通しはじめた。やがてそれを机上に置くと念を押すように言った。

「本当に変わったことはなかったのですね？」

そう言われて、急に気になりはじめた。

「金曜日の夜は、コースチャの行動がルーティンから外れていました。六本木の『スタカン』に行ったのです」

「ロシア人が集まる店ですね」

「そこで、日本人女性と接触したのですが……」

「日本人女性？　何者です？」

「それを調べる許可をいただきたいと思いまして……」

「その必要があるということですか？」

「ロシアの駐在武官が接触したのです。調べないわけにはいきません」

「女性と食事をしたり酒を飲んだりするのをいちいち調べていたら、いくら金と人手があっても足りませんよ」

「行確の一部だと思います」

「では、このメモはまだ完全ではないということですね」

「完全ではありません」

佐久良課長はしばらく倉島を見つめていた。眼鏡の奥の眼には、まったく表情が見えず、倉島は落ち着かない気分になった。

佐久良課長はやがて言った。

「わかりました。追って報告してください」

「はい」

倉島は礼をして退出した。

席に戻ると倉島は、白崎の姿を探した。彼は席にはいない。西本がいたので尋ねた。

「白崎さんを知らないか？」

「さあ、今朝は一度も姿を見かけていませんが……」

これは珍しいことではない。公安では、隣の席の捜査員であっても、何をしているのか知らないものだ。

西本が言った。

「電話してみましょうか？」

「いや、いい。しばらく待って戻らないようなら、俺が連絡する」

「あの……」

「何だ？」

「佐久良公総課長は、何か言ってましたか？」

「何か変わったことはないかと訊かれた」

「……ということは、課長は変わったことがあったはずだと考えているんですよね？」

そうだろうか……。倉島にはわからなかった。

「それは考え過ぎじゃないのか」

「実は、あの日本人女性のことが気になっていたんですよね。白崎さんが、調べるとしたらコースチャじゃなくて、あの女性だと言っていたでしょう」

倉島は、しばらく間を置いてから言った。

「俺も急に気になりはじめたんだ。だから、佐久良課長に、あの女性のことを調べる許可をもらった」

「金曜日に尾行すればよかったですね。白崎さんがあんなことを言わなければ……」

「何を言ったんだっけな」

「女を尾行しようかと倉島さんが言ったら、その必要はないと白崎さんが言ったんです」

「そうだったか……」

「そうですよ。土曜の朝に自宅を張り込んでいるときも、女が出てくるかもしれないと言ったのに、行確が終わったのなら早く引揚げようって……」

「俺たちは週刊誌の記者じゃないと言っていたな」

「やる気なかったんじゃないですかね」

「やる気がなかった……？」

「ええ、行確なんて退屈な公安の仕事は……。白崎さんはやっぱり犯罪捜査をやりたいんじゃ……」

西本がそこまで言ったとき、倉島は目配せをした。白崎がもどってきたのだ。

席に着いた白崎に、倉島は言った。

「佐久良公総課長に会いました」

「行確の報告だね？」

「例の日本人女性のことを話しまして、調査をする許可をもらいました。ですから
……」

「早川友梨《はやかわゆり》、三十五歳」

「ですから、これから彼女の身元を……。え……？」

倉島は思わず聞き返した。「何と言いました？」

「あの女性の名前と年齢だ。早川友梨、三十五歳」

白崎は繰り返した。

倉島と西本は顔を見合わせていた。

西本が白崎に言った。

「調べたんですか？」

「ああ。元刑事だからな。それくらいは朝飯前だ」

「あの女を尾行しようかと言ったら、その必要はないって言ってたじゃないですか」

「あのときは尾行なんて必要なかったさ。すぐに素性を調べられると思ったからね」

そして、実際に白崎は身元を割り出してきたのだ。倉島は尋ねた。

「尾行もせずにどうやって調べたんですか？」

「土曜日に、あの店を訪ねて、従業員に彼女のことを尋ねたんだ」

「あの店って、『スタカン』のことですか？」

「そうだ。イーラが彼女のことを知っていた」

「イーラ？」

「ああ。私らのところに注文を取りにきた女性従業員だよ。早川友梨は外国人に日本語を教える教師だ」

「日本語教師……？」

「そう。高田馬場にある外国語学校に勤めている」

「外国語学校っていうのは、日本人に外国語を教えるところだと思っていました」

「そっちがメインらしいけどね。日本語教師も需要があるらしい」

「コースチャと早川友梨はどこで知り合ったのでしょう？」

「そこまでは知らない。これから調べればいいんじゃないの？」

西本が言った。

「彼女に話を聞きに行きましょう」

「あせるなよ」

白崎が言った。「世間話でもしに行くつもりかい」

「え……？」

倉島は言った。

「白崎さんの言うとおりだ。『スタカン』でコースチャと酒を飲んでいたというだけじゃ、何を訊けばいいのかわからないじゃないか」

「外国人に日本語を教えているんでしょう？」

西本は言った。「つまり、外国人の知り合いがたくさんいるわけですよね。彼らからいろいろな情報を引き出しているのかもしれない」

白崎が西本に言った。

「彼女がスパイだと言いたいのかね？」

「その疑いはあるでしょう。だから白崎さんも、彼女のことを調べたほうがいいと考えたのでしょう？」

白崎は小さな声でうなっただけで、その質問にはこたえなかった。

倉島は言った。

「視点を変えて調べてみることにします。俺に任せてもらえますか？」

白崎はこたえた。

「もちろんだよ」

倉島はコソラポフに連絡してみることにした。

アレキサンドル・セルゲイヴィッチ・コソラポフは、ロシア大使館の三等書記官だが、実はＦＳＢ（ロシア連邦保安庁）の職員だ。

彼とは長いこと連絡を取っていなかった。

ウクライナへの軍事侵攻以来、彼はしばらく本国に帰っていたらしい。もう日本に戻ることはないのではないかと思っていたが、三週間ほどで戻ってきた。

本国で何があったのか、またどうして大使館に戻ってきたのか、倉島は知らない。

電話をしても出ないのではないかと訝っていたが、意外なことにすぐに通じた。

「ずいぶんと久しぶりだ」

コソラポフが言った。倉島はこたえた。

「忙しいだろうと思っていたのでね」

「ああ、忙しかったよ。そして今も忙しい。だから、用があるなら手短に頼む」

「電話では話しにくいことなんだ」

ロシア人との電話は誰が聴いているかわからない。

「今は仕事中だから出かけられない」

「時間ができてからでいい」

しばらく間があった。

「では、七時にいつもの店で」

「いつもというには、ずいぶん間が空いたが……」

「あそこが一番便利だ」

「了解した」

電話が切れた。コソラポフが言う「いつもの店」は、六本木交差点近くにある地下のバーだ。『スタカン』とは外苑東通りを挟んで、斜め向かいの位置関係にある。

白崎が倉島に尋ねた。

「電話の相手は情報源かい？」

「そうです。周辺からコースチャのことを探ってみようと思いまして……」

「そういうことに関しては、私はお手上げだからなあ」

「情報源とは今夜会うことになりましたから、明日には何かお知らせできると思います」

白崎は無言でうなずいた。

先に店に着き、カウンターでビールをちびちび飲んでいると、コソラポフがやってきた。彼は、会うのが久しぶりとは思えないくらいに自然に振る舞っていた。

「私もビールをもらおう」

「本国はどんな様子なんだ？」

倉島が問うと、コソラポフはふんと鼻で笑ってこたえた。

「漠然とした質問だな。だから、私も漠然とこたえるしかない。まあまあだ」

「政権はもちそうなのか？」

「我々が何のために働いていると思っているんだ」

「政府のために必死で働いているのはわかっている」

「言っておくが、今の政権が存続しているうちはまだましなんだ。政権が倒れたら、ばかが政府を牛耳《ぎゅうじ》ることになる。わが国だけじゃなく世界がめちゃくちゃになるぞ」

「ばかというのは誰のことだ？」

「特定の誰かじゃない。もうばかしか残っていないということだ」

コソラポフはビールをうまそうに飲んでから言った。

「そんなことが訊きたいのなら、私は何も言うことはない」

「訊きたいのは、新任の駐在武官のことだ」

「ああ、コンスタンチン・ゴーゴリのことか。言っておくが、あいつはスパイなんかじゃない」

「それを信じろと言うのか？」

「だって、ＳＶＲだからな」

ＳＶＲはロシア対外情報庁のことだ。

この言葉に、倉島は驚いた。

「そんなことを簡単に言うとは思わなかった」

「隠したところで、あなたたちは、いずれ調べ出すだろう」

「それはそうだが……」

「余計な腹の探り合いなど勘弁してほしいんだよ」

「それだけ仕事がたいへんだということなんだな」

「そう」

コソラポフはビールを飲み干した。「たいへんなんだよ」

「ＳＶＲということは、ケースオフィサーなのか？」

ケースオフィサーは、工作担当者のことだ。実際に現地で情報を収集する役割で、スパイを確保するのが主な仕事だ。

コソラポフは肩をすくめた。

「さすがに、その質問にはこたえられない」

彼は否定しなかった。それで充分だと、倉島は思った。

3

倉島は、白崎と西本を連れて、早川友梨の勤め先を訪ねた。レッスンに使う小部屋で向かい合うと、彼女は言った。

「コースチャのことですって？」

倉島はうなずいた。

「ええ。お知り合いですね」

早川友梨は、腹を立てている様子だった。

「どうしてロシア人だというだけで、スパイか悪者だと思うんですか？　それって差別じゃないですか」

倉島は言った。

「問題はコースチャじゃなくて、あなたのほうなのです」

「どういうことです？」

「もしかして、コースチャに他国の人から聞いた話について聞かせてくれと頼まれていませんか？」

「そんな質問にはおこたえできません」

「こたえていただかなければなりません。あなたは外国人に日本語を教えているのですね？」

「そうですが、それが何か……」

「当然、ＥＵに属する国の方々ともお知り合いですね」

「もちろんです」

「コースチャは、その人たちからの情報を求めているのです」

早川友梨の顔色が変わった。

「私は利用されているということですか？」

「コースチャはケースオフィサーだということです」

「ケースオフィサー？」

「つまり、スパイを作るのが役目なんです。あなたはスパイにされかかったのです」

「そんな……」

「日本には民間人のスパイを取り締まる法律がありませんから、あなたを逮捕することはできません。しかし、我々は自由主義陣営を守るために、あなたと戦うことになるかもしれません」

「戦う……？」

「そうならないように、コースチャとは手を切ることをお勧めします」

早川友梨は、言葉を失っていた。

外国語学校を出ると、白崎が言った。

「薬が効きすぎたんじゃないのかね」

倉島は言った。

「あれくらい言っておかないと、お灸をすえたことにはなりませんよ」

「まあ、そうかもしれないな」

「今回は、白崎さんのお手柄です。早川友梨を調べようと思ったのは、刑事の勘ですか？」

「刑事の勘だって？」

白崎はあきれたように言った。「そんなものはないよ。外国人が現地の女性に近づいているのを見たら、工作を疑うのが公安ってもんだろう」

そうだった。白崎は、今は公安マンなのだ。そして、彼は公安の仕事にかつての捜査員としての経験を活かそうとしているに違いない。

倉島は言った。

「おっしゃるとおりです。一本取られました」

倉島は再び佐久良公総課長を訪ねていた。

「ほう、ＳＶＲのケースオフィサー……」

「はい。さっそくスパイをスカウトしていたようですが、白崎さんのおかげでそれを未然に防ぐことができました」

「そうですか」

「ですから、心配はご無用です」

佐久良課長が怪訝そうな顔をした。

「心配……？　何のことです？」

「先日、課長は自分に、白崎さんはどうしているかとお尋ねになりました」

「それがどうかしましたか？」

「いえ、ですから、公安での白崎さんの働きについてご心配なさっているのではないかと思料いたしまして」

「それは誤解です」

「誤解？」

「私はただ、様子を尋ねただけです。彼はこの時期、いつも花粉症がひどいので……」

「え……？」

「私も同じなので、訊いてみただけです」

「花粉症ですか……」

「白崎の仕事ぶりなど、心配するはずがありません。彼は優秀な男です」

「今頃、白崎さんはくしゃみをしているかもしれません」

佐久良課長が真面目な顔でうなずいた。

「そうですね。なにせ、花粉症ですから」

初出

『弁解すれば』佐々木譲（「オール讀物」二〇二三年六月号）
『青い背広で』乃南アサ（「オール讀物」二〇一一年一月号）
『刑事ヤギノメ』松嶋智左（書き下ろし）
『三十年目の自首』大山誠一郎（「オール讀物」二〇二三年六月号）
『噛みついた沼』長岡弘樹（「オール讀物」二〇二三年六月号）
『ルームシェア警視の事件簿』櫛木理宇（書き下ろし）
『ケースオフィサー』今野敏（「オール讀物」二〇二三年六月号）

デザイン　征矢武
DTP　エヴリ・シンク
本書は文春文庫オリジナルです

文春文庫

戸惑《とまど》いの捜査線《そうさせん》
警察小説《けいさつしょうせつ》アンソロジー

定価はカバーに表示してあります

2024年6月10日　第1刷

著　者　佐々木譲《ささきじょう》　乃南《のなみ》アサ　松嶋智左《まつしまちさ》
大山誠一郎《おおやませいいちろう》　長岡弘樹《ながおかひろき》　櫛木理宇《くしきりう》　今野敏《こんのびん》

発行者　大沼貴之
発行所　株式会社　文藝春秋

東京都千代田区紀尾井町 3-23　〒102-8008
TEL　03・3265・1211㈹
文藝春秋ホームページ　http://www.bunshun.co.jp

落丁、乱丁本は、お手数ですが小社製作部宛お送り下さい。送料小社負担でお取替致します。

印刷製本・TOPPAN　Printed in Japan
ISBN978-4-16-792230-6

（　）内は解説者。品切の節はご容赦下さい。

恩田　陸
夏の名残りの薔薇
沢渡三姉妹が山奥のホテルで毎秋、開催する豪華なパーティ。不穏な雰囲気の中、関係者の変死事件が起きる。犯人は誰なのか、そもそもこの事件は真実なのか幻なのか——。（杉江松恋）
お-42-2

恩田　陸
木洩れ日に泳ぐ魚
アパートの一室で語り合う男女。過去を懐かしむ二人の言葉に、意外な真実が混じり始める。初夏の風、大きな柱時計、あの男の背中。心理戦が冴える舞台型ミステリー。（鴻上尚史）
お-42-3

大山誠一郎
赤い博物館
警視庁付属犯罪資料館の美人館長・緋色冴子が部下の寺田聡と共に、過去の事件の遺留品や資料を元に難事件に挑む。超ハイレベルで予測不能なトリック駆使のミステリー！（飯城勇三）
お-68-2

大山誠一郎
記憶の中の誘拐
赤い博物館
赤い博物館こと犯罪資料館に勤める緋色冴子。殺人や誘拐などの過去の事件の遺留品や資料を元に、未解決の難事件に挑む!? シリーズ第二弾。文庫オリジナルで登場。（佳多山大地）
お-68-3

垣根涼介
午前三時のルースター
旅行代理店勤務の長瀬は、得意先の社長に孫のベトナム行きの付き添いを依頼される。少年の本当の目的は失踪した父親を探すことだった。サントリーミステリー大賞受賞作。（川端裕人）
か-30-1

垣根涼介
ヒート　アイランド
渋谷のストリートギャング雅《みやび》の頭《ヘッド》、アキとカオルは仲間が持ち帰った大金に驚愕する。少年たちと裏金強奪のプロフェッショナルたちの息詰まる攻防を描いた傑作ミステリー。
か-30-2

加藤　廣
信長の血脈
信長の傅役・平手政秀自害の真の原因は？　秀頼は淀殿の不倫で生まれた子？　島原の乱の黒幕は？　『信長の棺』のサイドストーリーともいうべき、スリリングな歴史ミステリー。
か-39-9

（　）内は解説者。品切の節はご容赦下さい。

喜多喜久
プリンセス刑事
生前退位と姫の恋

女王統治下にある日本で、刑事となったプリンセス日奈子。女王が生前退位を宣言し、王室は大混乱に陥る。一方ではテロが相次ぎ――。日奈子と相棒の芦原刑事はどう立ち向かうのか。

き-46-2

黒川博行
封印

大阪中のヤクザが政治家をも巻き込んで探している〝物〟とは何なのか。事件に巻き込まれた元ボクサーの釘師・酒井は、恩人の失踪を機に立ち上がった。長篇ハードボイルド。（酒井弘樹）

く-9-4

黒川博行
後妻業

結婚した老齢の相手との死別を繰り返す女・小夜子と、結婚相談所の柏木につきまとう黒い疑惑。高齢の資産家男性を狙う〝後妻業〟を描き、世間を震撼させた超問題作！（白幡光明）

く-9-13

倉知　淳
ドッペルゲンガーの銃

女子高生ミステリ作家の卵・灯里は小説のネタを探すため、刑事である兄の威光を借りて事件現場に潜入する。彼女が遭遇した「密室」「分身」「空中飛翔」――三つの謎の真相は？

く-40-2

櫛木理宇
鵜《う》頭《ず》川《かわ》村《むら》事《じ》件《けん》

亡き妻の故郷・鵜頭川村へ墓参りに三年ぶりに帰ってきた父と幼い娘。突然の豪雨で村は孤立し、若者の死体が発見される。狂乱に陥った村から父と娘は脱出できるのか？（村上貴史）

く-41-1

小杉健治
父の声

東京で暮らす娘が婚約者を連れて帰省した。父親の順治は娘の変化に気づく。どうやら男に騙され覚醒剤に溺れているらしい。娘を救おうと父は決意をするが……。感動のミステリー。

こ-15-2

今野　敏《びん》
曙光の街

元ＫＧＢの日露混血の殺し屋が日本に潜入した。彼を迎え撃つのはヤクザと警視庁外事課員。やがて物語は単なる暗殺事件から警視庁上層部のスキャンダルへと繋がっていく！（細谷正充）

こ-32-1

（　）内は解説者。品切の節はご容赦下さい。

偽りの捜査線　警察小説アンソロジー
誉田哲也・大門剛明・堂場瞬一・鳴神響一
長岡弘樹・沢村 鐵・今野 敏
刑事、公安、交番、警察犬……。あの人気シリーズのスピンオフや、文庫オリジナル最新作まで。警察小説界をリードする7人の作家が集結。文庫オリジナルで贈る、豪華すぎる一冊。
と-24-70

最後の相棒　歌舞伎町麻薬捜査
永瀬隼介
伝説のカリスマ捜査官・桜井に導かれ、新米刑事・高木は新宿歌舞伎町を舞台にした命がけの麻薬捜査にのめり込んでいく。予想外の展開で読者を翻弄する異形の警察小説。（村上貴史）
な-48-6

静おばあちゃんにおまかせ
中山七里
警視庁の新米刑事・葛城は女子大生・円に難事件解決のヒントをもらう。円のブレーンは元裁判官の静おばあちゃん。イッキ読み必至の暮らし系社会派ミステリー。（佳多山大地）
な-71-1

静おばあちゃんと要介護探偵
中山七里
静の女学校時代の同級生が密室で死亡。事故か、自殺か、他殺か？　元判事で現役捜査陣の信頼も篤い静と、経済界のドン・玄太郎の〞迷〟コンビが五つの難事件に挑む！（瀧井朝世）
な-71-4

１１９
長岡弘樹
消防司令の今垣は川べりを歩くある女性と出会って……（「石を拾う女」）。他、人を救うことはできるのか――短篇の名手が贈る、和佐見市消防署消防官たちの9つの物語。（西上心太）
な-84-1

鎌倉署・小笠原亜澄の事件簿　稲村ヶ崎の落日
鳴神響一
鎌倉山にある豪邸で文豪の死体が発見された。捜査一課の吉川は、鎌倉署の小笠原亜澄とコンビを組まされ捜査にあたるが……。謎の死と消えた原稿、凸凹コンビは無事に解決できるのか？
な-86-1

山が見ていた
新田次郎
夫を山へ行かせたくない妻が登山靴を隠す。その恐ろしい結末とは。少年をひき逃げした男が山へ向かうと。切れ味鋭く人間の業を抉る初期傑作ミステリー短篇集。新装版。（武蔵野次郎）
に-1-46

池波正太郎・逢坂　剛・上田秀人・梶　よう子
風野真知雄・門井慶喜・土橋章宏・諸田玲子
池波正太郎と七人の作家　**蘇える鬼平犯科帳**

逸品ぞろいの「鬼平づくし」。「鬼平」誕生五十年を記念し、七人の人気作家が「鬼平」に新たな命を吹き込んだ作品集。本家・池波正太郎も「瓶割り小僧」で特別参加。

い-4-200

江國香織・小川洋子・川上弘美・桐野夏生
小池真理子・髙樹のぶ子・髙村　薫・林　真理子
甘い罠　8つの短篇小説集

江國香織、小川洋子、川上弘美、桐野夏生、小池真理子、髙樹のぶ子、髙村薫、林真理子という当代一の作家たちの逸品だけを収めたアンソロジー。とてつもなく甘美で、けっこう怖い。

え-10-2

恩田　陸・米澤穂信・村山由佳・窪　美澄・彩瀬まる
阿部智里・朱川湊人・武川　佑・乾《いぬい》ルカ・小池真理子
妖し

暑い日に起こるある出来事。なぜか思い出すもう一人のわたしの記憶……。それは不思議な夢か妄想か。あなたが見ている世界は本物ですか？　10人の執筆陣が紡ぐ、奇譚アンソロジー。

お-42-51

辻村深月・乾　くるみ・米澤穂信
芦沢　央・大山誠一郎・有栖川有栖
神様の罠

ミステリー界をリードする六人の作家による、珠玉の「罠」。最愛のひととの別れ、過去がふいに招く破綻、思いがけず露呈するほころび、知的遊戯の結実、コロナ禍でくるった日常……。

つ-18-50

奥田英朗・窪　美澄・荻原　浩
原田マハ・中江有里
恋愛仮免中

結婚を焦るOL、大人の異性に心を震わせる少年と少女、残り時間の少ない夫婦……。人の数だけ、恋の形はある。実力と人気を兼ね備えた豪華執筆陣がつむいだ恋愛小説アンソロジー。

は-40-51

辻村深月・万城目　学
湊　かなえ・米澤穂信
時の罠

辻村深月、万城目学、湊かなえ、米澤穂信――綺羅、星のごとく輝く人気作家四人がつづる〝時〟をめぐる物語。宝石箱のようにきらめく贅沢な、文庫オリジナル・アンソロジー。

み-44-30

湊　かなえ・有栖川有栖・柚月裕子・北村　薫
井上荒野・東山彰良・加納朋子
猫が見ていた

猫を飼うふりを続けていた男の謎。同じマンションの住人の猫を密かに飼う女……。猫好きで鳴る人気作家七人が集結。猫をめぐる書き下ろしアンソロジー。文庫オリジナル。（澤田瞳子）

み-44-31

（　）内は解説者。品切の節はご容赦下さい